選んで、語って、読書会1

有栖川有栖、北村　薫、宮部みゆき 編

JN140597

誰もが一度は人生のなかで、忘れられない作品と出会ったことがあるのではないでしょうか。アンソロジーには、誰かが長い時間をかけてあつめたそれらがひところに収められた、宝箱を見せてもらう愉しみがあります。当代きっての読書家である三人がお互いの“とっておき”をひとつずつ見せあいながら、時間をかけて編まれた二冊のアンソロジー。きっとあなたにとっても大切なものとなる、宝石のごとき一編と出会えるはずです。

選んで、語って、読書会1

有栖川有栖、北村　薫、宮部みゆき 編

創元推理文庫

THE ADVENTURE OF THE BOOKWORMS' TEA-PARTY

VOL.1

edited by

Alice Arisugawa, Kaoru Kitamura, Miyuki Miyabe

2025

目次

選んで、語って、読書会1

本書では、編者の判断のもと各編の扉に分類マークがついています。

分類マークは創元推理文庫が創刊された一九五九年から九一年まで、創元推理文庫・創元ＳＦ文庫の作品ジャンルの分類に使用していました。便宜上左のように分類しております。

- 本格推理小説
- 警察小説・ハードボイルド
- サスペンス・スリラー
- 法廷・倒叙
- ＳＦ
- 怪奇と冒険

括弧の恋

井上ひさし

一年間、物語好きの仲間が集まって、「あれが面白かった」「これが――」とおしゃべりできる場が出来ました。うれしい、うれしい。

というわけで、最初にあげるのが井上先生の仰天小説「括弧の恋」。読んで――としかいいようがない。何かいってしまったら、つまらない。うーん、フレドリック・ブラウンか筒井康隆か井上ひさしか。

一昨年、『十二人の手紙』が朗読劇として舞台で上演され、見事な成果をあげましたが、「括弧の恋」を朗読できたら、これはエライ。

昔なつかしい創元推理文庫の分類マークを無理やりつける――というのがお題ですが、迷った末にＳＦマーク。仰天マークがほしいなあ。

（北）

このワードプロセッサはますます反応が鈍くなってきているぞ。そう舌打ちしながら深夜のビルの一室で企画書を叩《たた》いている広告代理店の社員があった。ワープロを使うようになってもう三年になる。習い初めに厳格な指導で聞えたワープロ学院に通ったせいで彼はブラインドタッチでキーを打つ。手許《てもと》を見ずに入力できるのである。さらに三年の経験が彼に十分間九百字のスピードを与えていた。日本商工会議所主催の一級検定試験にらくに受かる速度である。これぐらい速くなると、入力がすんでいるのにディスプレイにはまだ文字が出ないということはしばしばである。それは我慢できるが、困るのは括弧《かっこ》記号の反応の遅さだった。仕事がらコマーシャルの台本を打つ機会が多いが、台詞《せりふ》の始まりを示す「という始め鉤《かぎ》括弧記号が入力してから三秒も四秒も現われないときがある。台詞の終わりを示す終わり鉤括弧記号の」にも同じ傾向があって、入力から表示まで五秒はたっぷりかかった。そこで彼には鉤括弧記号を入力するたびにキーボードの縁を右の小指で軽く叩きながら小声でカモン、カモンと急《せ》かす癖がついてしまっていた。

ぼつぼつ買い換えどきかもしれないな。

またも「を入力してカモン、カモンと呟《つぶ》やいているところへ、上司がネクタイをゆるめながら入ってきて、ジョッキを傾ける仕種をした。このへんで一息入れるのも悪くはない。君ナシデモ僕ハナントカヤッテイケルト思ウヨ、という台詞を入力すると、彼は椅子《いす》に引っ掛けておいた夏上着を取った。すぐ戻るつもりだからスイッチは切らない。その代わりに」のキーをぽんと打って会話を締め括《くく》っておいた。

おいおい、早くディスプレイに出ていかんかい。

●が黒石で碁盤を叩きながらどら声を張り上げた。●には子分の黒石が大勢いるので、その黒石を使って○と朝から晩まで笊碁《ざるご》を打っている。碁に飽きると五目並べで退屈をしのぎ、ちかごろはオセロゲームもやるようだ。●も○も出番が少ないので、そんな贅沢《ぜいたく》が許されているのである。

なあ、終わり鉤括弧よ、おまえがうろうろしているもので、このワープロの評判は落ちる一方だぜ。おめえもよ、始め鉤括弧の「の野郎と乳繰ることばかり考えていねえで、少しは気を入れて仕事に励んでもらわにゃ困るな。

皮肉を混ぜた●の台詞に笊碁を見物していた記号たちがごにょごにょと下品に笑って同調した。↓と↑はたがいに顔を上げ下げして笑い、→と←は腹を抱えながら体を左右に揺すっている。§などは顔がくしゃくしゃだ。☆にいたっては笑いすぎて光るのを忘れ★になってしまっている。

白星よ、笑うのはいい加減にしてこっちへ明かりをくれねえか。肝心の盤面が見えなくなってしまったじゃねえか。

☆は慌《あわ》てて★から☆に戻った。これらの記号たちはいずれもお茶っ引きの冷飯食い、そこで呼出しのかかることの多い記号たちに穏やかでない感情を抱いていた。とりわけ始終ディスプレイに呼び出され席の暖まる暇もない売れっ子の「と」には妬《ねた》みさえ感じている。●の台詞は彼らのその屈折した心の歪《ゆが》みを快く掻《か》いてくれたのだった。

あたし、「さんが好きなんです。

細いが針金のように勁《つよ》い声で」が言った。●が黒石を摘まみ上げた手を宙で止め、目を・にして」を見た。癇癪玉《かんしゃくだま》を破裂させる寸前の●は目をきっと・にする。記号たちは揃《そろ》って震え上がったが、しかし、」はかまわずに続けた。

ここにいるあいだは「さんと一緒にいられるのですけれど、でもディスプレイの上ではきっと離れ離れになってしまいます。それが辛《つら》くて切なくてついおろおろしてしまうんです。だって「さんとあたしとの間にはいつだってなにかしら文がはいるんですもの。離れ離れになるのも辛いけど、ディスプレイの上ではもっともっと辛いことだって起こりますわ。こないだなんぞは、「さんとあたしの間に、君ナンカ嫌イダヨ、アア、大嫌イダという文章が入ってきたんですよ。なんだか「さんに嫌イダヨと言われているような気がして、あたし、その文章を受けて締め括るのがほんとうにいやだった。あのときは一日、御飯が喉《のど》を通りませんでしたわ。今度の文章も辛いわ。君ナシデモ僕ハナントカヤッテイケルト思ウヨだなんて、とても不吉ですもの。ですから、ディスプレイに出て行って文章を完成させるのが怖いんです。
●はこんなふうに真正面から口答えされたことがなかった。これまで自分の目の配り一つ、声の調子一つで他の記号たちを思うままに動かしてきていたのに、これはまたなんとしたことか。●は心が動揺するのを感じた。それも口答えをしてきたのは、あの「の若造と組んでやっと一人前の、取るに足らぬ小娘ではないか。こんな手合いに舐《な》められるほど自分の権威は落ちたのだろうか。こいつにはこの黒塗の顔が恐ろしくはないのか。●は二重に動揺した。しかも」の言い分には、甘いと怒鳴り付けるだけでは済まされないなにか、そう、世界を破綻《はたん》させようとするような危険な匂《にお》いが感じられる。●は三度、動揺した。小娘相手に腹を立てたりしていては沽券《こけん》にかかわるという思いと、」の言い分に隠されたきな臭さが●の癇癪玉を急速に冷やした。この場の捌《さば》きは仲間に任せて、しばらく様子を見ようと思案がまとまって、●は」にじろりと鋭く眼《ガン》を飛ばすと、ゆっくりと碁盤の上に目を戻した。入れ代わって、●とは黒塗仲間の■がひと膝《ひざ》前へ送りながら肩を怒らせ、」をきっと睨《にら》みつけると角張った口調で言った。
貴様にお呼びがかかっているのだぞ。それがわからんのか。この半端野郎め、この半人前め……。

そのうちに■はふっと首を傾《かし》げて一座を眺め回した。

……おい、感嘆符はどこだ。どこで怠けているのだ。いまの、半端野郎め、半人前め、という台詞の後に感嘆符がほしかったのだ。なにをぐずぐずしている。早くしないとわしの怒りが立ち消えになってしまうではないか。

！が隅の方から中央へ歩み出た。

半端野郎とはいくらなんでも言い過ぎです。ひどい失言です。」さんは好きこのんで半人前の身分に甘んじているのではない。文体学上の必要からやむなく二つに分かれているのです。あなたにはそれがわからないのですか。右手と左手、右目と左目、時計の長針と短針、書物の表紙と裏表紙、ナイフとフォーク、みんなそれぞれ必要があって二つに分かれている。分かれ分かれになりながら一つの秩序を支えているのです。下駄に靴、靴下に手袋、箸《はし》に拍子木、みんな、同じことです。■さん、あなたはそれを無視した。そうして括弧記号のみなさんを侮辱した。謝ってください。謝罪が済まぬうちは、とてもあなたの御用をつとめる気にはなれません。

まあまあまあ、そうカリカリするな。

■は！の烈《はげ》しい語気に少しばかりたじたじとなった。

感嘆符という役目もあって、なにかというとすぐカッとくるおまえさんの性格はよく知っているつもりだが、しかしそう一気に険しい文句を言い立てなくてもいいではないか。吾輩はものの道理を説こうと思ったにすぎないのだ。「に出番がかかったらかならず」にもお呼びがかかると思わねばならぬ。これが天地自然の法ではないか、表記学の根本原理ではないか。」は常に「に従うべし、すなわち夫唱婦随にならって言うならば「唱」随、この原理を踏みにじっては、世の中の会話というものが成り立ちかねる。それどころか「がすでに表示されているのに」が出渋っていては表記学体系に対する大逆罪を構成することになるぞ。●くんも吾輩もそこのところを説いておるのじゃ。

　言いながら■は雪の野原に杖《つえ》を突いて歩いているような頼りなさを感じた。とかく角張った物言いをする■は、日頃から！を重宝しているのだが、その！がちっとも協力してくれないものだから、いつもの迫力が出ないのである。■は猫撫声《ねこなでごえ》で言った。

　なあ、！よ、おまえなら分かってくれるな。

　だが、！は答えず、ほとんど垂直に目を吊《つ》り上げ、○と交互に●○●○●○●○●○●○●○●○●と石を交えている●を睨み、そして■を睨みしている。激情家の！をこれ以上刺激するともっと厄介なことになりそうな気がして、■は記号たちの一座へ話頭を向けた。

　吾輩は私情でものを言っているのではないんですぞ。●くんや吾輩の説く道理は畏《おそ》れ多くも総理府や文部省の、くぎり符号の使いかたに関する通達に基づいておるんです。したがって自説にはいささかの誤りもないと自負しているんじゃが、諸君はどうお思いかね。

　このときも■は気が抜けたような気がした。というのはいつもならハイハイの二つ返事で協力してくれる？が隅の方でじっとしているのだ。？なしでは、単に意見を述べたのか、それとも質問を呈したのか、自分でも分からなくなることがあるので、じっとしていられては困るのである。

　おい、？くん、君はどう考えるかね。

　分からんです。

　？はあっさりと答えた。

ぼくにはこの世界がよく分からない。なにからなにまで疑わしいことばかり、なに一つたしかなものはないような気がしてならんのです。したがって■さんの御説が正しいかどうかも分からんのです。

なにごとも疑わないではいられない？に答えを出させようとしたのは戦術の誤りだったと■は胸の裡《うち》で舌打ちをしたが、そのとき、論理記号の∵が言った。

このへんでわたしに議論を整理させてくださいませんか。なぜならば、このままでは実りある結論が出そうもないと考えるからです。わたしは議論の整理役に向いています。なぜならばわたしは、なぜならばという意味を表わす論理記号だからです。

■はちらっと●を見た。●の、妙なところへ杓子《しゃくし》定規な三下やっこが出てきやがったな、と吐き捨てるように呟やくのが聞こえた。■も同感である。及びの∧、又はの∨、ならばの⇒、すべてのの∀など、論理記号の連中は無味乾燥な理屈ばかり捏《こね》るから閉口するが、なかでも一番の論客がこの、なぜならばの∵なのだ。しかし一座に意見を徴した以上は聞く素振りぐらいはしなければならぬ。

手短にだよ、∵くん。

！さんは表記学及び文体学に反旗を翻《ひるがえ》しているのではないと思います。なぜならば、！さんは」さんに対し、ひと言も、「ディスプレイに出て行ってはいけないと言っていないからです。！さんが異議を申し立てたのは、■さん、あなたの言い方に対してだと思います。それから●さんの無礼な口の利《き》きように対してだと思います。わたしたちは！さんが正しいと考えます。なぜならば、わたしたちもあなた方のボス然とした態度に日頃から疑問を抱いていたからです。ここにボスは要りません。なぜならば、それぞれが一個の記号、記号の間に強いも弱いもなく、偉いも偉くないもないからであります。これでわたしの話はおしまいです。なぜならば、言いたいことをすべて言ってしまったからであります。

ありがとう。

！が∵に駆け寄ってその肩を抱いた。

君は僕の言いたかったことを全部言ってくれた。感謝するよ。そうだ、そうだとも。夫婦の間でも、友人同士でも、また師弟の間柄でも、言われている内容では決して悶着《もんちゃく》は起こらない。問題になるのはその言い方だ。言い方が常に悶着の種になるんだ。

遠くの海から聞こえてくる潮騒《しおさい》のようなひそやかな拍手がおこった。（と）、〔と〕、［と］、〔と〕、〈と〉、《と》、『と』、【と】など、括弧記号たちが控え目に、しかし心を込めて∵に拍手を送っているのだった。すべてのことをすぐ統計にとりたがる％が、

∵くんの意見を支持する者が六割を超えております。

と〼が斜線にこれまた〼が二つの小さな0をカタカタと打ちつけている。うれしいことがあると％はきまってそうするのである。段落記号の¶も、手を拍子木にしてカチカチカチと打った。

∵くん、よくぞ言ってくれました。これで議論は一段落、いや、めでたい、めでたい。

右に同じ。

とゝゞヽヾ〃々仝などの繰り返し記号たちが次々に歓声を上げた。この様子を見て、ものごとをすぐまとめたがる癖の〆が一座の真ん中へ進み出た。

それではみなさん、めでたく結論が出たところで、手〆《てじめ》とまいりましょう。●さんや■さんにはあとで」さんに謝っていただくことにいたしまして、とりあえず恩讐《おんしゅう》を越えて三本〆で〆ましょう。お手を拝借、イヨーッ……

貴様ら、いい度胸だな。

いつの間にか●が仁王立ちになっていた。手に†を構えている。●だけではない、○も■も†を振りかざしていた。†とは正しくはdagger、英語で短剣のことで、参照符として用いられる記号だ。みんな外国からやってきた労働者たちである。†たちは意味もわからず騒ぎを見物しているうちに不意に●たちの得物にされてしまったのだ。

言い方がどうあれ、正しいことは正しいんだぜ。前代未聞の謀反《むほん》を企てやがって、このままじゃすまねえぞ。

●は怒りの余り真っ赤になっていた。その手の†がまぶしく銀色に光っている。

謀反記号ども、おとなしく謝れ。血の出るまで顔を床に擦りつけて詫《わ》びるなら許してやる。それがいやならこの†が飛んで行くぜ。

……あのう、お言葉でございますが、前代未聞というのは正確ではございません。

引用符の”“の二人組が恐る恐る進み出ると、どうやらこうやら声を揃えて言った。

そのなんでございますな、ヨーロッパの大学生たちは昔から、記号同士が相い争う詩をビールに酔ってはよく歌ったものだそうでございますよ。ですから、こんなことはそう珍しい出来事じゃございません。そこのところをお汲《く》み取りいただいて、どうかお手柔らかにお願いしたいもので……

引用符二人組が時間を稼いでいるらしいとぴんときた者がいる。頭のシャープな♯だった。目くばせして郵便記号の〒を呼び寄せると、♯はその耳許へこう囁《ささや》いた。

ディスプレイまで一っ走りして、「さんにこうお伝え願います。恋人の」さんの身の上に一大事が、と。

速達ですな。

さっそく〒が帽子を被《かぶ》り直した。

そう、その上に書留で願います。

♯が〒の背中をそっと押した。引用符たちの時間稼ぎがまだ続いている。

……思いますに、学生諸君はこんな唄をがなっていたんじゃないでしょうかな。まず、忙しい記号たちが、文章の王国の守衛はもうごめん、おれたちゃ疲れた引退だ、と歌う。

唄のところに♭がマーチのリズムでザッザッザッザッと口伴奏を入れた。

それを聞いて、暇な記号どもが、我らは秩序のお守役、いつも元気なお守役、守れ持ち場を整然と、と歌い返して互いに喧嘩《けんか》をいたすわけですな。

引っ込んでろ、知ったかぶりの引用符どもと音痴のフラット記号め。

●がしてみせたものすごい目つきに圧《お》されて"“の二人組と♭が後ろへさがる。●は改めて

憎々し気に」を睨み据え、
　謀反騒ぎの張本人の、このくされ××××め、これでも食らえ。
　力一杯†を投げつけた。●が†とともに放った汚い四文字を×××で消して聞こえないようにしたのは乗算記号で、みごとな機転といわなければならない。●にならって、■と○も」目がけて†を投げた。三本の†はいずれも狙《ねら》いは正確だったが、しかし一本として」を傷つけることができなかった。というのは、これまた咄嗟《とっさ》の機転で括弧記号たちが、
（《〈｛【〔［『
という布陣を敷いて」を守ったからである。もちろん、」の後ろも、
』］〕】｝〉》）
の順に並んで守りを固めたことは付け加えるまでもない。三本の†は（に当たってつるっと滑ると、明後日の方角へ逸れて行ってしまったのだ。
おっ、洒落《しやれ》た真似《まね》をしやがるな。
●たちがもう一度、短剣を構えたところへ、「が駆けつけてきた。」が、
「さん！

と叫んで「の手にすがりつく。その」を庇《かば》いながら「が●に言った。

ひがむのもいい加減にしてください。暇にまかせて徒党を組んで、この記号世界を私《わたくし》するのはもう許されません。

利いたふうな啖呵《たんか》を切りやがって、いまに吠《ほ》え面《づら》かくなよ。

●たちがゆっくり†を振りかぶったとき、隅の隅のそのまた隅からのっそり立ち上がった記号がある。一匹狼《おおかみ》の／だった。

うるさくて寝られやしねえ。少し静かにしねえか。

なんだと。

■は声のした方へ†を投げつけた。チャリンと音がして†が天井に突き刺さる。／は抜き身を斜め下段に構えていた。刀で†を上に跳ね上げたのである。と、すぐ、／は滑るように●と■のそばへ体を寄せてくると七度、刀身を閃《ひらめ》かせた。記号たちがはっとなって見ると、●は▲になっており、■は四隅を切られてすでに◆になってしまっていた。

ほんとうにだめになってしまったな。

ほろ酔い加減の社員がキーボードをがちゃがちゃ叩いている。

せっかく入力しておいた「は消えてしまうし、いくら叩いても」は出てこないし、こいつはもう寿命なんだ。

社員はしばらくあちこちのキーを打っていたが、そのうちに大きな溜息《ためいき》を三度も続けてついた。

●を打てば▲が出てくる、■は◆になる、満足に出てくる記号は、と。だけだ。こりゃほんとうにいかれちまったらしいぞ。明日は朝から秋葉原だな。

それから三分間ばかり社員はワープロをやさしく撫で回していたが、やがてスイッチを切りコードを引き抜くと席から立った。一階に降りると、社員は守衛室へ声をかけた。
僕の机の上のワープロですが、どっかに片づけておいてくれませんか。

秘嶺女人綺談

付・私的探偵小説感

高村信太郎

伝説的な探偵小説専門誌『幻影城』は、埋もれた名編の発掘だけでなく、幾多の新しい才能を紹介したことでも知られている。

公募された幻影城新人賞を経ずにデビューした作家の一人が高村信太郎（後の高山洋治）。島崎博編集長とどんなつながりがあって作品が掲載されたのかは知らない。

『幻影城』を懐古や検証する文章を読んでも、同氏やその作品に関する話は出てこないのだが、私は強い印象を受けた。知られざる本格探偵小説が目当てで、異郷（チベット）を舞台にした活劇伝奇ロマンなどまったく期待せず購読していたのに。

作品の後に添えられた作者の「私的探偵小説感」において、作者は〈新伝奇探偵小説〉を提唱している。『幻影城』が持っていた魅力と可能性に思いを馳《は》せつつ、壮大な冒険・復讐譚の序章をお楽しみいただきたい。

（有）

1

希薄な空気のなかに瑞瑞《みずみず》しさがあった。

ヒマラヤの山峰に平行してひろがるネパールの舗装道路を、白っぽいほこりをかぶったバスは走っていく。快晴の空の彼方に、青光りのするヒマラヤの氷嶺が連なっていた。道端で経文の入ったマニ車をまわしながら、経典を売る黄衣のラマ僧が通り過ぎる。

その向うの牧場でのんびり草を食べているヤクの群れ。

二十六年前と少しも変わらぬ風景が、五十六歳の久坂英明の前に拡がっていた。

バスは西に向って走って行く。

久坂は正面に聳《そび》える峨峨《がが》たるヒマラヤの峰をみつめた。その氷峰の奥にナンダコート（六八六一メートル）の峻嶺《しゅんれい》が空を圧しているはずだ。

バスは空いていた。ヒマラヤ灼けといわれる茶褐色の肌をした三人のネパール人のほかには、乗客は日本人の久坂だけだ。

板きれのような固い座席の振動に身をまかせ、久坂は山頂を雲に隠した白雲の山肌を凝視していた。

弟の孝次が上村秀一の会社に訪ねてきたのは、それより半年前のことである。

「にいさん、会ってもらいたい人がいるんだ。ちょっと席を外せない？」

フリーのカメラマンである孝次は、いつも何の連絡もなしに突然現われる。

歳は二つしか違わなかったが、性格は兄の秀一と正反対だった。幼い頃から傍観者的な姿勢をもっていた秀一に較《くら》べ、弟の孝次は精悍《せいかん》な顔だちで性格も行動的だった。

大学を卒《で》てサラリーマンになった秀一と違い、高校を卒業した孝次はプロのカメラマンに弟子入り、いまでは新進の報道カメラマンとして期待されていた。

「にいさんに、紹介したかったのは、この人なんだ」

会社の近くの明るいフルーツパーラーに入った孝次は、一人の女性が待つ席へ秀一を連れていった。秀一はもう少しで声を上げるところだった。

孝次が秀一に紹介したのは、日本人ではなかった。漆黒の髪、小麦色の肌、神秘的な黒い瞳――。鮮やかな真紅とグリーンのサリーをまとった、若いインド人の女性だった。

アンナ・シャルマと名乗る彼女の美しさは、呼吸《いき》をのむほどだった。

アンナは留学生だった。

「にいさんにみせたいものがあるんだ。アンナ、あれを出してくれないか」

アンナは麻で編んだバッグから、二枚の古ぼけた名刺版の写真を出した。

「これは——」

秀一は呆然とした。

そこに旧式な丸型の眼鏡をかけた男と、おさげのような髪型をした女性が写っていた。男は赤ん坊を抱いていた。もう一枚の写真も同じような構図だった。

眼鏡をかけた男は秀一の父であり、おさげのような髪型をしたのは母であった。

秀一は両親の顔を知らない。秀一と孝次は祖父によって育てられた。

千葉県の海沿いの小さな町に、祖父は住んでいた。幼いときその祖父に手をひかれ、海が一望の下に見下せる丘によく出かけた。

祖父は青い海をみつめ秀一の知らない両親のことを話してくれた。

「娘の優子——つまりお前のお母さんは、東京で働いていて、大学生の道男君と知り合ったのだ。道男君は優子と学生結婚をした。そして秀一が生まれ、二年後に孝次が生まれた。だがその喜びも束の間、ある日、道男君は心臓発作を起こして亡くなったのだ。優子はお前達二人のこどもを抱え頑張ったが、過労がもとで肝臓を悪くして死んだのだよ。だがお前達にはわしがおる。じいちゃんが、お前達の父親なのだ。わかったの」

祖父がこれがお前達の両親だといって、みせてくれたアルバムに貼ってあったのが、いまアンナの出した写真に写っていた二人だった。

その両親の写真をなぜインド人のアンナが持っているのか。

「にいさんもびっくりしただろう。ぼくもアンナから両親の写真をみせられたときは、声も出なかったほどだよ。おじいさんは、ぼく達の両親について、詳しいことをなにも告げずに死んでしまったけど、死んだ親父とお袋は、インドへ行っていたらしいんだ」

「なんだって――」

秀一は余りの意外な事実に、思わず孝次とアンナの顔をみつめた。

このときアンナが初めて口をひらいた。

留学生活が長いのか、流暢《りゅうちょう》な日本語でアンナは話し出した。

「この写真に写っている、背後の山はヒマラヤです。私、日本に来て、上村さんの御子息の消息をさがしていたんです。それがわかったのは、偶然の機会からです」

「ちょうどぼくが、インド人の女性のモデルを、探していたんだ。それで方々の大学を当っているうち、アンナと出会ったんだ」

「ほんとうに私、幸運でした」

秀一はアンナに訊ねた。

「しかし、なぜぼく達の両親が、インドへ行ったんです」

アンナは申し訳けなさそうに顔をしかめ、

「その事情を詳しく知っているのは、私の村の老人です。ただ私は、その老人に日本へ行ったら、上村さんの御子息の消息をさがすようにいわれただけなのです」

「すると、ぼく達の両親は、あなたの生まれた村に、以前いたことがあるんですか？」

「多分そうだろうと思います。でも村の老人に訊かなければ真相はわかりません」

このとき孝次が口をひらいた。

「にいさん、アンナは一週間後に、村へ帰るんだ。ぼくは彼女と一緒に、インドへ行ってみようと思う。そして両親のことを知っているという老人に会って、詳しいことを聞いてみる。もしかすると親父とお袋は、たいへんな人物だったかも知れないよ。いままで写真でしかわからなかった親父とお袋のことがわかるだけでも、意義ある旅だと思うんだ。それに、カメラマンとしても、ヒマラヤの聖地は、興味ある素材だもの」

アンナが神秘的な瞳をかがやかせていった。

「おにいさまも、ご一緒にいらっしゃいませんか」

「いや、ぼくは宮仕えの身なのでね。孝次のような自由業が、こういうときはうらやましいですよ」

「にいさん、とにかくぼくにまかしてくれよ。きっとすごいおみやげをもって、帰ってくるからね」

そういう孝次の横顔をアンナがみつめ、静かなほほえみをうかべて頷いた。

秀一はこのとき孝次とアンナは、愛し合っているのではないかと思った。サリーからかいまのぞく小麦色のつややかな腹部が、からだを動かすたびに、悩ましげによじれる。そしてアンナのからだから発散する、深遠な苔《こけ》の香りを連想させる香料。彼女の全身には、艶姿がこぼれるようにあふれていた。

アンナがインドから持ってきた両親の写真。

そこからはかずかずの疑問が湧いてくる。

なぜ父と母はインドへ行ったのか。なんの目的で。インドでなにをしたのか。どのくらい滞在していたのか。もしかすると二人の死因もインドに関係があるかも知れない。そして祖父はなんで両親がインドへ行ったことを隠していたのか。


それから一週間後、孝次は予定通りアンナと一緒にインドへ発った。

そして一か月が過ぎた二月の冷え込みの強い夜、世田谷《せたがや》に在る1DKのマンションに帰った秀一は、一通の航空便が郵便受けに入っているのを発見した。

それはインドのアンナからの手紙だった。

孝次からはあの日以来、なんの音沙汰もなかったので、秀一は気がかりになっていた矢先だった。

封を開けると、そこには英文でこう書いてあった。

『孝次さんが、重い病気にかかっています。大至急、お出ください。医師に診てもらいたくても、村には残念ながら医師がいないのです。医師のいる町までは遠いのです。それにいま孝次さんを動かすことは危険です。お願いです。早く来てください……』

そして別紙に『にいさん、早くきてください。孝次』という走り書きが書いてあった。

その筆蹟はまぎれもなく孝次のものだった。

孝次がどんな病気に罹《かか》ったのか、病名はいっさい書いてはなかった。

手紙には孝次がいる村の地図が入っていた。

そこはインドとチベットの国境にまたがるヒマラヤ山脈の一つ、ナンダコートの中腹だった。

『詳しいことはオイニータールの町で、ベテランの案内人《ポーター》カシム・カーンに会い、私の名前をお伝えください。彼がこのラークシャサの村に御案内します。重ねて書きます。孝次さんの病状は一刻をあらそいます。一日も早くお出くださ い。アンナ』

秀一はすぐに世界地図をひろげた。その途端、暗い絶望に襲われた。オイニータールの地名はインドの最北部に小さく出ているが、ラークシャサ村はどこをさがしても載っていなかった。オイニータールの上の方には、ナンダコートの秘嶺が、濃茶色で表わされていた。その濃茶色の部分のどこかで、孝次は明日をも知れぬからだを横たえているのだ。

孝次は苦しみながらうわごとを呟いているのではないだろうか。「にいさん……苦しいんだ……にいさん」と。

日頃、行動家を自認していた弟だけに、病気で呻吟《しんぎん》しているさまを想像すると、哀れでならなかった。しかも孝次はたった一人の肉親なのだ。

秀一はインドへ旅発つ決心をした。

翌日、会社に理由をいって休みをとると、秀一はインドへ向けて飛び発った。

ニューデリーを経由してカルカッタに着いた。そこからはオイニータールまでの直行便はない。だがポーター便なら近くの町まで行けることがわかった。ポーター便というのは山岳飛行用の七人乗りの、小型プロペラ機。

秀一はそれを利用することにした。

2

ポーター便は一時間後に飛び発った。

白雪をかぶったヒマラヤの嶺が近付くにつれ、気流のせいか小型機は何度も激しく揺れた。そのたびに同乗していたアメリカ人客が悲鳴をあげた。

乱気流に翻弄されながら、やがて機は信じられないような狭隘な山間の滑走路に無事着陸した。

そこからオイニータールの町まではタクシーで約一時間だった。

町は白い石造りの家が並び、そのほぼ中央にホテルが一軒建っていた。

町は十月から二月までが乾季で、夜は霜《しも》がおりるほどの寒さになる。

だが昼間はセーターだけで寒さを感じない。

ホテルで部屋をとると、秀一はすぐにフロントで、アンナが手紙に書いてきた、案内人のカシム・カーンのことを訊ねた。

フロントのインド人はたどたどしい英語で、カシムは毎日ホテルに日本人のあなたのことを、聞きに来ていると教えてくれた。

「もしカシムが来たら、連絡してほしい。部屋で待っているから」

秀一はいったん部屋に入った。

それから間もなくカシムが来たという連絡が入った。秀一はすぐにロビーへ降りていった。

そこに浅黒い肌のターバンをまいた、中年の痩せたインド人が立っていた。

それがカシムだった。

「アンナ・シャルマからすべてを聞いています。私は、あなたの来るのを、毎日待っていたんです。今日はゆっくり休んでください。出発は明日です。行けるところまでは、車を使った方がいい。車の手配はすんでいますから、御安心ください」

「ありがとう、カシム。だがぼくは疲れてはいない。出発するならいますぐの方がいい。ぼくは弟の容態が気になって仕方がないんだ」

「いや、失礼だがあなたは高所順応を御存知じゃない」

「高所順応――」

「そうです。急に高い所へ登れば、人間は高山病にかかってしまう。われわれ――いや、あなたの行くラークシャサ村は、高度四千メートルに近い地点なんです。疲れたからだで行けば、たちまちあなたの方が、生命の危険にさらされてしまいます」

カシムはわりと正確な発音で英語を話した。

そのときカシムが、われわれといってから〝あなたの行く所は〟といいなおしたことに、秀一は迂闊《うかつ》にも注意していなかった。

彼にもカシムの忠告の意味がわかった。

個人差はあれ、高所へ行けば酸素の欠乏から、頭痛やいき切れ、吐き気などの症状を起こす。さらにこれが昂じると、集中力が減退したり、意識障害や傾眠状態が起こり、ついには脱水症状が起きて死にいたる。

高所は危険地帯なのだ。


翌日、秀一はカシムのさがしてきたボロ車で町を出発した。およそ一時間ぐらい走り、小さな村で車を降りると、いよいよ登攀《とうはん》にかかった。それは石ころの多い傾斜の山道だった。

空はぬけるように青い。土は赤茶けた色をして、すぐ眼前に青く光る氷雪の鋭角状の山嶺が天を圧していた。

呼吸が次第に苦しくなり、まだ歩き出して間もないというのに、疲労が重くのしかかってきた。テントと荷物を背中に背負ったカシムは、確かな足取りで歩いて行く。いつかカシムとの距離が離れた。

カシムは振り返るといった。

「ゆっくり、呼吸のスピードを変えずに歩くんです。なるべく口はきかないように」

秀一は声を出すのも大儀だった。

やがて前方に小さな集落がみえてきた。

そこがカシムの顔なじみのチベット人の村だった。

「村があるのはここが最後です。ちょっと小休止していきましょう」

カシムは石を積んで造った一軒のチベット人の家に入っていった。

土色の肌をした深いシワのチベット人の老人が、カシムと黄色い歯を出して談笑しながら、バター入りの茶《ギー》を淹れてくれた。

それに甘い蜂蜜《はちみつ》入りのお菓子。油臭いふしぎな味のする茶が、からからに乾いた秀一ののどを、いいようのないやさしさで流れていった。

「このお茶は、疲れをとるのにもってこいの飲み物なんです。できるだけたくさん飲んでおいてください」

カシムがいった。

家のなかは動物の匂いが、ムンムン漂っていた。みると剝いだヤクの皮が、壁に何枚も重なりあってさがっていた。

3

チベット人の村からさらに高所に登り、その晩はテントで一泊した。夜通し激しく風が咆《ほ》えた。それでも疲労のためか、秀一は眠った。

一夜が明けると風はおさまり、空は快晴だった。しばらく行ったとき、秀一は激しい頭痛を感じた。呼吸が苦しくなり、流れる雲霧のなかで彼はたまらずかがみ込んだ。

「高山病にやられましたね。少し休みましょう」

カシムがそういって秀一の背中から荷物をおろしてくれた。秀一は急な傾斜に背をもたせてあえいだ。みるとナンダコートの秘嶺はもう手の届く距離にみえる。おそらく三千メートル以上の高所に達しているのだろう。

このとき気流に乗って鐘の音が聞こえてきた。秀一は瞬間、高山病のために意識がおかしくなったのかと思った。だがカシムのことばがそれを否定してくれた。

「すぐそばにラマ寺院があるんです。あの鐘はそこで鳴らしているんです」

やがて頭痛は少しおさまってきた。

二人は再び出発した。

少し登ると前方に白石塀で囲まれた、中国風の建築のラマ寺院がみえてきた。その寺院の彼方に、キラキラ光る壮大な白い世界が拡がっていた。氷河だった。

氷河の果てに垂直の岩山が、幾重にもつらなり鋭い牙の山頂を空に向けていた。

秀一はゆっくりした足取りで、カシムの後から歩いた。呼吸はいぜんとして苦しい。

それでもやっとラマ寺院の前までたどりついた。カシムが振り返っていった。

「この寺院のなかに、小銭を投げ込んでください。旅の無事を祈るのです。それがしきたりです」

カシムは自分から小銭を投げ込んだ。

秀一もそれを真似た。

そして手を合わせ、眼を閉じて祈った。

閉じたまぶたをひらいたとき、秀一は息をのむような驚愕に襲われた。

いつ現われたのか眼の前に、黄色の僧衣をまとったラマ僧が、じっと秀一とカシムをみつめていたのだ。

おそらく髪を伸ばせば白髪であるに違いない頭髪。そしてひたいには縦に茶褐色の皮膚と同じ色をした、古傷が刻まれていた。

頬はえぐりとったように肉が落ち、カン骨がとび出し、眼光炯炯と秀一を睨みつけるように凝視していた。

秀一は頭痛に襲われながら、負けまいとその怪異な容貌のラマ僧を見返した。歳は六十歳ぐらいだろうか。聖地に侵入した異国人をなじるかのように、ラマ僧はひとこともいわずに、痩せた両肩をいからして立っていた。カシムは怖れをなしたのかいつのまにかひれ伏し、両肩をふるわせている。

そのとき老ラマ僧の口から、聞きとりにくい呻き声のような呪文めいた声がもれたのだ。

「オム・マニ・パド・メ・フウム。オム・マニ・パド・メ・フウム――」

それはラマ教の僧が唱える六字呪文だった。

このとき秀一はさらに驚くべき事実に気付いた。ラマ僧の両の手に五本の指がなかった。そして六字呪文を唱えた舌が短く切りとられていたのだ。

自らに重い枷と苦難を与え、真理を発見するためにそうしたのか、その真相は定かではない。

だがもしそうだとしたら、このラマ僧はなんという残酷な責苦を、自分に課したのか。

「カシム、行こう」

秀一はまだ恐怖にふるえ冷たい大地にひれ伏しているカシムの肩をたたいた。

二人が歩き出してもラマ僧は、じっと見送っていた。だがそれを意識していたのはほんのわずかだ。秀一はもっと注意をそそがなければならない、大きな試練に直面《アプローチ》していた。それは氷河だった。踏跡一つない荒れた氷河を、一歩一歩、秀一は慎重に歩き出していた。

「ここは危険なアイス・フォールがないから安心です。それでも滑らないように気を付けて——。この氷河を渡れば、ラークシャサの村はすぐなんです」

カシムは呼吸《いき》使いも荒く、白い息を吐きながらそういった。呼吸はますます逼迫《ひっぱく》してきた。渡河にどのくらいの時間を要したかわからない。秀一を支えていたのは、もうすぐに孝次に会えるという思いだけだった。

——孝次、死ぬなよ。生きていてくれ！

なんども胸のなかで叫びながら、秀一は白氷の世界を歩きつづけた。

気が付いたとき白い世界は終わり、眼の前を垂直の岩場が阻んでいた。氷河はもう終わっていた。垂直の岩場の前には、ひとかかえもある巨岩がこぶのようについていた。カシムはそのこぶ岩の横にまわると、リュックからタガネとハンマーを出し、巨岩と垂直の岩場の境いにタガネをあて、ハンマーをふるった。カン高い金属音が、耳を切るような音で反響した。何度か叩くうち、垂直の岩壁にポッカリと人間がもぐれるくらいの穴があいた。

呆然とつっ立つ秀一にカシムは、呼吸をはずませていった。

「私の役目はここまでです。この穴の向うにラークシャサの村があります。幸運を祈っています」

「そこには医者はいないんだね。だったら、きみには村まで行ってほしい。弟は重病なんだ。どうしてもきみのようなベテランの助けが要る」

「私は村へ入れません」

「なぜなんだ、カシム」

「村の入り口は、この秘密の通路だけしかありません。それを知っているのは、私だけなんだ。でも私は村へ入ることは許されない。許されているのは、あなただけです」

「その理由《わけ》を教えてくれ」

「私はラークシャサ村のことは知りません。ただいえることは、あなたの弟さんが、村にいることが、確かだということです。私はここまで、あなたをお連れする役目を果たしました。これからはあなた自身の仕事です。あなた自身が行って、すべてを確かめることです」

そういうとカシムはどっと坐わり込んだ。

そして一心になにごとかを祈り始めた。

いくら秀一が声をかけても、カシムは耳を貸そうともしなかった。

なぜカシムはラークシャサの村に入ることを拒んだのか。

だが秀一は孝次が病んで寝ているラークシャサの村へ、一刻も早く行かねばならないと思った。

4

秀一は意を決して岩壁にあいた穴に、頭からもぐり込んだ。初めは這っていかなければ入れなかった穴は、すぐに立って歩ける広さに変わった。洞穴のような穴のなかを、ヒューヒュー音をたて、氷のような風が流れていた。懐中電灯の明りで穴のなかを照らした秀一は、いきをのんだ。壁面にいくつもの不均等な溝のような跡がついていたのだ。

それはだいぶ古い時代に鏨《たがね》のような道具を使って、人力でこの穴を彫ったことを物語っていた。穴はゆるやかな曲線を描きながら、さらにつづいた。凍るような冷気のなかで秀一は吐き気に襲われた。そして頭痛。

穴のなかを流れる風の音は一段と高くなった。出口が近いのだ。このとき前方に小さな明りがもれた。秀一は慎重に歩きながらやっと出口に出た。その途端、秀一は眼前の景観に眼を見張った。そこは眼もくらむような断崖のふちだった。足下は氷河の奈落がV字形に氷嶺を裂き、向いの断崖に長さ数十メートルの吊り橋がかかっている。

その吊り橋は幅三十センチほどの板がついていて、荒縄で結ばれていた。しかも頼りなげな吊り橋は、谷底から吹き上げる氷風によじれながら揺れている。一歩足をすべらせたら最後、青光りのする氷河の谷底に転落してしまう。だがラークシャサの村へ行くためには、この恐怖の吊り橋を渡っていかなければならないのだ。

秀一は勇気を奮い起こして、吊り橋の太い荒縄をつかむと、足を踏み出した。たちまちからだが、谷底から渦を巻いて吹き上げてくる気流のなかに入った。足許の板がブランコのようにスーッと横に流された。

秀一は、思わず荒縄にしがみついた。すると今度は反対の方向に反動がついて揺れる。からだのバランスをうまくとって歩かなければ、吊り橋を渡ることはできないのだ。二歩、三歩、慎重に歩きながら、次第にバランスのとり方がわかってきた。危険な吊り橋を渡るこつは、どんなことがあっても一定の速度を保って歩き、立ち止まってはいけないことだった。谷底から吹き上げる気流の流れに逆らわず、波の動きに身をまかせるように歩かなければいけないのだ。

一歩歩くごとにミシミシと無気味な音を立てる吊り橋。いまにも切れそうな恐怖と闘いながら、秀一はバランスをくずさないように歩いていった。それは長い時間だった。凍りつくような激寒の空中で、朽ちかけたわずかな幅の板の上を、細心の注意を払って歩いていく。

孝次もこの吊り橋をこんな恐怖の思いで渡っていったのだろうか。

どのくらい時間がかかったのか。秀一は長い苦闘の果てに、やっと吊り橋を渡りきっていた。対岸の断崖にたどりついたときは、高度で体力を使い果たしたためか、秀一は激しい疲労でその場にしゃがみこんだ。しばらく休んでいると、呼吸は次第に正常に戻ってきた。

みると岩壁に沿って細い道がついている。秀一は歩き出した。道は岩山の下の方へゆるやかな傾斜でつづいていた。しばらく歩いていったとき、突然、ドンドンドドという太鼓の音が山々に響いた。はっとした彼の前の岩山のかげから、五人の女がとび出してきた。漆黒の髪をうしろで束ね、ボテっとした茶色のチベット服を着た女たちは、手に鋭い槍を持っていた。女たちは全員ブーツのようなヤクの皮の長靴をはいていた。

顔の色は一様に土色だった。彫りの深い顔のなかに光る黒い眼が、異様だった。

女たちは口々になにやら叫び、槍の穂先で秀一の背中をつっついた。秀一は女たちにせき立てられるように歩き出した。いつか道からは雪が消えていた。そして痩せた草がしげる台地に出た。

先頭を歩いていた女が、みろ！　というように槍で前方を指した。瞬間、秀一は自分の眼を疑った。壮麗な岩山のふところに、白い石の家が百戸ほど建ち並ぶ集落がみえた。

そしてそのなかにひときわ燦然《さんぜん》と光る金色の方形をした屋根の、大きな建物。

「ラークシャサ——」

秀一が思わず呟くと女たちが頷いた。

誰がこんなところに、人の住む集落があると思うだろうか。

やがて村に入った秀一は、一軒の石造りの家に案内された。

「早く弟に会わせてくれ。アンナ・シャルマはこの村にいるのか」

だが秀一の英語が通じないとみえ、槍を持った女は、無言でそこへ腰掛けろと、粗末な椅子を指さした。そして外に出ると、扉に錠をおろした。

「おい、なにをする！」

秀一は叫んで、部厚い木の扉を叩いた。

頑丈な扉はびくともしなかった。

秀一の胸に強い不安がこみあげてきた。家のなかは広さが八畳ぐらい。あるものといえば、固い木のベッドと椅子とテーブルだけだ。

しかも窓はなく、陰気なランプが灯る家はまるで牢獄のようだった。

そのとき錠の開く音がした。

重いきしみの音を立て扉が開いた。

そこに食事を持って立っていたのは、アンナ・シャルマだった。

「アンナ――」

「よく、来てくださいました、上村さん」

「孝次はどこなんだ。早く孝次に会わせてくれ」

「ご心配はいりません。孝次さんは生きています。でも、ラークシャサに来たら、ここの風習に従っていただきます。まず、食事をするのです。孝次さんには、それからお会いになれます」

「手紙では、病気だと書いてあった。孝次の容態はどうなんだ」

「容態はおなじです。でも死ぬ心配はないのです。それより食事を先に――これは羊の肉のシチュー、バターと凝乳のたきこみ米飯、大麦から作った酒《チャン》、そして木の実です。高地ではなるべく乳製品を摂るようにしなければ生きていけません。後でまたまいります」

アンナはそういうと外へ出ていった。

木の皿に盛ったシチューの匂いが、忘れていた食欲を思い出させ、秀一はそれをガツガツ食べた。

扉が開いたのはそれから一時間後のことだ。

槍をもった女が三人入ってくると、こっちに来いというように合図をした。外はもう闇がおりていた。夜になると一変してきびしい寒気が迫ってくる。月明のなかにヒマラヤの峰がつらなる神秘さ。家の外には槍をもち、短弓を背にした女たちが、一列に並んでいた。

彼女達の眼にはなぜか敵意がこもっていた。

なぜなのだ——と秀一は思った。彼はそのときもう一つ不可解な事実を発見した。それはここにいるのが女ばかりだということだ。

男はどこをさがしても見えなかった。

赤々と燃える松明《たいまつ》を手に、中共服に似た服に身をかためた女人兵。まさしく彼女たちはただの女ではなく、女人兵だった。

やがて秀一が連れて行かれたのは、この村最大の建物——あの金色の方形の屋根をもつ白い石造の家だった。二人の女人兵が立つ門から庭を通り、石の回廊の先に大きな観音開きの扉があった。その扉がさっと開いたとき、秀一は内部の華麗さに立ちすくんだ。正面の一段高い祭壇に安置された、見上げるばかりの巨大な金色の仏像。それは唇に紅を塗った女人仏の像だった。そして仏像を飾る極彩色の垂れ幕と金色の壁。広い部屋いっぱいに立ちこめる幽玄な香の煙り。

その女人仏の前にひれ伏している赤衣をまとった女人僧たち。ここは礼拝室で白い石造の建物は寺院だった。礼拝室にこのとき鐘の音が響きわたった。背後の扉が閉じられ、正面の女人仏の前にいくつも置かれた香炉から、いっせいに強い芳香を放って香が、ものすごい白煙を吹き出した。

「オム・マニ・パド・メ・フウム——」

しわがれた老婆の声が、突如、吹き上げる香の煙りの向うで響きわたった。秀一はその声の主を確かめようとした。だが濃煙がその姿を隠していた。しわがれた声は、次第に早くなり、激怒の調子に変わっていった。

「われらが仏主のおことばを伝える——」

香煙のなかでアンナの声がした。

その声はあのやさしいアンナの声ではなかった。彼女の姿も香煙に隠れてみえない。

「呪われた者よ、上村秀一。いまこそその身に仏主の罰がくだる」

秀一は仰天した。なぜ罰を与えられるのか。

「アンナ、突然なにをいうんだ。きみは気でも狂ったのか。弟の孝次はどこにいる。孝次を出せ」

「汝の弟も、罰を受けるのだ。その苦しむさまを見るがよい」

「アンナ、ぼくには判らないことだらけだ。われわれの世界では――そうだ敢えてぼくは、われわれの世界といおう。そこでは社会的な罪科を犯した者だけが、法の裁きという罰を受ける。日本に留学していたきみなら、そんなことは知っているはずだ。それともここでは、その常識が通用しないというのか。孝次とぼくは、いったいどんな罪を犯したというんだ――」

いいながら秀一はしきりと頭をふった。

頭のなかに重い霧がたち込めてきたのだ。思考力が鈍り眠む気をもよおしてきた。秀一はそれが香煙のせいだと察知した。強い香りを放つ魔煙には、思考力を鈍らせる麻薬が仕込まれているに違いない。

秀一は少しでも香煙を吸うまいと、ハンカチで鼻孔を押えた。だがいったん吸い込んだ魔煙は、秀一の体内に浸透し、アンナのことばに抗《あらが》えぬ効果を発揮し出した。

立ちこめる煙のなかでは、老婆の叫びに似たしわがれ声がつづいていた。

その声が絶叫に変わったとき、耳をつんざくような銅鑼《どら》の音が乱打された。

その強音はおぞましいほどの響きで、秀一の頭のなかに侵入した。

秀一はたまらず耳を押えた。

それでも銅鑼の乱打はやまなかった。

彼は思わず叫んでいた。

「もうやめてくれ！」

これ以上叩かれたら気が狂う。秀一は石の床に伏して叫びつづけた。

それからどのくらい経ったか。ふと気付くと白煙は消え、そこにアンナがひとり立っていた。

「仏主は去りました。あとは私が説明します。あなたはインドで生まれ、この村の近くで三歳まですごしたのです。私の持っていた写真が証拠です。あなたの父は医師でした。仏主が身籠られ、出産が近付いたとき、仏主のおからだに異変が生じました。私たちは、医師をさがしました。この村には、医師がいなかったからです。そこで連れてこられたのが、あなたの父上です。でもお父上の手術は失敗したのです。そしてその失敗の責任から、お父上は卑怯にもこの村から逃げたのです。私達は捕え罰をくだしました。けれど、それ以来、村ではたいせつな女児の誕生が、なぜか少なく、仏主は心配なさって、かの女人仏にその原因をおたずねになったのです。女人仏さまは、医師の遺児が日本に生きているからだという仏告をくだされたのです。この村からは、方々の国へ留学生が行っております。日本に行った私は、そこで日本語を習得し、五年かかってやっとあなたの弟をみつけ出して巧みにこの村へ、誘い込むことに成功したのです。そしていままた兄のあなたも――」

「待ってくれ、きみは村でたいせつなのは、女児の誕生だといったが、ではこの村は、女人だけの村なのか」

アンナは頷くといった。

「男児が出生すれば、谷に捨て、女児だけが代々家を継ぐのが村のしきたりです。毎年一回、村の処女《おとめ》たちは、遠い地から来るラマ僧とまじわり、子孫をつくるのです」

秀一はこのとき、ヘロドトスの『歴史』のなかに出てくる、女人族アマゾンのことを思い出した。ギリシャ人と勇敢に闘ったという、女人だけの一族。ラークシャサの村こそ、ヒマラヤの秘境に隠れた現代のアマゾンだった。

5

やがて、秀一はアンナを先頭に女人兵たちにひきたてられ、雪渓の上に建つ円筒形の石の家の前に連れて行かれた。それは平らな石を一分の隙き間もなく積み重ねて造った家だった。家を構成する円筒の直径は約三メートル。入り口の部分は、ちょうど人間が横に三人並んで歩けるほどの幅で、開いていた。家の壁の上方には松明が赤々と燃え、明りといえばそれだけだった。石室のなかに天井はなく、からだが凍るような寒気でいっぱいだった。

「よくみるのです」

アンナがきびしく言い放つと、手にした槍の石突きで、秀一をうしろからつきとばした。

秀一はそこで初めて、弟の孝次と対面した。

しかし孝次はなんと変わり果てた姿だったろう。両頬はこけ、無精髭が濃い陰影となって頬から顎を覆い、服はボロボロとなって、たった一枚の毛布をかぶってうずくまっていた。

「孝次——」

秀一はたまらなくなって駆け寄った。

「う、う、う……」

孝次の口からもれたのは、獣のような呻き声だった。

「どうしたんだ、おい、俺だ、秀一だよ。わかるか、孝次」

孝次の肩に手をかけゆすったとき、突然、彼は焦点を失った眼で、あらぬ方をみて、ヒヒヒヒと笑い出した。秀一はそのとき見た。孝次の両耳が鋭利な刃物で、削ぎ落とされていたのを。どす黒くかたまった血が、ほんとうならあいているはずの耳穴を、コールタールがかたまったように、べったりへばりついてふさいでいた。いや、両耳だけではなかった。ひたいに縦の傷のあったあのラマ僧のように、両手の五本の指も切り取られていた。そしてのこった手の甲は、半分以上紫色にくずれ、凍傷にかかっていたのだ。孝次はこの恐怖すべき拷問に耐えきれず、完全に発狂していた。

秀一の全身に激しい憤怒がこみ上げてきた。

もうなにもかも許せなかった。こんな奥地に連れてきて亡父のおかした罪の復讐をとげるべく、自分たち兄弟に地獄の痛苦を与えた、ラークシャサの女人族。秀一の全身はさっき吸い込んだ麻薬の煙りに犯され、重い倦怠がよどんでいたが怒りがそれを克服した。彼はかたわらに立つ女人兵の足に足ばらいをかけて倒すと、狂った孝次の腕をつかみ、猛然と出口に突進した。しかし、すべてはそこで終わった。次の瞬間、左肩に激しい痛みを感じ彼は倒れた。気が遠くなるような痛みのなかで秀一はアンナに槍で突かれたことを知った。

なま暖い血が左肩から吹き出し、彼はなんとか起き上がろうともがいた。だが左腕がしびれたように動かない。そんな秀一を、アンナは冷然と見下していった。

「あなたはまだ殺さない。殺すのはもっと苦しみを与えてからだ」

「貴様たちは狂人だ。孝次をあんな目にあわせ、まだあきたらないというのか。殺すならいまやれ。ひと思いに殺せ！」

アンナはそれには応えず、チベット語で部下の女人兵になにごとか命じた。一人の女人兵が秀一を麻縄で後手に縛ると、歩けというように足で蹴った。左肩の痛みが脳天をつらぬき、彼はすぐには立てないほどだった。

秀一が縛りつけられたのは、小高い丘に打ち込まれた太い杭だ。そこから見ると、孝次がとじ込められた円筒形の石の家が、はるか彼方に望見できた。そこでは女人兵たちが、石家の入り口に平らな石を積みふさいでいた。

杭に縛りつけたことで安心したのか、女人兵は行ってしまった。秀一は後手に縛られた縄を杭になんども強くこすりつけた。さいわい杭にはささくれだった樹皮がついていた。なんどかこすりつけているうちに、縛め《いまし》は切れるに違いない。彼は根気の要る作業をつづけた。

やがて彼方の石家の口は、完全に石でふさがれた。それを待っていたかのように、石家の周囲を、遠めに女人兵たちが取りまいた。そして彼女たちは、鉦《かね》、太鼓、笛で奇妙な音楽を合奏し出した。

からだの細胞の一つ一つが凍結するような厳寒の夜気のなかで、合奏は殷殷《いんいん》とヒマラヤの氷嶺にこだました。そのリズムはたとえようのない陰惨な葬送曲だった。合奏のリズムは次第にテンポを早め、高調していった。

鉦が乱打される。太鼓が間断ない音を出す、そしてキーンと鳴る笛。このとき松明の明りが一段とかがやいた。その紅炎の前に現われた銀髪、紅衣の老婆。その姿をみた秀一は思わずいきを吞んだ。遠目ではっきりとはわからなかったが、老婆の左肩は異状な幅を持ち、首はほとんど右肩といってよい部分についていたのだ。秀一はこのときラマ寺院の魔煙のなかで聞いた、しわがれた声を思い出した。きっとあの老婆がアンナたちのあがめる〝仏主〟に違いない。

仏主はこのとき手にした棒を高くふり上げた。合奏は狂ったように最高調に達した。乾燥しきった秘境の夜気が、硬調の音をより以上高めた。仏主は棒をさっとふりおろした。それを合図にたくさんの女人兵たちが、この世のものとも思えぬ絶叫をあげた。その狂声と合奏、そして乱舞！

その瞬間、世にも怖ろしい現象が起こった。

高い塔のような石の家が、ぐわっとくずれ崩壊したのだ。秀一は聞いた。崩れ落ちてくるおびただしい石塊に押し潰される孝次の悲鳴を――。

「悪魔――。貴様たちは悪魔だ」

秀一は眼を閉じて絶叫した。

血をわけた弟の最期を正視できなかった。

合奏と女人兵たちの叫びはぴたっとやんだ。みると女人兵たちは仏主を囲み、大地にひれ伏していた。秀一にはわかっていた。石の家は鉦、太鼓、笛、絶叫の合体した音波によって崩壊したのだ。巨大な音波はものすごいエネルギーとなって石家に激突。この衝撃波が石の家を潰破したのだ。だが女人兵たちはこの現象を仏主の魔力と信じきっているに違いない。

このとき秀一は思わずよろめいた。杭にこすりつづけていた努力が実って、縛めが切れたのだ。秀一の胸に悲痛な苦しみが、荒涼とした風となって吹きぬけていた。土饅頭のように化した石家。その下には孝次の遺体が横たわっている。おそらく今度は秀一の番に違いない。弟の死を眼の前でみせることが、アンナたちの目的だった。死にもまさる苦しみがこれだった。

秀一は孝次のところへ駆けていきたい衝動を、このときからくも抑えた。いま死んではならないと思った。とにかく生きるのだ。生きて仏主やアンナたちに復讐するのだ。

秀一は左肩の痛みとたたかいながら、そっと、丘をおりていった。

まだ適応性ができてないこの高所で、しかも左肩から出血している以上、走ったりしたらいっぺんに体力は消耗してしまうだろう。

さいわいあの吊り橋までの道は一本道だ。秀一はなんどもあえぎながら、吊り橋に向った。ゆるい傾斜は苦痛の行程だった。なんどか立ち止まり、呼吸が鎮まるのを待ってはまた歩く。しかも女人兵たちがいつ自分の逃走に気付きはしないかという恐怖とたたかいながら――。

やがて秀一は吊り橋のたもとにたどりついた。そしてバランスをとりながら渡り始めた。寒さで手足の感覚はなくなっていた。しびれて動かない左手。彼はすべてを右手にたくして進んだ。ちょうど吊り橋の三分の二のあたりまできたとき、ヒューッと耳もとで鋭く夜気を切り裂く音がした。秀一ははっとして振り返った。吊り橋の端にアンナと数人の女人兵たちが弓をかまえて立っていた。彼女たちは秀一の逃走に気付き、追跡してきたのだ。

「たとえ、吊り橋を渡れても、逃げられはしない。いさぎよくひき返すのです」

アンナの声が目もくらむ谷底で、グワーンという反響音をのこした。女人兵たちがぱっとチベット服のボタンをはずし、右半身もろはだを出した。彼女たちの胸をみたとき、秀一の心臓は凍りついた。

月明のなかに浮かび上がった右胸には、なんと乳房がなかった。乳房のあった部分の胸は、鋭いツメでえぐりとったような、醜い傷痕がのこっていた。アマゾン同様女人兵たちは、弓を使うのに邪魔になる右の乳房を、切り取ってしまっていたのだ。

白羽根の矢がうなりを上げてとんできた。だが吊り橋は谷間の気流にあおられて、たえず右に左に揺れ動く。名手を誇る射手も、的がしぼりにくいのだ。いまだ。秀一は恐怖とたたかいながら、前進をつづけた。このままでは逃げられると思ったのか、女人兵たちは弓を捨て、跡を追い吊り橋を渡り始めた。橋は女人兵たちの体重でさらに弓状にしなり、揺曳が一段と激しくなった。秀一は全身にべっとり油汗をかいていた。吊り橋の麻縄をつかむ右腕の手のひらにも、油のような汗が吹き出ていた。

それでも彼はやっと吊り橋を渡りきった。あとは危険な幅せまい断崖のふちを、岩壁にからだを密着させて歩けば、あの洞穴の入り口にたどりつける。

生きる努力は最後までつづけるのだ。追手の声を耳にしながら、そう自分を励ましたとき、突然眼の前がぱっと明るくなった。

びっくりして顔を上げた秀一は、予期せぬ驚愕に「あっ」と声をあげた。秘密の洞穴から、松明をかざした一人の男が現われたのだ。ラークシャサの村へ来る途中出遭った、あのラマ教の怪僧だった。松明の明りに映し出された木乃伊のような皮膚。ひたいの古傷。指のない老僧は両手の掌で松明を押え、秀一をじっと見詰めた。その眼光は静かだった。なぜか深い悲しみがその底に沈んでいるような眼差しだった。老僧はやがて静かに彼の前を通り、吊り橋を歩き出した。老僧が秀一の前を通ったとき、むかつくような羊の脂肪の匂いが全身から漂った。突然現われ、自分たちに向って歩いて来た老僧に、追跡してきた女人兵たちは動揺した。両者の距離が数メートルに接近したとき、あの痩身のどこからかくも激しい声が出るのかと思われるほどの気合を、老僧は発したのだ。

「おうっ！」

老僧は裂帛《れっぱく》の気合もろとも、武士が刀を突きたて自刃するかの如く、燃えさかる松明を、自分の胸にぐいと押しあてた。

たちまち、老僧は紅蓮の炎につつまれた。

全身に浴びた羊の脂肪に火がついたのだ。

それでも老僧の姿勢はくずれなかった。女人兵たちを睨み、橋上に仁王立ちで立っていた。この世のものとも思えぬ光景に、女人兵たちは悲鳴をあげた。

彼女たちはいまきた吊り橋を、われ先に逃げ出した。

だが、あせればあせるほど、吊り橋の揺れは増幅され、歩きにくくなる。そのあがきも所詮はむなしい努力だった。断崖と断崖の空間を結んでいた吊り橋の麻縄に、火がメラメラと燃えうつったのだ。縄はもう橋を吊っている力を失っていた。そしてついに最後の緊張が絶ち切られた。吊り橋は女人兵たちの恐怖の悲鳴とともに、燃えながら暗黒の奈落の氷底へ落下していった。その後を追うように転落していった真紅の炎。みずから焼身自殺をして、秀一を救ってくれたあの老僧だった。

6

これが上村秀一が久坂英明に送ってきた、手紙の内容だった。

手紙の最後に秀一はこう書いていた。

『久坂先生——。僕は岩山の洞穴をぬけ、下山する途中、タカリー族の男に救われたのです。その後、すっかり健康を回復し、ニューデリーの安宿でこの手紙を書いています。

僕はここで密売人から拳銃を手にいれました。もうお察しがついたと思います。

そうです。僕は再びラークシャサの村へ行くつもりなのです。もちろん死は覚悟の上です。あの村には血をわけた弟の孝次が眠っています。僕は今度こそアンナを捕え、孝次の復讐をとげるつもりです。父がどんな人で、どんな最期をとげたのか、その真相も確かめなければなりません。そして母のことも——。両親については余りにも謎が多過ぎる。

日本での生活には未練はありません。

先生に僕の異常な体験をお知らせしたのは、先生が僕の中学時代の恩師であり、尊敬できる人だったからです。

先生、いつまでも元気で長生きしてください。さようなら。

上村秀一』

久坂の乗ったバスは、ヒマラヤの山裾に着いた。なかば白くなった髪をかきあげ、久坂はナンダコートの山嶺をみつめた。

清冷な風が流れていた。

もっと前に秀一兄弟に、すべてを話すべきだったという深い後悔が、久坂の胸をしめつけた。

二十六年前——久坂と秀一兄弟の父・上村道男、それに上村の妻優子の三人は、高い理想に燃え、ヒマラヤの奥地で生活していた。

上村道男は医科大学を卒業し、優子と結婚した。そして高校時代からの親友だった久坂は、地質学を専攻していた。

三人はヒマラヤの奥地で家を建て、上村は風土病を、久坂は地質調査に寧日《ねいじつ》なる日々を送っていた。当時、上村と妻の優子の間には三歳になる秀一がいた。

そして優子の胎内には、やがて生まれてくる第二の胎児が宿っていた。だがその頃、久坂には深い苦悩が始まっていた。それは長い共同生活で、彼が優子を愛してしまったことだ。久坂はひとり苦しんだ末、優子への愛を絶ち切ろうと、ネパールへ旅発った。上村夫妻には、地質調査のためといつわった。久坂は優子への思いをひとり胸に秘め、ヒマラヤの家を後にした。

それからの数カ月間の辛い毎日。久坂はネパールの安宿で、毎日のようにヒマラヤの氷嶺をみつめ、自分自身と闘った。そしてやっと、優子への愛を絶ち切れる自信をつかんだ。

こうして久坂は数カ月ぶりで、ヒマラヤの共同の家に還ってきた。

上村と優子は久坂を暖く迎えてくれた。

だがこのとき気になったのは、身重の優子の顔色が冴えなかったことだ。

急患の報らせが入ったのは、その晩の深夜のことだった。それがラークシャサの村からの使いだとは知らず、上村は「妻を頼む」といって出かけていった。

明け方、優子が突然苦しみ出した。上村は帰ってこない。久坂は医師をさがしたが、奥地に医師がいるわけはなかった。優子は激しい出血をくり返しながらいった。

「昨日、外で転倒したんです。それが原因だと思います。きっとそれが――。上村はまだでしょうか、まだ帰ってはこないのでしょうか」

「しっかりするんだ。もう帰ってくる。だから、頑張るんだ」

優子はほほえんだ。

だがすぐに激痛に顔をゆがめた。

医学の知識のない久坂にも、優子が流産したことがわかった。しかしどういう処置をとったらいいのかわからなかった。眼の前には、たくさんの薬瓶の棚があった。注射器もあった。だがそれをどう使ったらいいのか。

苦しむ優子を前になにもしてやれない自分が歯がゆかった。

優子が上村の名を呼びながら、息をひきとったのは黎明が訪れたときだった。

「ばかやろう、なぜ死んでしまったんだ。上村が帰るまで、頑張れなかったのだ――」

久坂は優子の遺体にとりすがって男泣きに泣いた。

上村がひどい傷を負い赤子を抱いて家にもどってきたのはその晩のことだ。肩に白羽根の矢が突き立っていた。肩だけではない。手足やからだにも深手を負っていた。彼は普通なら途中で倒れていただろうそのからだに鞭打ち、気力だけで還って来たのだ。だから愛する妻優子の死を知ったとき、上村を支えていたすべてのものがくずれ、彼は失神した。

やがて、久坂の手当てで意識をとりもどした上村は怖るべきラークシャサの村の出来事を語ったのだ。その内容は秀一の手紙に書いてあった通りだ。秀一はラークシャサの村の仏主と名乗る女が、左肩がひろく、首が右肩に付いていたと書いている。上村はこういった。

「俺が呼ばれたのは、仏主のためだ。彼女は妊娠していた。仏主の出生は呪われていたとしか考えられない。なぜなら、彼女は双頭の女だったのだ」

一個の肉体に二つの顔と頭をもった怪奇な人間。久坂は戦慄した。ラークシャサの村では、昔から出産が迫ると、妊婦を戸板に縛りつけ、それに向って女人兵の名射手がからだスレスレに矢を射こむ風習があると上村はいった。この恐怖すべき儀式は妊婦が出産を終えるまでつづける。激しい恐怖が陣痛の苦しみを忘却させ、兵士として強靭な女児を産み落とせると信じられていたのだ。だが仏主の出産の儀式のとき、怖るべき手違いが生じた。戸板に縛りつけられた双頭の仏主の左側の顔に、射手が誤って矢を射込んでしまったのだ。上村が呼ばれたのは、仏主の左側の顔を優れた医術で治してもらいたいためだった。そのときはしかしもう手遅れの状態だった。上村は仏主の生命を助けるため、医師としての判断で左側の顔をつけ根から切断手術した。

「ところが、仏主は怒った、女人兵に命じて俺を殺そうとした。いや、治療が終わったら俺を殺すつもりだったに違いない。秘密にしてあったラークシャサの村を知られたことや、その村を牛耳る仏主が、双頭の女だということを、俺に知られてしまったからだ。俺は人間の生命を救うことを本分にしている医師だ。ともに殺される運命にあった、仏主の産み落とした男児を抱いて、必死の思いで逃げて来たんだ。頼む、この男の児と秀一を連れて、日本へ帰ってくれ」

久坂は初め断った。重傷の上村を置き去りにはできない。だが上村の決心は固かった。

「俺は到底逃げられない。このからだでは無理だ。よしんば逃げられたとしても、優子の遺体をここにのこしていくわけにはいかないのだ。優子は想い出深いこの土地に埋めてやりたい。頼むから、早く逃げてくれ。もうすぐ女人兵たちがやってくるだろう。女児が誕生すれば世襲として生かし、男児はすべて谷に捨てる。その奇習の犠牲から救いたい一心で、この男児を抱えてきた。いま、俺はこの男児が、優子が産もうとして果たさなかった嬰児の身代わりのように思えてならないのだ」

秀一の弟として育った孝次こそ、上村が救ったラークシャサ村の仏主のこどもだったのだ。

久坂は後髪をひかれる思いで、秀一と孝次を連れ日本に帰った。そしてすべてを上村の父に話した。秀一兄弟の祖父は剛毅な人だった。

「この二人は私の孫です」

とひとことだけいった。

久坂は親友上村のためにも、ひそかに愛した優子のためにも、秀一兄弟の成長をみつめてやるのが、自分の義務だと思った。

そしてすべてを捨て、秀一の家の近くの中学校の教諭となった。久坂は折りにふれて、二人の家を訪ねた。秀一と孝次は、そんな久坂に父のようになついた。久坂が今日まで結婚をしなかったのは、死んだ優子が忘られなかったからだ。

祖父はついに二人に両親のことを告げずに死んだ。話せばいつか成長した二人が、ヒマラヤの奥地を訪ねるに違いないと思ったからだ。そして再び悲劇が起こると懸念したからだ。だがラークシャサの女人族の復讐の魔手は、深い思慮を秘めた秀一兄弟の祖父の愛情にも目をくれず、執拗に二人の上にくだったのだ。

上村の消息はあの日以来、杳としてわからなかった。しかし久坂は上村は生きていたのではないかと思うのだ。

「秀一を救ったラマ教の老僧こそ、上村ではなかったろうか」

なぜなら――と久坂は二十六年前のあの晩のことを回想する。

ラークシャサの村から、孝次を抱き逃げてきた上村は、ひたいに縦に深い刀傷を受けていた。

ラマ教の老僧のひたいにも、深い縦の傷痕があったという。

久坂は怖ろしい想像にからだを震わした。

それは自分が秀一と孝次を連れ、逃げた後、追跡してきた女人兵たちが、上村を捕え、彼の舌と両手の指を切断し、あえて殺さず死以上の苦しみを与えている光景だった。

残酷きわまりなき罰刑。

自分の意志が伝達できなくなった口、ものをつかめず、文字も書けなくなった手。

だからこそ上村は日本に帰ってはこれなかったのではないか。この二重苦を背負い、ヒマラヤの奥地で、望郷の念に駆られながら、生きつづけた上村の苦しみを思ったとき、久坂は激しい憤怒にふるえた。

そして久坂は秀一の跡を追い、ここヒマラヤの奥地にやってきたのだ。

二十六年ぶりに踏んだ大地。秀一の消息はない。久坂にとって思い出深いヒマラヤは、青春の世界であった。だがいまは違う。

「上村。秀一。俺はやるぞ。必ず復讐をとげてみせる」

久坂はヒマラヤの嶺に向って叫んだ。

血を吐くような男の絶叫が、こだまし消えていった。久坂はラークシャサ村へ通じる裏道を、ネパール側から登り出した。

透明な陽光が、久坂の顔を光らせていた。

私的探偵小説感——新伝奇探偵小説

高村信太郎

かつて某有名作家が「虚構をもって真実を書く」といった。物書き業にたずさわる者にとって含蓄のあることばである。いくら社会的要素を作品に入れたからといって、リアリテイが出るわけではない。人間が描けていなければ小説としての価値はない。小説にはあらゆるジャンルがあるが、そういう意味からいえば探偵小説ぐらいさまざまの実験が可能な舞台はないと思う。探偵小説が推理小説と呼ばれるようになってから、広い読者を獲得したかも知れないが、同時にエンターテイメントとしての要素が希薄になり、ロマンが欠如してしまったように思えてならない。それだけ人間が非情になりその人間が構成する社会が冷徹になってしまったといえばそれまでだが、見方を換えればわれわれの日常はみんな推理小説になってしまう。これはなにも日本だけに当てはまる状況ではない。アメリカやイギリスではこうした社会変革がより激しいはずだ。それなのにアリステア・マクリーン、フレデリック・フォーサイス、ピーター・ベンチュリーといったエンターティナーが輩出しているのは、——そして彼等の作品が日本にはないおもしろさをもっているのは、その根幹に男のロマンがあるからではないだろうか。

マクリーンのスパイ冒険物、フォーサイスの『オデッサファイル』にみられるナチ告発、ベンチュリーの海洋もの、これらの作品はいってみれば一種の現代の伝奇といえる。その伝奇的要素が作品の厚みを増し、単なるストーリイだけのおもしろさにしていないところに、非凡さがうかがえる。

日本にだってこうした新伝奇的エンターテイメントがいっぱいあるはずだ。コンピューター導入による生活のテンポのスピード化が、毎日のように伝奇を作っていく。だがこれを作品に採り入れる場合、いちばん工夫を要するのは如何にしてその伝奇性を現実に結びつけるかということである。その伝奇性の根拠をＳＦやオカルティックな解決で結びつけるならば、さしてむずかしいことではないが、それはすでにたくさんの有名作家が試みてしまっている。ＳＦやオカルト的な解決でなく、もっと現実にそくした解決法をみつけていくことが、新伝奇探偵小説という新しい世界の作業だと思う。そしてもう一つその物語りには〝人間の闘い〟が描かれていなければならない。使命というただそれだけの名称のために闘いにとび込んでいく男、無償の行為という報われぬ闘いに終始する男。小才がきいて小利口な人間が増えてきている現代で、こうした闘いに生き甲斐を見つけていく男たちの生き方は、さわやかであり雄大である。彼等のバックボーンを支えているのは人間としての誇りである。そこに忘れられた男のロマンが存在する。私はこれからそうした男の雄大なスケールの新伝奇探偵小説を書いていきたいと思っている。

十二月の窓辺

津村記久子

人間がなす悪事を描くのは、犯罪を扱うミステリー小説だけの仕事ではない。「決着がつかず、勧善懲悪の筋書きに収まらない」リアルな悪事はいわゆる主流文学の方にこそ数々あって、暗い水底に潜む硝子《がらす》の欠片《かけら》のように、知らずに歩む者をひやりと脅《おびや》かす。

「十二月の窓辺」は職場いじめの話だ。いじめられる主人公はキャリアの浅い女性社員で、いじめるのはベテランの女性上司。こいつがもう、つい「犯人」と書いてしまいたくなるほど犯罪的に悪い。職場での序列が上で、そうしようと思えばできるというだけの理由で、喜々として主人公をいじめ抜く。にやにや笑いながら「顔の高さに上げた手で小さい手招き」をするシーンの何と悪魔的なことよ！

主人公が観察している近くのタワービル内の出来事や、フードをかぶった通り魔のエピソードには謎解き風味もあり、主人公も読者もその味わいに救われるのです。（宮）

トガノタワーのてっぺんが、いわゆる尖塔というふうに言えなくもないということに気がついたのは最近だった。ネットでその階層構成について調べると、最上階は展望台で、そのワンフロア下は会議室なのだそうで、そんな高いところで何の話し合いをするんだ、まるでスターウォーズみたいじゃないか、ふざけるな、とその時ツガワはわけのわからない憤《いきどお》りに襲われたのだった。

要するにジェダイ気取りか、と今日も寄る辺ない思いに身を沈めていると、エレベーターホールの方から聞こえる女の子たちの笑い声が耳に入ってきて、ツガワは反射的に壁際に寄り、身を隠すように張り付いた。女の子たちが自動販売機のある凹みを通り過ぎ、廊下の奥にある喫煙所に落ち着いたことを物音で確認すると、ツガワは溜め息をついて、また霧雨の向こうに見える街の景色に心を傾けていった。職場のあるビルの近くを流れる川の橋のたもとには、新しい立て看板が増えていた。目を凝《こ》らして確認しなくても、それが通り魔注意をうながすものであることがわかった。

十一月に入っても、夏の終わり頃からこの界隈を騒がせている通り魔の噂は途絶えることはなかった。ツガワの勤め先の女の子たちに関しては、恐怖や混乱によっておののいているというよりは、何か継続的なイベントに集団で携わりながら、それを半笑いでやり過ごしているような緊張に欠けるニュアンスが大部分を占めていたが、それでも通り魔が出没するらしいという事実が周辺の社員達の生活を脅かしていることに変わりはなかった。そりゃあんたらは楽しそうでいいよ、と毎日一人で帰路につくツガワは思う。黒いパーカのフードを目深に下ろして鉛管を持ち、曲がり角の電信柱の陰で道往く人をうかがっているという通り魔の出現のごく初期から、ツガワの職場の年端も行かない女の子たちは、小学生の集団下校よろしく自主的に寄り合って帰宅するようになっていた。ツガワからすると不思議なこと以外のなにものでもなかったのだが、彼女たちは自分の仕事を終えても職場に居残ってぺちゃくちゃ喋りながら他の帰宅のメンバーを待ち続け、全員が揃うまで一人も帰ろうとしない。職場から人がひいていくのに比例して調子が上がるツガワからしてみたら、自分勝手だとわかりつつも、そのことがどうにもわずらわしかった。帰宅の集団には曜日ごとのシフトがあるらしく、女の子たちはまるで誰かに言いつけられたように忠実にそれを守って、物騒と言われるビル街を闊歩《かっぽ》してゆく。

ツガワがその集団に加わったことは一度もない。一ヵ月の出向から帰ってきたら、その集団帰宅のシフト表がロッカールームの入り口のドアに張られていた。秋口まで配属の係が決まらず、あらゆる部署をたらい回しにされていた上に工場出向まで命じられたツガワを、それぞれの仕事の終了時刻に合わせて組んでいた班に組み込むというのも無理な話ではあったが、配属が決まりおおよその帰宅の時間を割り出せるようになった後も、ツガワを誘う者は一人もいなかった。

　仕方がないのだ、年が離れてるから、とツガワは毎夜のように自分に言い聞かせながら、近代建築と高層ビルが一緒くたに建ち並ぶ界隈を心持ち猫背気味に帰りつつ、通り魔への恨み言を思った。おまえさえいなけりゃあたしももう少し浮かなかったかもしれないのに、云々。ツガワの職場は、郊外に本社のある社員数三百人を数えるそこそこ大きな印刷会社の支所で、ツガワはもともとその本社に入社したのだが、研修の終わりとともに支所へ配属されたのだった。当初こそ、ひなびた田園風景の中にたたずむ本社ではなく、交通の便がよく、いかにも洗練されたオフィス街の真ん中にある支所に通えることを喜んでいたが、郊外の地元採用の高卒の女の子たちが大部分を占め、職場の先輩のほとんどが三つ四つ年下であることがわかり、数ヵ月も経って自分が彼女たちに徹底的に馴染めていないことが身に染みてくると、どうしてこんな閉鎖的なところに配属されたのか、本社で営業をするほうがよかった、と人事を恨むようになった。ツガワと同じように、大卒で支所に配属された者もいるにはいたが、働いている係が違っていたし、ツガワより年が上なぶん、そつなくやっていけているようで、それもツガワの自己嫌悪を煽《あお》った。

　喫煙所の方から、あたしのすっごい増えてたからうちから新しく瓶持ってきた、うそっ、ほんと、じゃああたしの死んじゃったからちょうだいちょうだい、とかしましく言い合う声が聞こえた。今はなぜかヨーグルトの培養がはやっている。V係長の友達の友達が、菌を国内に持ち込んだ教授の知り合いの知り合いなんだそうで、社内では人から人へと渡ってきた菌がめぐりめぐっている。菌を配り始めたV係長によると、本社へは絶対渡さないとのことで、教授へとつながる身元の知れた菌を保有するのはこの支社にいるものの特権なのだそうだ。V係長は、よその人間には株分けせず、自宅にも持ち帰らないという条件で、支所じゅうに菌を配布している。

うちのは二リットルペットボトル一本ぶん増殖しました、主食がヨーグルトと言っても過言ではないです、母親におすそ分けしようとするとさすがにもういやな顔をされました。

小話しかけられたわけでもないのに、なんとなく頭の中で話に入っている自分がまぬけで、小雨の降る町の風景は余計に陰気に見えた。ツガワもヨーグルトを育てていたが、それは百貨店で買った菌のものだった。

携帯電話で時間を確かめると、さぼり始めてからかなりの時間がすぎていたので、小走りでエレベーターホールに戻った。そういえば、V係長の帰社は今頃だと予定表に書いてあった。そんなことを思い出すと、ツガワはほとんど目に涙を浮かべながら、なかなかやってこないエレベーターの現在位置を表すプレートを眺め、さぼりに耽《ふけ》っていた自分を責めた。かといって、席に戻ってもただ下請けからの電話を待つばかりで、直属のP先輩も合間に仕事をふってくれるなんて気の利いたことはしてくれるはずもない。そもそも仕事待ちの姿勢が悪いのだと上司達はよく咎めたが、ならPCのメンテでもしようと誰も使っているところを見たことのないパソコンにデフラグをかけていると、なんで勝手なことするのと死ぬほど嫌味を言われた。後で観察すると、ツガワに文句を言った同じ係のQ先輩は、V係長に仕事を干されたときはそこで一日中チャットをしているということがわかった。

やっと開いたエレベーターのドアを、顔を歪めてくぐる。ナガトさんと居合わせやしないかと思う。ツガワの職場より三階上にある、薬品会社の営業所に勤めるナガトとは、夏の終わり頃から一緒に昼ごはんを食べに行くようになった。ただしそれは、ナガトが外出していない時に限られたことで、週の半分以上はツガワは一人で昼食を食べていた。べつにそれ自体は苦痛というわけでもないのだが、ナガトにいろいろ職場の話をするうち、文脈のようなものがナガト向けの話の中にできてくると、何かあるたびに彼女に話をしたいと思うようになってきていた。ナガトはツガワより四つ年上で、社内に自分の話をまともに聞いてくれる先輩がいないツガワには、感じた不満をほぼリアルタイムで伝えられる貴重な相手だった。ツガワが自社の先輩に「話をまともに聞いてもらえない」と感じているのは、そのほとんどが年下の女の子だったということもあるし、少数いる年嵩《としかさ》の社員も、皆V係長とつながっていると思うと、ツガワのほとんどのストレスがV係長と関わることに集中している分、それら一切を打ち明けることはできなかった。

席に戻る前にホワイトボードの予定表を確認すると、V係長はまだ帰社しておらず、ツガワは安堵の溜め息をついた。

「ねえちょっとツガワ」

デスクとデスクの間の狭い通路を肩を落として歩いていると、ツガワに話をする時だけはめったに表情を崩さないP先輩が話しかけてきた。彼女から笑いながら話しかけられることなどめったにないので、何か朗報でもあるのかとツガワは精一杯愛想よく返事をした。

「ツガワさ、今月の仕事の件で、ずっとS印刷に電話かけてたんだよね、でもずっと留守電だったんだよね」

「はい」

そう答えると、P先輩は隣のQ先輩と顔を見合わせて堪《こら》えきれないように笑った。

「それ番号間違いだよ。さっき電話があって、ツガワさんて人から、すみません、本当にすみませんけど、K社の社内営業報告誌の目次の件でご相談があります、どうか連絡くださいって、すごいくらーい声で何件も何件も入ってるんですけど、私、S印刷とは何の関係もないですから、って」

P先輩と顔を見合わせていたQ先輩の笑い声が大きくなった。ツガワは、わたしも笑いたい、と思った。けれどこみ上げるものは何もなく、鼻息が少し震えただけだった。

後でよくよく確認すると、ツガワの原稿をもとに他社でデータを作ってもらっている目次のページ表記に間違いがあったのだった。本当は営業であるV係長に報告して伝えてもらうところなのかもしれないが、そんなことをしてこれ以上の不興を買っても、もう精神的に持たないと思ったので、報告誌の目次と中表紙と表紙だけを作っているS印刷の担当者に内々で相談しようと決めたのだった。その連絡の電話をかけ始めて今日で三日目で、留守番電話に十回ほどメッセージを残したのだが、それがすべて間違いだったとは。

ツガワは、今一度ウェブサイトでS印刷の電話番号を確認し、冷や汗をかきながら席の電話の受話器を取り、ゆっくりと番号を押した。目の前が真っ暗だった。もう終わりだと思った。間違った目次のままK社の社内営業報告誌が発行された次の日には、朝礼であの人に吊るし上げを食らう。人格を否定される。こんな間違いをする人間は次も失敗する。そんなのと一緒に仕事などできない。これから気をつけますといったところで限度は知れている。口先だけの謝罪など聞きたくない。

ならいっそ上司に訴え出て、クビにしてくれ、と叫び出したいけれど、それもありえないことだった。今ツガワが会社から放出されても、次に正社員なりアルバイトなりを雇うのはずっと先のことになるだろうから。それこそ新卒が入ってくる来年の四月ぐらいにならないと話は進まないだろうから。そういうケチでのろまな会社なのだ。V係長としても、そんなことになってかわいがっているP先輩を苦しめるのは本意ではないだろう。なにより、自分が原因でツガワがやめてしまった、とP先輩に思われたくはないのではないか。もし自分がやめるとなるとどんなことを言われるのだろうと考えると、その途方のなさに頭痛がした。V係長は、六月に校正班を一つ潰していた。三人の女子社員で構成される班をまるごと一つ追い込んだのは、攻撃の対象を小さなサークルの中へ囲い込むことで、その外にいる者に安心感と、裏腹の畏怖を与えて自分の力を誇示しようというV係長の戦略だとツガワは思っていた。そこまでする人間の意図に逆らって、無事でいられるわけがない。

だから、そこなら直しときましたよ、とS印刷側の担当者があっさり言ったときは、ほとんど発熱でもしたようなぼうっとした安堵感を覚えた。本当ですか？　どうしてですか？　と訊き返すと、担当者は少し苛立ったような口調で、そりゃうちの社内でもそのぐらいの確認はしますよ、と答えた。

「そういうもんなんですか？」

「おたくはしないんですか？」

若い声音の男の担当者は早く話を切り上げたそうにしていた。ツガワは、いえ、します、します、と上ずった声で答えて、お手数おかけしました、ありがとうございましたと受話器を持ったまま何度も頭を下げて通話を切った。

言いつけられたとおりにするならば、この話し合いはV係長を通さないといけないものであり、S印刷に連絡をとるのはツガワの役目ではないので、まるで裏取引を持ちかけるような気分で電話をかけたのだが、こんなに簡単にいくものだとは思ってもみなかった。

額に滲《にじ》んだ汗を拭《ぬぐ》いながら、進行中の仕事の資料の整理を始めると、電話待ちをしていた下請けから連絡が来た。得意先から入ってきた朱書きの意味がわからない、という内容だった。

「この中黒を花にしてくれっていうことですよねえ」

「でも、一緒についてきたデータのお花だと、かなり隣のフォントと比べて大きくなって、不恰好ですよ？」

「そうなんですかあ」

「小さくすると潰れちゃうしね」

ここ数ヵ月ほど一緒に仕事をしている下請け先のパートさんは、話し方のやわらかいのんびりした人で、だからといって仕事ができないということはなく、不測の事態にもヒステリックにならず、細かい部分もちゃんと見ることができるので、ツガワはひそかにこの人と仕事の話をしているほうが社内の人間と喋ることよりも楽だ、と感じていた。

「困りましたねえ」

「同じような別の画像に差し替えていいんでしたらそうさせていただきますけど」

「そうですね、じゃあ、そのデータを送ってもらえま……」

手元の書類に影が落ち、ツガワの言葉が止まった。V係長が、若干の化粧崩れを眉間《みけん》に滲ませ、冷たい目つきでツガワを見下ろしていた。

「あんた何だらだら話してんの?」V係長は、ツガワの手元の資料をひったくり、吐き捨てるように続けた。「何だらだら話してんのって! ほら答えなさいよ、どうせわかんないんでしょ、どうせあんたにはっ、あたしが話すわよ!」

V係長は、ツガワの手から受話器を奪い取って、てきぱきと、わざとらしいほどてきぱきとした口調で話し始めた。いくばくかの言葉を継いだが、要約すると得意先にいったん問い合わせます、ということで、下請け先が探した別の画像云々の話は即座に流れた。驚いたのは、どう考えても電話の向こうに筒抜けになるということがわかる状況で、V係長が罵声を浴びせてきたことだった。

おかしい、とツガワは思いながら、周囲を見回した。P先輩は一瞥《いちべつ》すらせず、先ほどQ先輩と談笑していた影もなく仕事に没頭している。Q先輩もそれに同じで、他の同僚や先輩も皆、先ほどフロアに響き渡ったV係長の悪態などなかったかのように働いている。

「どこ見てんのよ?　あたしが話してんのよ?」

「いや」

　思わず口をついて出た否定の言葉を、ツガワは背中に汗を滲ませて後悔した。

「失礼じゃないのあんた人が話してんのに、あたしも昔仕事の話してるときによそ見して先輩に怒られた。いや、じゃないよ。顔を歪めんなよ。あんたは失礼よ、失礼。さっきの下請けとの会話なんなのよ。ちんたらすんなよ、ちゃんと下請けに伝わるように話してんの?　あんたは朝のスピーチすらまともにできてないじゃない。わけがわかんないのよ、言ってることのわけがわかんないのよ!　わかる?　わからないのよ!」

　V係長の声は、耳から入り込んだ海水のようにツガワの脳にくまなく行き渡り、その思考力を、判断力を、尊厳を奪っていった。目に映るV係長の顔の像は歪み始めながら、眉間に寄った皺の中にファンデーションが入り込んでいる様子ばかりがツガワの脳裏に映し出された。彼女は腕を組んでツガワが口を開くのを待っていた。蟷螂《かまきり》のように。鰐《わに》のように。

「申し訳ないです。これから気をつけます」

　うつろな目を泳がせて、ツガワは言った。V係長は溜め息をついて無言で踵《きびす》を返し、自分の席へと戻っていった。

　ツガワは棒立ちのままうつむき、このまま足元から溶けて床に飲み込まれはしないだろうかと願った。もちろんそのようなことは起こるはずもなく、せわしなく歩き回ったり受話器に向かって話をしたりするフロアの人々の中で、ツガワ一人の周りの時間だけが止まってしまったようだった。笑い声をたてる者がいたほうがまだましだとすら思った。まったくもって、誰もが何があったかについて一切関知しないかのごとく振る舞い、ツガワは世界からずり落ちるように怒声の反響の中に取り残された。

ほとんど永遠とも思えるような立ち竦《すく》む時間を経て、ツガワはおもむろに息を吸い込み、処理するための書類を手にとってさばきながら、オフィスの後方にあるコピー機のところへとのろのろ歩いていった。時計を確認すると、自分がなにもせずに立っていた時間はほんの二分ほどで、我ながら立ち直りに優れた模範的な社員だと自分の心の奥にすら届きもしない皮肉を思った。こんなことは今まで何度もあった。今日の出来事の特殊なところは、ツガワの無能ぶりがよその会社にまで流出したことであって、それがいったいこの職場にとって、V係長にとっていいことなのか悪いことなのかは判断しかねた。少しでも手を抜くと、下請けのそちらもこういう悪罵《あくば》を受けます、気をつけなさいよ、ということなのだろうか。この職場でのキャリア十六年を誇るV係長には、まだ入社十ヵ月にも満たないツガワには想像もできないような深遠な意図があるのだろうか。

ひたすら考えながらコピーをとっていると、誰かが軽やかにツガワの背中を叩いた。ただそれだけで救われたような気分になって、なるたけ焦燥を取り払ったフラットな顔つきで振り向くと、デザイン課のL先輩が立っていた。ツガワは、どうしても話を先ほどのことから離したくて、雨、ほんとによく降りますね、傘ないんですよわたし、などと当たり障りのないことを口にした。L先輩は、そうだよね、と同意しながら、ツガワのコピーに挟まって出てきた自分のプリントアウトを手に取って検分しながら、ゆっくりと、どこか憐《あわ》れむような目でツガワを見遣った。

なんと言って否定しよう、とツガワは思った。いえいえあれしきのことは。わたしはまだ至らないところだらけで、出向に出されたからかな、どちらにしろがんばります。

「Vさんね、ツガワのことを思ってああ言ってるんだよ。ある意味目をかけられてて幸せだよ。がんばってね」

L先輩は、もう一度ツガワの背中を叩いて自分の席へと戻っていった。

否定を口にしようにも、そもそも自分にはそんな機会そのものが与えられていないのだ、とツガワは悟った。何を今更、とツガワは額に滲んだ冷たい汗を手の甲で拭った。水分を取ってから間もないのに、やけに口の中が乾いた。喉の奥の唾は苦く、妙に泡立っていた。

午前中に、今日のお昼はこっちで食べますよ、というメールがナガトから入っていたので、ツガワはいつも待ち合わせする文化財に認定されている建設会社のビルの一階のカフェへと向かった。奥の席から手を振るナガトの目の周りには、いつもと同じようにひどいくまができていた。

「友達が子供服の会社に勤めてるんですけど、タイに縫製を依頼してるんです。で、ファックスとかメールで簡単な英語のやりとりをするんですけど、それを染めてくださいっていう意味の、プリーズ・ダイ・イット、このダイってDYEのダイ、じゃないですか、これを友達はDIEって書いて半年ほどずっと送ってたんです。それを死んでください、って書いて」

顎《あご》についたチョコクロワッサンのチョコレートをナプキンで拭きながらツガワがそう言うと、ナガトは斜め下を向いて口を押さえた。

「で、それを最近指摘されたんですけど、そのタイ人との作業以外での会話はそれ一回きりで、その後も何事もなかったように仕事上のやりとりは続いてるわけです。向こうが笑ったとか、こっちが恥かいたとか、そういう感情的なことはまったく抜きにして。でもまあ仕事ってそういうもんだよなあっていう。ばかみたいな恥をかきながらもそれは続くわけですよ。遠い空の下でアホにされながら、それでも会社員は働くんだよなあ、わたしも見習いたいです、っていう話。で、なんかこれは、どれだけ打ちひしがれても人間全体としては災害から立ち直ったりするのに似てるなあ、と思って、最後にそう付け加えました」

わけがわからないと言われた朝礼でのスピーチの内容について、ツガワが言葉を切ると、ナガトは、グラスの底に残った柚子の皮をスプーンで押しながら、ふうんとうなずいた。

「そのぐらいの飛躍ならうちの後輩の子ならしょっちゅうかなあ」

今日は星占いの結果が悪かったんで、社のために一日何もしません、と言った新入社員がいたのだという。で、ほんとにその子はろくにフロアにいなかったんだよね、一ヵ月で辞めちゃったけど、とナガトは最後の果汁の出た柚子茶をすすった。

「なんかまあ、怒鳴りつけられるたびに、毎日この人電車の中でいやなことあったんだろうなあ、とか、得意先で死ぬほど文句言われてきたんだろうなあ、とか、いちおう考えるようにしてます。身内に不幸があったとか。だったら何人死んでんだよって話になるんですけど」

その考えはまったく、ナガトに伝えるというよりは、自分に言い聞かせているようだとツガワは思った。

「身内に不幸って、でも流産したことあるんだよね、その人」

ナガトは、ターキーのサンドイッチのフィルムを細長くたたみながら顔を上げた。ツガワは、本人から直接きいたわけじゃなくて、又聞きですけどね、と口をとがらせて小刻みにうなずいた。

V係長が声を張り上げて後輩達をしごくのは、彼女がもう子供を産めない体であり、だからこそ仕事に生きるという決意を胸に秘めているからなのだ、というようにツガワ以外の同僚は考えているふしがあった。死んだ子供の父親については、彼女をこっぴどく捨てたとか、いや亡くなったんだ、などの憶測が乱れ飛んでいる。一様に言えるのは、皆の頭の中ではV係長に関する大いなる悲劇が展開しているということだった。彼女は、入社して一定期間が経過した見所のある女子社員を召し上げるように食事に連れて行き、その打ち明け話をするようだというのがいろいろな人の話を接ぎ合わせた上でのツガワの見解だった。そのイニシエーションを受けていない自分には見所がないということだとツガワは半ば諦めており、疎外感はあるが、逆にまだ指紋は取られていないかのような不思議な安堵も感じていた。

「そのことはみんな知ってんの?」

「女子社員はたぶん九割がた。みんな同情してますよ。わたしはなんていうか、主だった社員じゃないから。先週その人が社内満足度アンケートっていうのまわしてたんだけど、その経路からも外れてたし」

あんた達の本音がききたいの。それをあたしが上の人間にぶつけてきてあげる。V係長はそう胸を張っていた。

「わたしがいちばん最初についていた課長に対して、『一度でも女の子たちと本気で向き合ったことがあるのっ?』って怒鳴りつけたことがあるらしいです。それでV係長には、上に対しても物怖《ものお》じしない、末端の女子社員の代表としての体面が保証された。まあその課長はわたしが入った二ヵ月後に体壊してやめちゃいましたけど」

「その係長さんがツガワさんと向き合ったことはあるの?」

「さあどうでしょうね」ナガトの素朴な言葉に、ツガワはソファに沈み込んで頭の後ろで手を組みあくびをした。「話し込んだことはあります。駅のベンチで二時間ぐらい。今の係について初めの頃。とにかく一所懸命仕事しようとしてたときにね。『あたしがあんたにきつく言うのは、あんたがそうやっても拗《す》ねずにがんばると認めてるからよ、たとえば他のもっと女の子らしい子、Jなんかは、怒鳴りつけたらきっとしぼんじゃうからそういうことはしないの、十何年もやればね、見えてくるのよ、後輩にどう接したらいいかは』なんてね、とんでもないですよ。わたしだって拗ねますし、簡単にやる気もなくなります」

ナガトは、氷の入ったグラスをからからと振りながら、ていうかいい大人が駅のベンチで二時間も話したの？　と首をひねった。ツガワは、たぶんそのぐらい、と口をとがらせてうなずいた。

「まあ、何かあったらあたしが守ってあげるっていってましたけどね。この会社は狸や狐ばっかりだって、誰も彼も、社員の女の子たちを使い果たすことしか考えてないって」

守るも何も、ツガワが晒《さら》されているのはV係長自身のむらのある態度であって、その時はただ絶句するしかなかったのだった。大量採用の新卒で入った会社が社員を浪費することしか考えていないというのはもとより承知のことだった。そのうえで社会人としての経験を積み、どれだけ会社というものが末端を犠牲にするかを見極めたうえで、よりその度合いが低い会社をさらに選んでもかまわないとツガワは考えていた。どこでもいいから、這い回るような営業をやらされる内定の取りやすい企業でもいいからとにかく入って一年我慢したら、新卒の学生よりはましになってるよ、という、就職活動の頃に行った合同説明会の係員が言っていた言葉をときどき思い出すのだが、V係長は何か、会社の歯車のひとつとして目をつけた社員に厳しく接するのではなく、もっと個人的な理由があってそうしているようにツガワには感じられた。だから、これがはたして社会勉強になっているのだろうかと疑問に思うことも多かった。

「上司への不満をやたらに聞きたがるんでしょう、その人。そのうえで、自分が解決を請け負って、下の人間の信頼を集め、彼らが上を見上げるときは必ず自分というフィルタを通させるように仕向ける。で、そのフィルタになにを書き込もうとその人の自由ってわけなのかもね」

「彼女が何かを解決したためしはないです。ただ、とにかく、会議で怒鳴ってきたと、そう伝えるだけで」

まあ、そうすることによってより社員が搾取されることへの抑止力になってるのかもしれないけど、とナガトはテーブルの上で腕を組んでうつむいた。

「直接一緒に仕事をすることがない人の中には、流産のことも加味して、悲劇を内に抱えながら仕事の信条のために上と戦っているっていうふうに見ている人もいます」

「そう思おうとしてるだけかも」

天井を見上げながらナガトが呟くと、背中をなにか冷たくて毛むくじゃらのものが走っていったような気がした。ツガワはそれを打ち消すように少し頭を振って、軽い話題を探した。

「そいやね、おとといなんかまた先輩達と係長が職場の文句言ってたんですけど、たまたまわたしの席の近くでのことだったから、こっちにも一応話を振ってくれたんですよ。で、あんたはなんかやってほしいことないの？　ってきかれて、置き菓子サービスやってくれたら終電まで残業しますよ、って答えると、何それってすごい不機嫌になられました。そういうサービスがあること自体知らなかったみたいです」

「今朝行ってきたとこにはあったよ。ここの近くのトガノタワーん中にあるとこ」

薬の卸売会社の営業職についているナガトは、最近同期が一人やめたので本来のドラッグストア回りのルートだけでなく、置き薬のメンテナンスの仕事を増やされたという。おかげで、いつも休憩所の窓から覗くだけだったトガノタワーの内部のことが、そこを営業先にするナガトを通じて少しずつ明らかにされてきていた。最近は、地下一階に開設されたごく小規模のカフェのテナントばかりを集めた迷路のような一画がフリーペーパーなどで話題になっており、行ってみたいものだとツガワはつねづね考えていたが、帰宅時刻には疲れきっていてタワーを訪れる余裕もなく、また休日に職場の最寄り駅で降車するなどもってのほかで、まだ一度もタワーに足を踏み入れたことはなかった。その話をすると、ナガトは、わたしはまあ行ったけど、と答え、いいなあいいなあとツガワは派手にうらやましがった。あんまりうらやましがるので、ナガトはやりにくそうにしながら、自分がタワーの中のどの企業を回っているかについての説明をし始めた。

「雇用環境促進公団ならね、わたしは最終まで行きましたよ。あそこそんなにいろいろ置いてるのか、くそ」

お菓子どころか置きアイスクリームの冷凍庫まであるよ、とナガトが指摘した団体の話になると、ツガワはテーブルを叩いて悔しがった。自分が最終面接で落ちた雇用環境促進公団がタワーの中に移転したことは知っていたが、そこまで至れり尽くせりなのかと思うと興味がわいた。

「最終までいってなんで落ちたの？　女子だから？」

「転勤できるかってきかれて、できませんって馬鹿正直に答えちゃったんですよ」

なんであんなこと言っちゃったのかなあ、わたしも外に出たいなあ、営業だったらよかったなあ、とぼやきつつも、その仕事が自分に向いておらず、辛いものであることはツガワにもよくわかっていた。ナガトと関わるようになってそれは以前より強く実感するようになった。

ナガトは多くを語りはしないが、その言葉の端々からかなりきつい仕事をしているということはうかがわれた。ルートを増やされたのは、上司の信頼が厚いからとはいえ、その上司はナガトの仕事ぶりや従順さに依存しているように感じることもあった。ナガトの上司であるZ部長とは、一度だけ昼食を共にしたことがあるのだが、ナガト君はよく働くし、近頃の若い子にしては珍しいぐらい物分りのいい良い社員です、と自慢していた。上司とは折り合いの良さそうなナガトだったが、同僚の同期らしき男たちと店で一緒になったときは、違うテーブルでごはんを食べていた。ツガワとナガトの座っていた席の真後ろにいた彼らは、ことあるごとに大きな笑い声を上げた。前日に行ったらしいキャバクラの話をしているようだった。彼らとは対照的に、無言で蕎麦《そば》をすするナガトの顔は引きつっていた。今の部署で女子の総合職は自分ひとりなのだという。同期の中で一番上のポストにいるのはナガトで、飲むとそのことをあてこすってくる連中がいるから、会社の飲み会はもう三年ばかり欠席している。

同期も後輩も簡単にやめていく、とナガトは言う。やめないやつは要領ばっかり良くて、まあ男も女も頼りにはならないかな、と女子ばかりの職場に勤める面倒くささについて嘆いているツガワをナガトはなだめた。それ以来ツガワは、内勤のつらさも外勤のつらさも平等なのだと考えるようになったが、それでもナガトさんは上の人と仲が良さそうで、それはうらやましいとツガワが言うと、ナガトは、どうにかならないかなと思うことはあるよ、とうつむいて答えた。どうにかって？　とツガワが訊き返すと、まあ、どうにか、とナガトはあいまいな笑みを浮かべて話をそらした。

その日は二人とも頼んだものを早めに食べ終わってしまったので、昼休みはまだいくらか残っていたが、後がつかえていることを慮《おもんぱか》ってさっさと席を立ち、界隈をぶらぶらすることにした。いつも渡るそれより一つ北にある高速道路の下の橋の上で、ホームレスと思しき老人が文庫本を売っていた。ナガトはそれを一冊買って、中身について云々することはなくバッグにしまいこんだが、垣間見えた肌色の背表紙のタイトルはイギリスの古典小説のもので、なにしろこのへんは妙だ、とツガワは頭を振った。その橋のたもとの電柱には、『通り魔注意』と地元の商店主組合の署名入りで書かれた貼り紙がされており、ツガワは、よりによってこんなにみんながストレスをためてるとこでやることないと思いませんかっ、とカロリーを摂取した勢いに任せて怒った。ナガトは、まあね、よりによってね、と笑った。

「こいつのせいでね、わたしのハミってる具合が二割増しですよ」

ツガワは貼り紙を引き剝がそうとして、しかし敵である通り魔への注意喚起はやはり牽制のためには大事だと思い直して、そのままにしておいた。風向きが変わり、川の臭いが鼻腔に滑り込んできてツガワは顔を歪めて足を止め、憎々しげに橋を振り返った。大きな流れから分岐した奥行きのないその下の淀みは、動くこともなくただ灰緑色に横たわって異臭をまとうだけだった。ツガワはその地形に何か怒りのようなものすら感じながら、再び仕事に戻るために歩き出した。ほんの少し頭を上げるだけで、職場のあるビルの向こうのトガノタワーが目に入った。六角錐の天辺《てっぺん》は曇り空を抉《えぐ》るように聳《そび》え立ち、ツガワの仕事先の入ったビルは、まるで黒々としたその胴体への入り口にすぎないようにも見えた。

「本当に、毎日仕事以外何にもなくってさ」ナガトが呟くのが聞こえた。「通り魔がわたしを殴ってくれたら、会社に来なくていいのかななんてこと考える」

ツガワは、ナガトの言葉の重い響きに耐え切れず、その腕を摑んで大げさに揺すぶった。

「どうせならもっと前向きなイベントについて考えましょう、たとえば身なりは地味だけどよく見たらそこそこかわいい男の子に電車の席を詰めてもらえるとか」

ツガワの言葉に、なんだそれ、と言いながら、ナガトはどこか肩の力が抜けたように笑った。

第一報は、テレビをつけたままソファで眠りこけていた時に入った。最後に観たものは確か天気予報で、台風が近づいているとのことだった。来月分の製版用のフィルムを本社工場に出し、実質仕事は終わったようなものなので、もうあまりV係長と話さなくていい、と安心しきっていた。最初の連絡はP先輩からで、フィルムが一枚ないと本社から電話が入ったのだが、知らないか、と言う。塩をぶちまけられたナメクジのように急速に眠気がしぼんでいくのを感じながら、知りません、とツガワは答えた。そのまま携帯電話を握り締めて茫然としていると、V係長からの着信があった。このまま携帯をへし折って逃げ出したい、という抗いがたいほどの衝動に駆られたが、ツガワは何か、死を覚悟するような心持ちで通話ボタンを押した。

そこからの三十分は、思い出すだけでも体温が下がるような罵倒の砲火が電波を通して浴びせられた。冷たい汗が足の指の間から湧き出し、腕に鳥肌を立てて目に涙を浮かべながら、ツガワは耳に飛び込んでくる一言一句の語尾にすみませんと添えた。

すみませんじゃないわよ！

すみません。

あんたこんな取り返しのつかないことしてどうやって責任取んの！　ちゃんと確認したの！　責任を持ってちゃんと確認したの、ええ、どうよ、給料分働いたの？

すみません。

すみません以外になんか言うことあんじゃないのっ？

……。

何とか言えよ！

申し訳ありません。

あんたなんかやめてしまえばいいのに。

……。

やめればいいのに。ねえ、やめれば？　やめるべきよ、やめれば？　稼いでる金のぶん働かないんだったらやめれば？

……本当に申し訳ないです。

まともにはたらく五感は聴覚だけになり、ツガワは自分が存在しているのかしていないのかすらあいまいになっていくのを感じていた。

膝に携帯電話を落として、初めて通話が終わったことを悟った。ツガワはうつむいて額に手を当て、その冷たさに驚き、数分そのままの体勢でいたあと、のろのろと身を起こしてソファを降り、パソコンに向かって退職届を打ち始めた。今の自分に出来ることは、息をすることの次にはそれしかないように思えた。

次の日の通勤では、地下鉄に乗る時はいつも以上に車両と線路の隙間ばかり見ていた。今の自分ではそこに爪先を入れることすらうまくいかないのではないかと、吊り革に両手でつかまりながらツガワは思った。

フィルム紛失の件は上役にも知れ渡っており、部長と玄関で出くわすなりツガワとP先輩は朝礼も返上でその捜索を命じられた。

デスクの傍《かたわ》らには、V係長が待ち構えていた。今日の仕事としてデスクの上にメモを添えて出してあった書類は、残らず傍らのファイルボックスに突っ込まれていた。

「あんなに散らかってればそりゃ失くすもんもあるわよね」

ツガワはうなずいた。もう自分の何もかもが悪いのだと思った。次の日の仕事の書類を前日に整理して、そこに自分自身への申し送りの付箋を貼らないとうまく事を運ぶことができないような愚鈍さは、まったく責められるべきものだと思った。だからフィルムも失くしてしまうのだ。失くしようのないものだって失くしてしまうのだ。

手始めに、デスクの周りを調べさせられた。そこにあるものの最大のサイズがA3で、探しているもののサイズがB3であっても、そんなことは何の関係もなかった。自分のデスクでフィルムを見ることは社内で禁じられていることであっても、なのでたとえその場にそれを持ってきた記憶がまったくなくても、デスクとキャビネットの隙間にフィルムを落とし込んでしまった可能性は充分あるように思えた。そんな手の込んだ不注意を、自分ならするのではないかと思えた。話し合わなければいけない、とV係長がP先輩に言っているのがきこえた。胃のあたりが焼けるように痛んだ。

その次に探すように言われた場所は、昨日フィルムを確認していた打ち合わせ用のデスクの周囲だった。その、上に何も置かれていないデスクに、四脚の椅子がついているだけのスペースを指差して、V係長は、探せよ、と言った。ツガワは、もう一目で落ちているものなどなにもないことがわかるその場所に座り込んで、パーティションの隙間や観葉植物の裏を探し始めた。V係長の怒鳴り声が聞こえた。

「そんなところにあるわけないじゃないっ！」

「すみません」

ツガワは立ち上がって頭を下げた。もうこうなったら虱潰《しらみつぶ》しに探すしかない、とV係長はツガワを連れて、フロアの隅へと大股に歩いて行った。ツガワの身長より五割増しは高い、過去の資料がぎっしりつまっている書棚を指差してV係長は、あの中のファイルを一冊一冊開いて確認して、と言った。ファイルはすべてB4サイズのもので、B3のフィルムがその中に隠れている可能性はありえなかったし、そもそもツガワはその書棚に触ったこともないのだが、とにかくそれでその場が取り繕えるのなら、とツガワはステップに乗って最上段の右側のファイルに手をかけた。しかしぎゅうぎゅうに詰め込まれたファイルは、台の上に乗った力の入らない不安定な状態の手つきではなかなか抜き出せず、ツガワは額に汗をかきつつV係長の冷たい視線とP先輩のぼんやりした顔つきを目の端に、何度も何度も隣のファイルを押しのけようとしたりしながら取り出そうとした。V係長とP先輩以外の同僚の目も感じた。もう自分は、大事なフィルムをなくした上に、書棚からファイル一冊取り出せない役立たずだと思われているのだ、とツガワは絶望した。

ほとんど働かない頭を振って、少しずつこちらのほうに突き出てき始めたファイルと格闘しながら、ツガワはフィルムが来た当初のことを思い出した。配送員の顔がまず浮かんだ。これで今月の工程が終わると喜んでむやみにへいこらしながらフィルムの入った袋を受け取り、それを脇に抱えて、打ち合わせ用のデスクについた。本当は来たフィルムを一枚一枚確認しながらチェックマークを付けていく紙があるのだが、べつにやらなくてもいいよ、とP先輩に言われていたので、とにかくフィルムのそばを離れるのがいやだったし、ツガワは席に取りに戻らないことにした。その代わり、取り出したフィルムを見たそばから袋にしまっていくことにした。内容については、前日に下請けから来たファックスで確認済みだった。担当になってまだ二回目の仕事だが、とにかく初回の時よりはスムーズに進行したことをツガワは喜んでいた。フィルムのチェックは、文字がぼんやりしているところや欠けているところを見たり、表面にゴミが付着していないかを探すという一目でわかる単純作業だったので、ものの十分ほどで終わった。問題は何もなかった。

今日はこれからどうするのだろう、とツガワは思った。紙面の仕事が終わったとはいえ、それをＨＴＭＬ化した社内サイトのデータの校正もしないといけない。すべてのリンクが正しく動作するかをチェックするのは億劫な作業だったが、得意先と直接やりとりをするので、営業のV係長との絡みがないだけましだった。フィルムを探し出すまでその仕事はできないのだろうか。それとも、いつか解放されてその作業をこなしたあと、またフィルム探しに戻るのだろうか。ツガワはぼんやりとそんなことを考えながら、やっとファイルを引っ張り出し、作業机の上に置いて立ったまま中身をめくりだした。座ってはいけないような気がした。

「ほんとに話し合わないと」V係長は腕組みをして、吐き捨てるように言った。「あたしこの仕事長いけど、こんなこと初めて。こいつが初めてよ」

V係長が、P先輩に向かって顎でツガワを指し示すのがわかった。P先輩は、あたしも初めてです、と鸚鵡《おうむ》返しに言った。ツガワは、腰が痛み始めるのを感じていたが、それでも座ることができなかった。なに座ってるのよ、あんたにはそんな権利ないのよ、と言われたらと思うと、そんなことはできなかった。

とにかく今日一日これをしのいで、帰りに部長のデスクに退職届を置きに行くことだけを考えながら、ツガワはファイルを出してきてはめくり続けた。だんだん自分が何を探しているのか、なぜこんなことをしているのかわからなくなってきた。

ふいに、もう長いこと自分が尿意をもよおしていたことを思い出し、ここで失禁でもしてしまったらそれこそ一生の恥だと、しかし勝手に持ち場を離れては何を言われるかわからないので、ツガワは意を決してステップを降り、一度だけ言えばわかるように、大きめの声でV係長に話しかけた。

「お手洗いに行ってきます」

P先輩となにやら話し込んでいたV係長は、ツガワを一瞥しただけで、また話に戻った。ツガワは、では行ってきます、と妙によく通る声で言葉を重ね、オフィスのドアを開けて廊下に出た。用を足したあとも、しばらくは便器に貼り付けられてしまったように立ち上がれなかった。いったい今まで自分はなにをしていたのだろうと考え、そもそもどうしてこんなことになってしまったのかと考え、こんなことになってしまってなぜあんなことをしているのだろうと考えた。ファイルをめくりながら、ときどき感じる同僚の視線がどうしようもなく惨めだった。同情しているような、しかし自分でなくてよかったとでも言いたげな。すべての目付きは一様に、かわいそうだけど悪いのはあなたよ、という諭《さと》しを含んでいるようだった。

まだ午前だというのに、職場に足を踏み入れてから起こったことが次々と脳裏に蘇ってきて、ツガワは頭を抱え、しかしそんなことをしていてはまた怒鳴りつけられるだけだと思い直し、トイレの仕切りに手をついて立ち上がった。

これからもおそらくえんえんと続くV係長とP先輩に見張られながらのフィルム捜索に耐えるために、せめて何か支えがいる、とツガワはロッカールームに立ち寄り、バッグのポケットに入れた退職届を取り出してじっと眺めた。退職の理由は、ただ一身上の都合とだけ書いておいた。どうせ提出したあと、何度も何度も気の遠くなるような回数の話し合いがもたれ、幾度となく同じことを説明することになるだろうから、書面に残す必要は無いように思えた。一晩考えた結果、表向きの理由は、祖父母の介護にしようと思っていた。

いったんV係長の磁場から離れてしまうと、そこへはあまりにも戻りがたいような気がした。ツガワは、長椅子に腰掛けて辞表を眺めながら、自分は何か前世で悪いことをしたから、今この仕事についているのだ、というような考えに捕まっていた。

入社してすみませんでした。そもそも入社試験受けてすみませんでした。よく研究もせずにこの業界を希望してすみませんでした。覚悟が足りませんでした。

ツガワは、膝の上に腕を置いて、そこに顔を伏せ、このまま消えてなくなりたいという思いに耽っていたが、まもなくドアノブが回る音がして、退職届を尻ポケットに突っ込んで立ち上がった。

にやにやとした笑いを口元に浮かべたV係長が、顔の高さに上げた手で小さい手招きをした。ツガワはしかし、そちらにどうしても踏み出すことができず、突っ立ったままその様子を凝視していた。V係長は何かを言いかけたが、携帯電話が鳴ったので、そちらに出た。

「もお、C君、そんなのだめじゃないのお。今のツガワの顔、携帯で撮って見せてあげたいー。まっさおよ。もー、笑える。うん、うん、そんじゃ台風近いらしいから気をつけてね。ばいばーい」

Cというのは、フィルムを持ち帰った本社の営業の名前だった。ツガワには、話の内容がなんのことだかまったく見当がつかなかった。口を開けて眉を寄せたままV係長の肩越しの壁を眺めていると、ふ、とV係長は軽い溜め息をついて大仰に肩を竦めた。

「結局ね、C君と本社の行き違いが原因だったの、今回のことは。六十三ページで終わりなんだけど、六十五ページあるようにC君が仕様書に書いちゃって」

V係長は、もう本当に焦ったー、と伸びをした。ツガワはその様子を目で追いながら、足元の床が崩落し始めたような感覚に襲われた。開いたままのドアから、P先輩が部屋に入ってくると、もー、見てよあのかおー、とV係長はツガワを指差して笑った。P先輩は、感情のない面持ちでツガワを見遣り、V係長の横に座った。

なにか間をつなぐことを探して、ツガワはロッカーを開け、とりあえずコートにくっついたマフラーの繊維をはらった。

「ま、でもあんたも悪いのよ。来たフィルムのチェックリストあったでしょう、あれをちゃんと書いてないから」

その言葉に、ツガワは反射的に回れ右をして、すみません、と頭を下げた。たとえそのリストを残していても、きっといいかげんにチェックをしたと言われただろう、とツガワは思った。別にそのチェックリストは作らなくてもいい、と言ったP先輩は、何も言葉を挟まなかった。

結局、疑いは晴れて、終わりの見えないフィルム探しからも解放されたが、ツガワの気持ちは一向に軽くなる気配を見せず、それどころかより暗澹《あんたん》としたものが胃の中に広がっていくようだった。

一礼してロッカールームを出て、得意先のサーバとつながったパソコンのある閑散としたスペースで社内サイトのリンク動作確認の仕事をしていると、V係長がまた傍《そば》にやってきて、今度はあまり甘ったるい調子ではなく、棘《とげ》のある言葉つきで言った。

「あんた、やめようなんて思ってんじゃないでしょうね」

尻ポケットに退職届が入っていることがばれたのだろうか、とツガワは首を横にも縦にも振らず、ただうつむいたまま考えた。

「うちの会社、人手が足りないのはわかってるわよね」V係長は、中腰になってツガワの顔を覗き込んできた。ツガワは、顔をそらすこともできず、ただ虹彩《こうさい》をぐるりと回した。「変な気起こすんじゃないわよ。あの程度のことで、そんなになってんじゃないわよ」

ツガワは、ただ視界に入るV係長の顔から解放されたくて、小刻みにうなずいた。V係長は、満足そうに顔を離して、これからも力を合わせてやっていこう、とツガワの肩を叩いた。両腕を、鳥肌が覆いつくした。

リンク確認の仕事が終わって、ビルの休憩所に上がってからも寒気は止まらなかった。いつものように、自動販売機の陰に隠れて、窓の外を見るでもなくぼんやり眺めていると、喫煙所からP先輩とQ先輩の話し声が聞こえた。耳を澄まそうにも、うまく集中することができずにいると、大きな笑い声があがった。

台風が来るという前の空気は妙にクリアで、トガノタワーの内部の様子はいつもよりよく見えた。目を細めてタワーのオフィスで働く人たちを観察しているうちに、やがて窓からいちばんよく見える部屋の人物を目で追うようになった。階数からいってそこは、雇用環境促進公団が借りている一室に違いなく、壁面にぎっしりと印刷機が並べられた小部屋のようなところで、すらりとしたショートカットの女性がてきぱきとコピーをとっていた。あの人はできる人だろう、少なくともわたしよりは、とツガワは思った。P先輩とQ先輩が、またどっと笑い声をあげた。

自分はあんなにしゃんとして働いているだろうか、とツガワは思い、ためしに両方のかかとをちゃんと床につけて、背筋を伸ばしてみたが、尻ポケットにお守りのように入れた辞表が背中につっかえるだけだった。ツガワは、その封筒を取り出して両手に持ち、涙で視界が滲んでくるまでまばたきもせずに凝視した。目をこすりながらまた窓の向こうに目を向けると、ショートカットの女の人は部屋の真ん中にある作業台の上の裁断機で、熱心になにやら切り分けていた。目を凝らして見ると、彼女はツガワとほとんど年が変わらないように見えた。少なくともナガトよりは年下だろうとツガワは推測した。彼女は、何十冊も作った資料らしきものを大きなステープラーにかけ、手早く端を揃えて部屋を出て行った。

ツガワは目元を袖《そで》で拭いながら、辞表を握り締めた。何度も何度もそれを部長のデスクの上に突き出すところを想像しながら、しかしどうしてもその細部と後先はぼやけ、すべては心の中で起こることにすぎない、とこの巡り合わせが嘲笑《あざわら》うのを聞いたような気がした。

ボーナス月が終わればやめようと待ち構えている新入社員ばかりだ、と頭を抱えているナガトに、辞表を書いた話をするのは心苦しかった。おととい昼ごはんが一緒になったZ部長は楽観的で、別にあの子達が辞めてもそのぶんナガトさんが働いてくれるからな、と言っていた。ナガトは、働きませんよ、と笑いながら、暗い空洞のような目をしていた。そんな状況であるにもかかわらず、ナガトは、べつにいいよ、とツガワの話の先を促した。
「みんなが優しくなったような気がします」ツガワは、歯の奥に挟まった苦いものを舐め取っているような顔をして続けた。「二言目には、気を落とさないで、こんなことでやめては駄目、と」

思い出すだけで寒気がした。軽く優しく叩かれる肩や背中、憐れむような目付きののち、明るい語気。すべての同僚の反応が判で押したように同じだった。飲み会に誘われる回数が妙に増えたような気がする。ツガワはお昼に必ず外に出るけど、どっかいい店知ってる？　などと今になって訊かれる。これまでだれも自分になんて興味を示さなかったというのに。そんな中、P先輩だけは、ほとんどあの事件などなかったことのように振舞い続けていた。V係長は、はじめのうちは、災難だったよねえ、とか、ほんとにC君たら、とことあるごとにツガワにフィルム紛失についての話題を振ったが、目も合わせず歪んだ微《かす》かな笑いを浮かべるだけのツガワの態度に次第に物足りないものを覚えてきたのか、徐々に以前の高圧的な態度へとシフトしていった。前以上にツガワに関わってくるようになってきたV係長は、他の同僚と同じく、二言目には、あれぐらいのことなによ、やめようなんて変なこと考えるんじゃないわよ、と告げてツガワを怯《ひる》ませた。そのたびに、心の端が腐り落ちるような感じがして、どうしようもなく怖かった。また「あれぐらいのこと」はあるかもしれない。小さな月刊の仕事での出来事であるからこそ、よけいに恐ろしかった。あと数ヵ月もしたら、大きな総合カタログの仕事が来る。そこでまたあんなことが起こったらと思うと、ツガワの額と背中の汗腺からはどっと汗が噴き出した。その時はきっと、こんな思いだけではすまないだろう。それはあまりにも気の滅入る想像だった。自分の葬式について思い浮かべているほうがまだましだった。

仕事そのものの上でこき使われることは平気だった。そういうものだろうという覚悟は常にしていたから。しかし、あらぬ疑いをかけられ、それが晴れてもそこで溜めた憂さをどこにも持っていきようがないということは耐え難かった。あらかじめ、ツガワが所感を述べることを封じる方向へ話題を持っていかれるようにプログラムされているかのような状況は、ツガワの意欲を痩せ衰えさせるには充分だった。同僚達はそれを、あの親愛を込めた手つきや、元気出して、という言葉つきで行なうのだった。そんなことがこれから、幾度となく繰り返されるのかと思うと、そこに黙って座っていることすらままならないようにツガワには思えた。

「いっそのこと殺したいです」ツガワは、組んだ腕のあいだに頭を突っ込んで、震える声でそう言った。「でもこんなことで刑務所には入りたくない」

まるで小学生みたいな論法だ、とツガワは思った。

ならば自分が死んだふりをすればいい、という話に発展するのに、そんなに時間はかからなかった。問題が、V係長のツガワの耐久力への買いかぶりにあるのだとすれば、それがないことを証明すればいいのだということだった。テーブルの下で足を開いて伸ばし、カップを腹の上で持ち目を伏せて、ほとんど誰に語るというでもなく計画を話し始めるツガワの言葉を、ナガトはただうなずいて聴いていた。テラスの向こうの外気は、この時期にしては少しあたたかく、季節はずれの嵐をじっと待ち受けているようだった。

計画は簡単なものだった。ツガワがV係長に怒鳴られて既成事実が作られた日に、ナガトが営業から帰ってくる時間とタイミングを合わせて決行し、目撃者を装ってツガワの『精神的衰弱による自殺』を未遂にとどめさせればいいだけだった。

その日は、バッグを足元に置いて仕事をしているといって怒られた。何のためにロッカールームがあるのか、そんなことでは足をすくわれて仕事になんないじゃない、してないけど、あんたは、してないけど。ツガワはうなだれてその話をききながら、自分の中にいる他人がその標的になっているかのような感覚を味わっていた。それまでも、詰問されながら現実感を失うことはたびたびあったが、この日はまるで一個の作品の中にいるようだった。

あんたはこの妄想の中のとんでもないファンタジスタだ。まったく感心するよ。

「なんなのよその目付きは」

「すみません」

眠いな、だとか、うち帰りたい、といった言葉が会社に入る前のツガワに最も口に馴染んだ言葉だったが、今やそのランキングのトップを独走するのは「すみません」だった。けどそれももう終わりだ、とツガワは大股で自分のデスクから去っていくV係長の痩せた背中を見送った。明日からはもうこんなとこには来ない、絶対に来ない。

定時を回って、まだ少し仕事は残っていたが、飲み物を買ってきます、とP先輩に告げてツガワは職場を出た。はーい、とP先輩は顔を上げずに、誰がそれを言っていても関知しないという態《てい》で応えた。この人のこういうよそよそしさとももうお別れだ。

季節はずれの台風は、急激に猛威を振るい始めていた。傘を低めにさしながら、柄を胸元に押し付けてジャケットの前を押さえた。ニット帽を眉のあたりまで下ろして雨を避け、ツガワは橋を渡り、河川敷の公園へと降りていった。突然、橋のたもとにあった通り魔注意の看板のことが思い出されて、ツガワは小さく辺りを見回した。

あくまでツガワの勘に過ぎなかったが、こんな晩は彼の中でも何か騒ぎ立てるものがあるだろうと思った。ツガワもまた、ほとんど胸苦しくなるほどの高揚を感じていた。自分は本当に何一つ裏切らずに来たのだ、という怒りが、胃の奥底で頭をもたげた。たまにさぼって近くのビルを覗く程度だった。残業代をごまかしたりすることはなかった。社内では誰の悪口も言ったことはない。取締役と不倫をしている、同僚からの評判が悪い年下の女の子に説教をされても、謙虚な気持ちできいていた。彼女は甚だくどくどしかったけど、頭ごなしに人を怒鳴りつけるようなまねはしなかったから。同僚が集まる飲み会で、彼女は話の俎上《そじょう》にのせられ、小指の骨まで砕かれるかのようにめちゃくちゃに言われていた。けれど誰も、誰一人、どの角の向こうででも、V係長のことを悪く言う人間はいなかった。

どうしてこんなことを思い出すのかわからなかった。川の臭気が立ち上り、ツガワは顔をしかめた。ナガトを探そうと顔を上げると、目印であるオレンジ色の傘が目に入ったので、ツガワは安心して溜め息をついた。

腰まで浸かればいい、シャツに泥水が沁みこむ程度で。

ツガワは、鉄柵を両手に握ってしゃがみこんだ。

腰までって、あれだ、ここ深さどのくらいなんだ？

ツガワは唾を飲んで、渦を巻く灰緑色の川を見下ろした。水の中へ降りていくコンクリートの階段には、汚い飛沫《しぶき》が絡みつくように打ち付けていた。階段の降り口は、ツガワのみぞおちぐらいの高さの鉄の門で塞がれていたが、前に実験してみたら乗り越えられないことはなかった。高架の影と夜の入り口の薄暗さが濁流の上で混ざり合うのをツガワは凝視し、その底知れなさにくじけて顔を上げた。高速道路の向こうに、トガノタワーの鋭利なシルエットが浮かび上がっていた。何かに似ているとツガワはしばし考え、小さい頃によくやったロールプレイングゲームのデモ画面にこういう風景があった、と思い出し、口の端を少し上げた。このまま少し川に流されてしまい、本当に死んでしまったら、もうあそこには永久に入れないのだな、と思った。タワーのカフェ街では今、各々のカフェで千円以上飲食すると配布されるポストカードを六枚集めると、タワーに入っている洋服のブランドとのコラボレーションで作った、それを収納するためのファイルとエコバッグがもらえるキャンペーンをやっている。先週駅のラックから抜いてきたフリーペーパーにその実物の画像が載っていた。ファイルとバッグにはそれぞれピンクと黄緑の二種類があり、その組み合わせは自由とのことだった。トガノタワーを見上げながらツガワは、なぜかそのことばかりをずっと考えていた。

ふと、以前窓越しに見かけた彼女は、そのファイルやバッグをもらっただろうかと考えた。どうなのだろう。そういうことに興味はないと言われても納得してしまうような、きりっとした人だった。ああでもやっぱり女の子は女の子だからな。

ことが首尾よく運んで、自宅待機になったらタワーに行けばいいのだろうかと思った。けれども一日で六軒もカフェを回れるわけもなく、きっと何度かに分けて来ることになるだろう。あまりこの辺りをうろうろしていて職場の人間にばれたら、それこそおしまいだ。キャンペーン期間は今週末までだ。もう無理だ。

タワーを見上げながらくどくどと考えていると、携帯電話にメールが入った。ナガトからだった。日を改める？　という文面に、ツガワは現実に引き戻された。柵につかまって川を覗き込みながら、せめて深さだけでも調べておけばよかったと後悔した。そのまま流されて死んでしまうのはやはりいやな自分がいやだった。

今日はやめにします、とツガワは、コートで携帯電話を覆って雨風をしのぎつつ、そんな文面を打ち込んでいた。

自暴自棄を徹底することさえできない。川に入らないということになると、途端に背後が気にかかった。通り魔が笑っているかもしれない。ツガワは身震いして、柵から手を離し、傘を両手で握り締めて風向きに逆らうように歩き出した。

こんなことだからわたしは、あんな疑いをかけられてしまうんだ。かけてもいいと思われてしまうんだ。

ツガワは、半ば茫然と高架の向こうを見上げながら河川敷から歩道に戻る階段に足をかけた。滑らないように気をつけながら、それでもずり落ちてしまうような予感が胸を掻き毟《むし》った。

師走に突入すると、ツガワの職場にもついに通り魔に遭ったという人物が出てきた。ツガワの所属する部署の部長は、勢い込んで自分の恐怖体験を誰彼となく触れ回る一方で、何か釈然としないものを感じているようだった。

「鉛管を振り上げてから、下ろすまでの間が恐ろしく長かったんだよ」

誰も耳を傾ける者もいなくなった後、部長は近くで自分の勤怠表を入力しているツガワに、もはや何度目かわからないその台詞《せりふ》を言った。大変でしたね、と応えるツガワに、大変だったよ、と返しながら、部長は腕を組んで首をひねった。

「私はね、なんていうか、彼の振り上げるフォームがあまりにも速くて、情けないことだが足が竦んでしまった」部長は、仕事の手を止めて、窓の外を覗き込んでいた。部長の視線の先には、橋のたもとの通り魔注意の看板があるに違いなかった。「一巻の終わりだ、と咄嗟《とっさ》に思ったんだけど、そう感じている時間がとても長かった。自分と彼の間に流れる時間が、周囲の時間よりもゆっくりなような気がした」

同じ内容についての言葉を重ねるごとに、部長の物言いには妙な洗練を帯びていくような印象があった。

「はなっからやる気がなかったんじゃないすかね」

ツガワは顔を上げて、口をとがらせた。部長はモニタ越しにツガワを見遣り人差し指を立てて、そうだよ、それだよ、と何度もうなずいた。

「殺意がないとしたら、なんでそんなことをしていると思うかね？」

「さあ、趣味なんじゃないでしょうか、ただ、自分が悪いことをしそうになってるって状況に、何か感じ入るものでもあるんじゃないでしょうか」

だとしたらまあ、わからないでもない、と自分自身も取引先の機密書類をわざと電車の中に置き忘れたい、という欲望に駆られることのあるツガワは思った。

「そうだなあ。でも何か、殴ってしまってもいい、というような気迫も私は感じたな。殴っても殴らなくてもいいんなら、殴りたい、という」

「それ立派に殺そうとしてるじゃないですか」

「そうだよ、だから私だって怖かったんだ」

部長は肩をすくめた。

「実際、狙ってる人間がいるんですかね。最低でも脅しつけたい人間が。無差別にやってるふりして」

「そうかもしれない。たとえばね、私と同じ年代の人間だとか。下の階の日本特殊工法新聞社さん、工事関係の業界紙の、そこの支部長さんも襲われたんだそうだ」ツガワは、へえ、とうなずきながら、自分とナガトのように、同じビルの中に入っている別の会社の人間と部長が話したりするということに驚いていた。「その支部長さんが言うには、他の会社の同じぐらいの年代の人も襲われたんだって、ああと、それは上のフロアの薬の卸の会社、アースドラッグさんの、その人も部長さんだったかな」

ツガワの頭の中には、咄嗟にナガトの有能さを自慢するZ部長のことが浮かび、息を呑んだ。

我々のような長年真面目に働いてきたような者が標的になるなんて嘆かわしいことだね、と言いつつ首を振る部長の姿をぼんやりと眺めながら、とりあえずマウスをぐるぐると動かして仕事をしているふりをした。

先日入水《じゅすい》し損ねて以来、ツガワの中では、以前にも増して焦燥感が這いずり回っているようだった。一応仕事場へは足が向くし、しなければいけないことをこなす程度の意識はあるのだが、少しでも気を抜くとぼんやりしてしまい、家に帰っても仕事先のことばかり考えていて、気が休まらなかった。特に眠る前がひどかった。今までのこと、それをしのいでこれからへの不安が頭をもたげ、電気毛布の中にいるというのに体の震えが止まらなかった。

V係長の牽制の在り方も変化してきた。ツガワへの態度は比較的穏便なものだったが、その口からは、やめるな、と言われるよりもへこたれる言葉が飛び出してきていた。

やる気がないんならやめてもいいわよ。

ツガワより数センチ背の大きいV係長は、ヒールを上乗せした高みからツガワを見下ろしてそう言うのだった。

でもあんたなんか、よそじゃ絶対やってけないでしょうね。絶対。

それはまるで呪詛《じゅそ》だった。帰途の電車の中で吊り革を持ちながら、夕食をとりながら、テレビを見ながら、頭を洗いながら、歯を磨きながら、布団を頭の上まで引き上げながら、その言葉は容赦なくツガワを痛めつけた。そして、ここから脱出したいという願望を腐らせ、そもそも適応できない自分が悪いのかもしれない、V係長の言うことはすべて社会人として正しくて、彼女の思うとおりに動くことができない自分が無能なのかもしれない、現にP先輩はV係長とうまくやっているというのに、というような考えへとツガワを引きずり込み、また時間通りの起床へと、通勤の途へと追い立てた。

脱落の先にはもっと大きな脱落が待っている。ツガワの頭の後ろには、常にそんな考えがのしかかり続けていた。もし何かの僥倖《ぎょうこう》があって今の仕事をやめることができても、ツガワはすぐに再就職するつもりだった。生活のためである以上に、今の職場でのことを挽回して、自分がちゃんと働けるということを自分に対して証明したいと思っていた。しかしV係長の言葉には、ツガワのそういった考えの先を行き、その道筋に戸を立てて引き返させようとする力があった。いったいいつから自分はV係長にそんな力を与えてしまったのか、ツガワは思い出そうとするのだが、うまく頭が働かなかった。

それと裏腹に、V係長への怒りは突発的にツガワを襲った。

だってあたし月の半分帰るの十時過ぎるから貯金すごいよ。土日なんてしんどくてうちから出られないし。

昼休みに、そう大声でV係長が喋っているのを聞いたことがある。ひどく自慢げな響きがあり、どれだけしんどくても土曜日はうちを出ることにしているツガワは、異常なほどそれを不快に感じた。

あんたみたいな人間には、一緒に出歩く友達なんかいないからな。

仕事が介在しない事象への反発だからとはいえ、そこまで痛烈に自分の中でV係長を否定する気持ちが湧き上がるのはとても不思議な感じがした。以前、ナガトも同じようなことを言っていたにしても、V係長が休みの日は外出しない理由とナガトのそれとは違うような気がした。

仕事は、二月からまた大きなものが来るとのことで、毎月の業務のほかにもその下準備に余念がなかった。その合間の楽しみとして、ツガワはよりトガノタワーの監視に傾くようになっていった。だいたい、休憩所の窓から見渡せる限りのフロアにどんな人間がいて、どのようなことをしているかについてはわかるようになってきていた。どこかのフロアで性交でもしていやしないかと尾籠《びろう》な興味に駆られて目を細めることもあったが、そんな現場を目撃することなどもちろんなく、基本的にはどの人も真面目に仕事に追われているように見えた。ときどきは終業後に休憩所に行き、タワーを覗き込むこともあった。どれだけ遅い時間であっても、どこかのフロアの電気は煌々《こうこう》としており、窓の向こうで頭を抱えたりモニタに向かったり同僚と談笑したりする人の姿が見えた。向かいのビルで働く人々を眺めながら、ツガワは自分でも不思議なほど彼らに共感していることに気付いていた。遠くの害のない人々のことだからこそそのように思うのだとも考えたけれども、自動販売機で買ったココアを飲みながら、まるでテレビの画面を眺めるかのように彼らを見ている時の、不思議な安堵感についての説明はつかなかった。

トガノタワーを覗きながら、自分がよそでやっていけるわけがないというV係長の言葉は真実なのだろうか、とツガワはよく考えた。自分がここから、壁や空気や窓に隔てられたこちらから見守っている人々は、いざ自分と関わるとなると眉をひそめて使えないと思うのだろうか。

答えはそのときどきによって変わった。資料を見ながらモニタに向かい、やたらと肩を回したり目を押さえたりしながら仕事をしている人を見ると、自分なら手伝える、と思ったし、携帯電話を耳に当てながら窓ガラスを額で叩いている人を見ると、自分ならこの人を苛立たせてしまうかもしれない、と思った。

他社のことに想像を働かせるのは、おおむね興味深い行為だった。中でもツガワは、自分が最終面接で不合格になった雇用環境促進公団について考えることに時間を割いた。それは、恨みというよりは羨望が勝る感情で、とにかく自分が次にどこかの面接で、転勤は可能か？　と訊かれたら、身を乗り出して、できます！　と言うようにしようという教訓をツガワに与えた。その、自分を今の状況から救い出してくれそうな団体名も、何か魅力的ではあった。ツガワは、何度となく就職活動のときの資料を引っ張り出してきて、雇用環境促進公団に電話をかけようと思ったが、インターネットで調べてみると、公団の相談回線は、確かに話をさせるにはさせるが、とりあえず耐えろ、自分にも悪いところがなかったか考えろ、と最終的にはその一点張りであることで有名だった。

そんなふうに答えろと躾《しつ》けられている社員自身の気持ちはどうなのだろう、とツガワは時々考えるのだった。ナガトからときどき聞く団体の職場の外見や、自分が就職活動に行ったさいに提示された初任給の額や、まことしやかに語られる天下りの概要などからは、自分の働いている職場より厳しいところであるというようにはどうにも思えなかった。

中途採用はしていないのだろうか、とツガワは、日常的に覗いている印刷室らしき小部屋の様子を眺めながらよく思っていた。とにかく、いつかやめることができたら、自分は真っ先にこの団体を受けよう、とぼんやり思いながら、そのいつかというのがいつ来るのか、というところに考えが及ぶと、自然と深くうなだれ、鼻の奥が痛み出すような感覚にさいなまれた。

雇用環境促進公団の印刷室での不穏な出来事は、部長が通り魔に襲われてから間もなくして起こった。残業中の休憩のあいだに観察しに行くのが日課になっていたので、ときどきはすでに電気が消されていて、つまらない思いをすることも多かったのだが、その日の公団の印刷室は、電気がついているのと消されているのとの中間の状態、つまり、部屋の使っている部分のみに照明があたっていた。いつも印刷室で働いている背の高い彼女が、スーツ姿の男に追い立てられるように部屋に入ってきたのは、数分観察してみても何の動きもないことに飽きてその場を離れようとした瞬間だった。肩越しに一目見て、妙な感じだ、とツガワは関心を惹きつけられた。彼女と同じぐらいの背丈の男は、彼女を壁際に立たせ、少しかがんだような姿勢で、何やらからかうように彼女の顔を覗き込んだり、力の入らない手振りをしながら一方的に話をしたりしているようだった。男は、自分や彼女よりは少し年上といった態で、まだ三十歳には満たないように見えた。彼女はずっとうつむいていた。痴話喧嘩かなにかだろうか、と考えもしたが、その二人のあいだに親しげな様子はまったくと言っていいほどなかった。あるのはよそよそしい緊張感だけで、男の妙になれなれしい仕草と、そうかと思うとすぐにそれを裏返すような鋭い動作が目に付いた。男が一方的に喋っているようだったが、しばらくすると、彼女が顔を上げて何か反論するような様子を見せた。その時だった。それまで首を曲げて、彼女の言葉をいなすようにうなずいていた男が、近くの作業台にあった重そうなファイルを手にとって、彼女の顔を殴りつけた。

ツガワは目を見開いた。背中と手のひらが汗ばみ、口の中はからからに乾いていた。

男はもう一度反対方向からファイルで彼女の頬をはたき、作業台の上の書類をすべて床の上に落とし、彼女を殴ったファイルを開けて金具を彼女に投げつけ、中身を振りながらばらまいて最後に頭の上に振りかぶって、床に叩きつけるように放った。彼女が殴りつけられたこと以上に、その様子が驚きだった。よくそこまで他人の仕事の足を引っ張れるものだ、とツガワは妙に冷静に思った。

部屋から出て行く瞬間、男は正気に戻ったのか、以前の鷹揚な態度で彼女を指差し、そして床を指差し、ドアの向こうに消えていった。彼女は、しばらく壁際でうつむいていたが、やがてしゃがんで窓の下の見えない空間へと消えた。男が散らかしたものを片付けているものと思われた。

ツガワは、何か恐ろしく失礼なことをしてしまったような気分になり、のろのろと窓から離れ、頭を抱えながら廊下に出た。奥の喫煙スペースでは、P先輩が携帯電話をいじりながら煙草を吸っていた。ぼんやりとそれを眺めていると、それに気付いたのか、P先輩も顔を上げて、妙な目つきでツガワを見返してきた。

「向かいのビルで人が殴られてました」どうして自分が見たことをP先輩に報告しているのかは、よくわからなかった。「あんなふうに人が殴られているのを見たのは、高校の時に斜め前の席の男子が内職をしてて現社の先生に椅子から引き摺り下ろされて足蹴にされているのを見た時以来です。そういやあの先生はお咎めなしだったと思う。自分もよく違う科目の宿題を授業中にしてたりしたから怖かったもんです。大人になっても稀にああいうことってあるんですね。わたしはそんなふうには思ってなかった。みんなもっとちゃんとしてると思ってました。おかしなことや自分の納得できないことがあると、それを冷静に指摘して対処するものだと思っていました。そうでもないことは世の中にいくらでもあるんですね」

P先輩の、ツガワの前だけでの無表情は、ここでもほとんど動くことはなかった。ただ両手の動作を止め、ほんの少しだけ片目を細めただけだった。ツガワは、肩をすくめて踵を返し、エレベーターのドアに額をくっつけて、体の内側に籠った不快な熱を冷ました。

雇用環境促進公団の印刷室での出来事を目撃してから数週間が過ぎたが、ツガワの頭の中から自分の見たものが薄れることはなかった。入水に失敗した自己嫌悪などは弱まり、仕事はそれなりにこなしていたが、ふと気がつくと殴られていた彼女のことばかり考えるようになっていた。

自分がそこで働きたいと考えていた団体で、あんなことが行なわれていたというのは、大きな衝撃だった。結局、どこへ行っても槍玉に挙げられる人間はいて、組織というものがその構造から脱することはないのだ、とツガワは大きな無力感に見舞われながら、日々の仕事に耐えていた。今月の営業報告誌の仕事はつつがなく終わったが、V係長の監視は微に入り細をうがったもので、ツガワのこめかみから冷や汗がひくことはなかった。

そうこうするうちに賞与の日が来て、それなりの額の振込みを確認しながら、ツガワはますます憂鬱になっていった。他の企業に就職した友人などは、そんなもん出ないようち、そんなにもらえるなんてすごいじゃんツガワの会社、と羨《うらや》ましそうにするのだが、ツガワ自身はなにか、賃金というよりはもっと複雑な意図の入り混じった金であるように感じていた。

そうして忙しさと無気力にかまけているうちに、ヨーグルトの菌が死んだ。世話をせずにほったらかしていると、いつの間にか腐ってしまっていた。ツガワは、ヨーグルトの瓶に鼻を突っ込んで吐き気をこらえながらも、何か申し訳ないことをしてしまったような気がして、なかなか捨てることができなかった。

ヨーグルトのほかにも悲報があった。ナガトの上司のZ部長が倒れたという話をきいたのは、年内最後の出勤日のことだった。詳しい病名はわからないが、とにかく急を要するとのことなので、緊急入院したZ部長配下の部員達は皆、一つ上の立場の代行として昇進することが決まった。ナガトも、地区主任から課長代行ということになり、この先月給も上がる、と会議で告げられたのだそうだ。

Z部長がまた戻ってくるか来ないかは、今のところはまったくわからない。

本社からやってきた役員は、深刻な顔でそう言っていたのだという。

その年の終業日の退社後、ナガトは初めてツガワを飲みに誘った。その日は両方ともの会社が大掃除だったので、夕方の四時には退社できた。ビルの一階のエレベーターホールで待ち合わせて、ビルの近くにあるチェーンの安い居酒屋へと向かった。あてがわれたカウンターで焼き豆腐をつつきながら、ナガトは見たこともないような複雑な面持ちでツガワにZ部長の急病に伴う社内の変動についての詳細を告げた。月給は二万上がるとのことだった。すごいじゃないっすか、とツガワが言うと、ナガトは目を細めて何か弱々しく笑った。

　まだ陽が落ちきっていないのにもかかわらず酒量は増し、ナガトはカウンターに伏せたまま動かなくなるというところまでいった。ツガワはその隣で黙ってゴーヤーのおひたしをつまみながら、自分の職場でZ部長のようなことになりそうな人はいるだろうかと考えていた。

「すごく憎いときがあった」

　ふいにそう、ナガトが呟くのがきこえた。ナガトは、カウンターにべったりと寝かせて組んだ両手の上に顎を乗せて、目をつむっていた。

「ときどき、死ねばいいのにと思ってた。わたしにばっかり仕事押し付けて。言いやすいからって」

　ナガトの言葉のあまりに切実な響きは、ツガワの胸を塞いだ。それからは、ツガワも結局酔っ払ってしまい、反対に酔いがさめてきたナガトに心配されるはめになった。トイレに立ち、少し吐いて口をゆすぎ、時間を確かめるとまだ早く、いったい何してるんだろ、とツガワは二階へ続く階段に座り込んで頭を抱えた。

　ナガトはああ言うけれども、Z部長はおおむね良さそうな人物だった。事実、理不尽な理由で怒られたことはない、とナガトは言っていた。新卒の後輩が取引先で失敗した時も、人に謝るということに慣れていない彼に代わり率先して何度も頭を下げに行き、契約を切られそうになるのを何とかとりなしたのだという。その後輩は、賞与をもらった次の日に辞表を出したとナガトは言っていた。

このファンタジーには、理不尽がまかり通っている。

ツガワは膝の上で頬杖をついて、ゆっくりとまばたきし、やがて目を閉じた。瞼《まぶた》の裏に、ナガトのことを自慢していたZ部長の顔が浮かび、通り魔から免《まぬが》れたとはしゃいでいた自分の職場の部長の様子が浮かび、V係長の鋭い肩口のシルエットが浮かび、また吐き気をもよおし、最後に、窓の向こうでゆっくりとかがんでいった雇用環境促進公団の印刷室の彼女のことが浮かんだ。

ツガワは、ポケットから携帯電話を取り出して開き、しばらくその画面の光で自分を照らした。いつか相談のために電話をかけようと登録していた団体の番号を呼び出し、おもむろに通話ボタンを押した。おそらくは、自動音声が今は時間外だからまた後でと応答するだろうと思いながら、耳から少し離してコール音を聞いていた。

はい、雇用環境促進公団ですけれども。

中年の男の声が、電波を通してツガワの耳に届けられた。ツガワは目を見開き、息を吸って天井を見上げ、やがて自分が見たことを話し始めた。

年が明けたが、もちろん状況は何も変わらなかった。毎月の仕事はそれなりにうまくやれるようになっていったが、仕事のあらはいくらでも見つけられるようで、取引先に出稿するための封筒を作るのが遅かった、下請けのパートと電話で談笑していた、自分が話しかけようとしているのに即座に立ち上がらなかった、などとV係長はツガワを叱り飛ばした。あんたすみませんって言えばすむと思ってるのっ？　と問い詰められ、けれど、すみません、と答えるしかないというやりとりを何度も繰り返し、なら辞めろと言われ、やはりすみません、としか言いようがなく、辞めてもお前になど行き場はないと断言された。辞めろと怒鳴られることにはだんだん慣れてきたが、辞めてもどうしようもないと妙に冷静に決めつけられるのを、ツガワは未だに畏《おそ》れていた。持ち歩いている辞表はバッグの底でひしゃげ、封筒は振動で周りのものにぶつかって付着した手垢のようなものでところどころ黒く汚れていた。

ときどき思い出すのは、善処します、と言っていた公団の男の声だった。我ながら、酔っていたくせにそれなりにちゃんと話せたとツガワは密かに自負していたが、それは単なる自己評価で、普通はいたずら電話だと思うよなあ、とも考えていた。だからといって、自分の告げ口が何の効果もなかったと思うのもいやだったので、休憩所へはあまり行かなくなっていた。一度だけ出来心で覗きにいったが、印刷室には誰もいないようだった。

仕事中にふと、どうしてもどうなったか確かめにいきたくなり、飲み物を買いに出たついでに、トガノタワーへ行くことにした。よもやコンビニの袋をぶら下げ、室内用に履いている高校の時の体育館シューズのまま、タワーに入る日が来るなどと考えたことはなかった。ガラス張りのエレベーターを待ちながら、一緒に待っている人や通り過ぎる人々を仔細に眺め回したが、どう見ても自分がいちばんよれよれの格好をしていた。伸びてきた前髪はねじって目玉クリップで留めていた。黒光りするエレベーターのパネルにその様子が映りこみ、ツガワは急いでクリップをはずして髪を整えた。

雇用環境促進公団のオフィスは、以前の建物に入っていた時とほとんど同じような印象の、ほとんどパーティション等を立てずにワンフロアを広々と使ったレイアウトで、ごちゃごちゃとそのへんを書類で散らかしている様子もなく、こぎれいな感じがした。自動ドアを抜けて、ぼんやりとフロアを見回しながら、さしたる意図もなく男女の比率を計算し、四対六、と答えを出した。受付嬢と思しき、前面に出たカウンターで電話をとっていた女性は、訝《いぶか》しげに棒立ちのツガワを見遣りながら、うちでは個別カウンセリングなども行なってますんで、お気軽にお訪ねください、と答えていた。ツガワは、フロアの隅に置かれているカラーレーザープリンタが、テレビで宣伝していた最新機種であることを確認し、自社の動きの遅いそれのことを思い出して溜め息をついた。その横のキャビネットに積まれていたコピー用紙も、ツガワの職場で使っているものよりは二段ほどグレードの高いいいものを使っていた。

紙詰まりとかないんだろうな、とダッフルコートのポケットに手を突っ込んでフロアを観察しつつ、つれづれにいろいろ考えていると、あの、とさきほどまで電話に出ていた受付嬢が立ち上がってツガワを呼んだ。自分で勝手にやってきたくせに、びっくりして目を丸くしているだけのツガワに、受付嬢は言葉を継いだ。

「あの、何か御用ですか？　ご相談でもおありですか？」

ツガワは、ああ、と半分だけうなずいて、フロアを見渡し、印刷室で働いている彼女がそこにはいないことを確認した。

「ええと、御社の、違う、貴団体の、印刷室で働いている方はいらっしゃいますか？」

あまりにも曖昧な問い合わせに、受付嬢は首を傾げ、はい、とだけ返事をした。ツガワは、背中に汗をかきながら、あの、あの、と口ごもって次の言葉を考えた。

「あの、わたし、近くのビルで働いている者なんですけれども」うそをつくつもりだったのに八割方正直に言ってしまった、とツガワは自分の頭を叩きたかったが、とりあえずあともう少し何か言えばいいと自分を励ましながら続けた。「そ、この休憩所から、わたしはあんまり行かないんですけど、御社、違う、貴団体の入っているこのトガノタワーが見えるんです、そんで先週、偶然、ほんとに偶然、貴団体の印刷室が見えまして、そ、こで働いていらっしゃる方に見覚えがあって、どうもこれは小学校の時に一緒だった人なんだけど、名前が、名前がどうも思い出せないなー、でも仲良かったんだよなー、って、ずーっと、考えてて、考えててついつい来てしまいました」

ツガワは、なるたけ嘘くさくなく、突っ込まれても大丈夫なように変に細部にはこだわらない作り話をしよう、と心がけたつもりだったが、口をついて出てきたのは、ただの挙動不審者と大差ない言動でしかなかった。それでも少しでもあやしまれないように、今ではもう遅いと思いながらも、コートを手で払ってよれを直し、前髪を耳にかけたりして身なりを整えた。

「印刷室で働いてる人？」

受付嬢が訊き返してきたので、ツガワは心持ちカウンターに身を乗り出すようにして首を縦に振り、このぐらいの髪の、と耳の下あたりに手の側面を押し付けた。受付嬢は、ああ、ああ、とうなずいて、隣で書類をいじくっていたもう少し若く見える女子に声をかけ、アサオカ……選手呼んできて、と囁いた。声をかけられたほうは、ぶっと吹き出し、わかりました、と笑いながら立ち上がった。

そちらにかけてお待ちください、と言われたので、ツガワは待合用と思しき長椅子に腰掛けて、シューズの紐を結びなおしたり、コートのポケットに溜まっていたレシートを出して眺めたりしながらそわそわと待った。

やがて、受付嬢から呼び出しを言いつけられたもう一人の受付嬢が、背の高い彼女を伴ってフロアを横切ってカウンターの外にやってきた。確かに、職場のあるビルの休憩所から見ていた人と同じ人物だった。ツガワは立ち上がって頭を下げながら、しかし何か言葉にしがたい違和を感じていた。

ツガワは、印刷室で働いている人物の手の辺りを眺めて、それが自分のものよりはかなり大きく、格好良く骨張っていることに感心しながら、ゆっくりと視線を上げて口を開いた。

「電話をかけた者です」

これで通じなければ、べつに挙動不審者でもいいと思った。大事なことは、彼女の存在を確かめに来ることで、自分がはたしたかもしれない行為について言及しにくることではなかった。

彼女は、ああ、ああ、と顔をほころばせ、何度もうなずいた。彼女を連れてきたもう一人の受付嬢だけが、不審そうに二人を見比べていた。ツガワは、電話は年末にかけたんですけど、とどうでもいいことを言いながら、しばらく視界に目を泳がせ、ゆっくりと焦点を彼女の上半身に合わせた。彼女は、一五八センチのツガワより頭一つ分は身長が高かった。お忙しい時にすみません、と言う声は、低く落ち着いていた。

脳みそが頭蓋骨の中で質量を上げながらゆっくりと溶けていくような感覚に、ツガワは包まれていった。あまりに不思議なことがあると眠くなる時がある。頭の働きが麻痺してしまうのだ。今まさにツガワはその状況にあった。

印刷室の「彼女」は美人だし、とても丁寧に話をして、突然ふらりとやってきたツガワにも笑顔を絶やさなかった。感じのいい人でよかった、と「彼女」の喉の膨らみを見つめながらツガワは思った。自分の手を見下ろし、指に生えている体毛の濃さを目の前の大きな手と比べた。忙しくてそこまで手が回らなかったのだろう。女の自分だって無駄毛の処理にかけては人のことは言えないではないか。

とにかく。

感じのいい男の子でよかった、とツガワは眉を寄せて口の端を上げ、泣きそうな顔で笑い返した。すべての疑問は胸の奥にしまおうと決めた。

あの人はあまり好かれてはいなかった、とアサオカは言っていた。目下の者には威圧的で、贔屓《ひいき》をして、上の人にはへこへこして、そのくせ裏では悪口ばっかりで。

端的に言うと、自分の職場のあの人もそうなのだろう、とツガワは思った。アサオカの職場のあの人は、年始早々理事達に呼び出され、暴力はいけないね、と諭され、巡りに巡った噂から向けられる白い目に耐え切れず、もう職場に来られなくなったのだそうだ。近々に辞職するだろう、とのことだった。

少しの間だけ、タワーの中のカフェで話をした。自分はなんだか腰が低すぎて付け入られていた、もっとしっかりしていればよかった、とアサオカは後悔していた。でも不安だもんね、とりあえず頭下げちゃうよね、とツガワが呟くと、アサオカは、そうですね、と目を伏せて笑った。アサオカは、ツガワが欲しかったキャンペーンのエコバッグを持っていた。黄緑色のほうだった。ツガワがそれに激しく反応すると、差し上げましょうか？　と言ってくれたが、ツガワは丁重に辞退した。

今日はもう少ししたら仕事が来るんで、それに勤務時間中だし、だからもう行かないといけないんですけど、またよかったらお昼とか一緒に食べませんか？

アサオカはそう言った。ツガワは少し考えて、首を振った。

ちょっとしばらくは行けないかもしれないです。今の会社やめるから。

ツガワの言葉に、そうですか、とアサオカは残念そうに首を傾げた。でも、またいつか、とツガワが言うと、そうですね、とアサオカは笑った。

トガノタワーからの帰路ではずっと、階段を降りきって足踏みをしてしまった時のような気分だった。空回りと言うほどはむなしくなく、しかしじんわりとしたばつの悪さがツガワを包み込んでいた。アサオカが暴力に間合いを詰められてしまったことは、自分と同じように、不安があるのを見透かされただとか、腰が低すぎるというだけではおそらくなく、それ以上の根深いが何の故もない差別意識からのものでもあるのだろうと推測し、そのことにツガワは胸を痛めた。わたしは、きみのことを自分と同類だと思って、それがいたたまれなくて電話をかけた。でもそれは違うと思う。きみにたぶん落ち度はない。少なくともわたしほどは。

それにしても、どうしてさっきはっきりと今の会社を辞めるといったのだろうと考えた。そして今、その決定は揺るがないものとして自分の中にあり、膨張してゆくその気持ちにつられるようにツガワは堂々としていた。理由はわからないままに。冬の真昼の外気は冷たく、ツガワの防備のゆるい足元に忍び込んでそれを冷やしたが、その歩幅は大きくなる一方だった。

職場に戻ると、まずロッカールームに直行し、バッグから辞表を取り出した。三つに折れ曲がった汚れた封筒の中から紙を取り出し、文言を確かめて、ツガワはそれを折りたたんでポケットにしまいこんだ。顔を上げると、壁に貼られた当番表が目に入ったので見にいくと、自分が当番だったので給湯室へ行くことにした。

やかんを火にかけ、冷蔵庫にもたれて湯が沸くのを待ちながら、ツガワはふと思いついて冷蔵庫を開けた。その一段目には、所狭しと瓶に入ったヨーグルトが鎮座しており、ツガワはその中から両手に持てるだけ手にとって、コンロのまわりに並べた。やかんから噴出した蒸気が、ヨーグルトの瓶にまとわり付き、汗のように水滴を吹かせた。しばらくして、数秒と触っていられないぐらい熱くなっているのを確かめると、それを冷蔵庫に戻し、また他の瓶を取り出してコンロのまわりに並べて加熱した。瓶の中で菌が虐殺される様子を思い浮かべようとしたが、そのイメージはぼんやりとしていた。

アサオカが自分と同じ条件の下で苦汁をのまされていたのではないと知って、自分はやっと辞める気になったのだ、とツガワは思い出した。ここではないどこかは、当然ここことは違い、そこには千差万別の痛みや、そのほかのことがあるとツガワは知ったのだった。

Vが自分に信じ込ませようとしたほど、世界は狭く画一的なわけではないと思ったのだった。自分がここから離れて、その感触に手を差し伸べに行くのは自由だと思ったのだった。

すべてのヨーグルトを加熱し終わって冷蔵庫にしまい、お湯をポットに溜めたあとも、ツガワは冷蔵庫にもたれて辞表を眺めながらぐずぐずしていた。なおすようなところは特になかった。前後不覚の状態で打ち出したものであるにもかかわらず、誤字や脱字は一つもなかった。

「なにしてんのあんた」

ドアが開くと共に、聴きなれた声が耳をついて、ツガワは顔を歪めた。Vだった。

「なにさぼってんのよ、その顔はなによ」

ツガワは、辞表を封筒にしまい、親指と人差し指でつまんで、それを扇《あお》ぐように動かしながら、じっとVの顔を見た。目を見た。周囲の肉が少したるんだ、意地の悪そうな目だった。

「静かにしてくださいよ」

ツガワはそう言って、また辞表をたたみ、ポケットに入れてVを押しのけて給湯室を出て行った。

その足で、外出しかかっていた部長をつかまえ、封筒を押し付けた。ほんの一瞬だけ部長が、やっぱり、という顔をしたのをツガワは見逃さなかった。よろしくご査収ください、と声を上ずらせながらツガワは言った。

部長が去ってからも、廊下に立ったままなぜか肩で息をしながら、ふと自分がナガトに言ったことのあるばかばかしい励ましを思い出した。アサオカはきれいな男の子だった。ツガワは笑い出した。この世はちょろいとさえ思った。

辞表を提出してからはもめにもめた。当然Vは、ツガワをつかまえては、あんた自分がなにをしようとしてんのかわかってんの、これから忙しくなるのに、あんたは人非人だ、難破しそうな船を見捨てるクソ女だ、と連日のようにわめきたてたが、すでに本社にまで伝わり、その処理が開始され始めたツガワの辞意の前では無力だった。Q先輩もまた、Pが泣いていた、この係への恩を仇《あだ》で返す気か、あんたはひどい、と以前はほとんどツガワと話そうとはしなかったのに、ツガワを見かけるたびに悪態をついてきた。P先輩は、直接的には何も言ってこなかった。ただツガワとは事務的なこと以外は一言も話さず、伏し目がちに仕事をこなしていた。部長は、Vと同じように、ここで起こったことはほかのところでも起こるだろう、君が変わらない限りは、と脅してきた。しかしその語気や表情には、どこかツガワが絶対に辞めるという決意を撤回しないだろうという諦めが見て取れた。

退社日までの有給休暇を使って休んでいた期間も、何度となく会社に呼び出され、あの書類が見当たらないがどこへやった、せめてデスクを整理していけ、パソコンのデータをバックアップして初期化していけ、などとこまごました用を言いつけられた。ツガワはすべての呼び出しに応じて、その一つ一つを淡々とこなし、用が終わったらすぐに支度して帰っていった。一度だけ、トイレで一緒になったL先輩が、ツガワはいいな、辞められて、と何の厭味《いやみ》もなく声をかけてきたことに、何か胸が痛んだ。

とにかくツガワは、罵声を浴びながらどこまでも言いつけられた作業を無慈悲にこなし、そして退社の日はやってきた。

本社に書類を取りにいき、まるで出入りの業者を眺めるような目つきの同僚の視線の中でデスク周りを整理していると、自然に定時は過ぎた。ツガワは、用意していた菓子折りを総務に渡しにいき、それぞれへの挨拶もそこそこに、水の上を歩くようなおぼつかなさで職場を出た。

エレベーターのボタンを押す指先が震えていた。一階でドアが開くなり、ツガワは駆け出し、ビルの入り口辺りでまた止まって、藍色の闇に染まった空を見上げた。対面をやってくる車のヘッドライトに照らされながら、冬の大三角形を数え、外気の寒さに身震いして、マフラーをきつく巻いた。橋のたもとには、相変わらず通り魔注意の札が立てかけてあり、ツガワは携帯電話で友達にメールを打ちながらそれに近づいていってしげしげと眺めた。

携帯の画面がメール着信のアニメーションに切り替わったのでチェックすると、昼休みに出していた、やめれます、というメールへのナガトからの返信が来たようだった。

おめでとう。もう仲間外れにならなくていいよね。

ツガワは、返信を書こうとして書きあぐね、深く呼吸して携帯電話を閉じ、バッグの中へ突っ込んだ。川の臭気は相変わらずで、ツガワはマフラーの中に鼻先を沈めながら、急いで橋を渡った。

部長が襲われたという路地が交差する所に差し掛かると、今更のように緊張した。退社した今、もう投げやりになる理由は何一つなく、自分を大事にしなければと、できるだけ道の真ん中へと移動した。それでも好奇心に負け、目を細めて路地を覗き込むと、黒いパーカのフードを目深にかぶったその人物は立っていた。

噂にはきいていたが、実物は初めて見た。ツガワは、離れたところからほとんどじろじろとその人物を眺め回し、その人に似た背格好の人物を思い出して目を見開いた。

「おめでとう」

妙に透き通った声が、フードの奥から聞こえた。ツガワは眉を寄せて、耳の奥に蘇るナガトの呟きを聴いた。

すごく憎いときがあった。

ツガワは眉をひそめてその声に耳を澄ました。それは闇からきこえてきたのだった。自分はその時、それに気付くことができなかった。自分の状況に手いっぱいで、これ以上の底はないと、そのことにばかり足をすくわれていた。

今更のように、ツガワは悔やんだ。わたしは一人でしゃべってばかりだったと。彼女の言うことを、なにも聞けていなかったのだと。

ツガワは額に手をやり、そのあまりの冷たさに息をつめた。

通り魔が手をくだす間もなく、Z部長は今病院のベッドに寝ている。後先の何事もわからず。部下にどれだけ憎まれていたのかも知らず。

「孤立させちゃってごめんなさい。でもこうしないともう働けなかった。いつかやってしまおうと自分はしていると、自分に対して証明しなければ」

パーカの人物の手がゆっくり上がり、フードにかけられた。ツガワは咄嗟に、べつにいいですから、と叫んでいた。

「がんばってください、いや、がんばりすぎないようにがんばってください、わたしは脱落するけど、がんばってください。部長の分までとは言わないけど」

そしてごめんなさい。あなたはどうしたって自分よりましだと思っていた。そんなことではきっとなかったんだ。

ツガワはそれを言葉にすることはなかったが、黒いフードは、ゆっくりとうなずくように動いた。それじゃ！　と手を上げ、ツガワは歩道にのって歩き出した。それは早足になり、小走りになり、ツガワはいつの間にか息を切らしながら全力で駆け出していた。そんなことでのしかかる後悔が振り払えるとは思わなかったが、次は自分以外の誰かのこともわかることができるようにとツガワは強く願った。自分がナガトと話をするのを楽しみにしていたように、自分も誰かの気休めになることができればいいと思った。

最寄り駅を過ぎて数ブロック分走ったところで、ツガワは振り返って顔を上げた。高架の向こうのトガノタワーが、青い闇の中に影絵のように浮かび上がっていた。中で人が仕事をしているのであろう光の灯った窓は、まるでタワーが体に巻きつけてぶら下げている電球の光のようにも見えた。信号を待つ間ツガワは、手袋をはめて、その佇《たたず》まいに小さく手を振った。

青塚氏の話

谷崎潤一郎

江戸川乱歩が谷崎潤一郎に傾倒していたことは有名だ。晩年に至るまで小説技巧の一つとしてトリッキーな語りを駆使した大谷崎。初期短編群は、ほとんどが探偵小説としても読める。

プロバビリティーの犯罪や意外な犯人でミステリファンに人気の作品がいくつかあるが、読む者の心をざわざわと騒がせてやまない変格探偵小説は十指では数えられない。

ある女優への異様な執着を描いた「青塚氏の話」は、谷崎の映画趣味が横溢《おういつ》した一編。作中で語られる話のいかがわしさは格別で、乱歩作品のエロティシズムを超えて官能的である（つまり、イヤラシイ）。

「この人、なんて話を始めたんだ。ディテールの細かさが怖い」と思いながらページをめくれば、映画館の中より濃密な闇が読者を包み込んでいく。サスペンスのある変格ということで、猫マークを。

（有）

由良子は夫の中田が死んだのは肺病のためだと思っていた。今でも彼女はそう思い、世間もそう思っているのであるが、中田自身は、そうは思っていなかったらしい。それは中田が最後の息を引き取った部屋、――須磨の貸別荘の病室において発見された遺書を見れば分るのである。

で、ここにその遺書を掲げる前に知っておいて貰いたいことは、由良子が一とかどのスタアとして売り出すようになったのは、その体つきが持っていた魅力のせいには違いないが、一つには死んだ夫のお蔭でもあったということである。中田は彼女が十六七の頃、ほんのちょっとした一場面へ出るエキストラとして働いていたのを、多くの女優の卵どもの中から早くも見出したのであった。彼は自分の地位を利用して、だんだん彼女を引き立てるように努めてやったので、結果はどこの撮影所にも有りがちな、監督と女優の恋、朋輩《ほうばい》どもの嫉妬や蔭口、それからおおびらな同棲にまで事が進んでしまったのは、由良子が十八の時であった。彼女の方には最初は純な気持ちのほかに、この男を頼って出世をしようという野心も手伝ってはいたであろう、が、結婚してから後の彼女はついぞ浮気などしたことはなく、はたの見る眼も羨《うらや》ましい仲であった、現に中田があんなに衰弱して死んだのも、あんまり彼女が可愛がり過ぎたからだという噂さえもあるくらいに。

彼女は健康で運動好きで、そのしなやかな体には野蛮と云ってもいいくらいな逞《たく》ましい精力が溢れていたから、そんな噂もあながち無理ではないのである。去年の秋に夫が須磨へ転地してからも、撮影の合間に始終訪ねて行ったものだが、それは必ずしも看病のためとは云えなかった。夫はあの患者の常として、肉は痩せても愛慾の念はかえって不断より盛《さか》んであった。そして由良子がさし出す腕を待ち構えていたばかりでなく、病気の感染をも恐れずに、恋の歓楽を最後の一滴まで啜《すす》ろうとする彼女の情熱を、どんなに感謝したか知れなかった。そういうことが積り積って、結局夫の死を早めたのであろうことは由良子も認めない訳に行かない。しかし夫が喜んでその死を択《えら》んだ以上、それで差支えないのではないか。彼女としてもああするよりほか、あの場合仕方のないことであった。自分にも夫と同じような、盛んな愛慾が身内に燃えていた。そのために自分が浮気をしたのなら悪いけれども、夫の望む死を死なせてやったのである。もうこの世から消えて行く火に、自分の魂の火を灼《や》きつかせて、思いの限り炎を掻き上げてやったのである。中田は定めし心おきなくあの世へ行くことが出来たであろう。彼は恋人と結婚してから僅か四年しか生きなかったとはいうものの、二十五歳から二十九歳まで、――由良子の十八歳から二十二歳まで、――つまり人生の一番花やかな時代を楽しみ、幸い彼女にも裏切られることなく、いやないさかいを一度もせずに済んだのであった。由良子にしても自分の性質や今後のことを考えると、中田との恋を円満なもので終らせるためには、ここで彼が死んでくれたのが都合が好かったような気もする。夫にもっと生きていられたら、いつまでおとなしくしていられたか、それは自分でも保証の限りではないのである。彼女は最早や監督の愛護によらないでも、ある一定のファンの間には容易に忘れられない地歩を築いていた。要するに映画の女優なんて、芸より美貌と肢体なのだ。どんな筋書の、どんな原作でも同じことで、笑う時には綺麗な歯並びを見せびらかすこと、泣く時には涙で瞳を光らせること、活劇の時には着物の下の肉の所在が分るようにすることを、忘れないで芝居していればいいのであった。あの女優は下手糞《へたくそ》だ、いつもする事が極まっていると云いながら、それでも見物は喜んでいるので、時々裸体を見せてやれば一層喝采《かっさい》するのであった。中田が彼女の絵を作る時も、実はこのコツで行ったのであって、監督が一人の女優を――殊に自分の愛する女を――スタアに仕立て上げるためには、芸を教え込むよりも監督自身がその女の四肢の特長をはっきりと摑み、それの一々の変化を究めて、そこから無限に生れて来る美を発展させればいいのであると、そういうのが彼の持論であった。彼女は中田の監督の下に幾種類もの絵巻きを撮ったが、それらは「劇」というよりも有りと有らゆる光線の雨と絹の流れに浴《ゆあ》みするところの、一つの若い肉体が示したいろいろのポーズの継ぎ合わせであるに過ぎない。彼女は何万尺とあるセルロイドの膜《まく》の一とコマ一とコマへ、体で印を捺《お》して行けばよかった。つまり彼女という印材に中田はさまざまな記号を彫り、朱肉を吟味《ぎんみ》し、位置を考えて、それを上等な紙質の上へ鮮明に浮かび出させたのである。由良子は亡夫にそれだけの恩を負うていることは一生感謝するけれども、一とたび印材の良質であることが認められれば、朱肉や、位置や、紙質は第二の問題であり、彫り手はいくらでもいるであろうし、まかり間違えば印材のままでもつぶしが利くことを知っている。だから中田に死なれても狼狽や不安を感ずるよりは、いささか恩を返したという心持ちの方が強かった。夫の臨終の枕もとに据《す》わって彼女が洩らした溜息の中には、重い責任を首尾よく果たし終《お》おせた人の、満足に似たものさえもあった。とにかく彼女は夫を無事にあの世へ送り届けたのである。行く先のことは分らないけれども、今の彼女は何の疚《やま》しいところもなしに、蠟《ろう》のように白い夫の死顔を気高しとも見、美しいとも見て、まだ消えやらぬ愛着のうちに身を置きながら、仏の前に合掌することが出来たのである。

さて前に云う遺書は、遺骨を持って貸別荘を引き上げる時に机の抽き出しから出たのであるが、それを彼女が読んだのは四五日過ぎてからであった。彼女は最初古新聞紙に包んである菊版の書物のようなものが、遺書であろうとは気が付かなかったし、またそんなものを夫が書き遺して行ったろうとは、少しも期待していなかった。そして糊着けになっているその新聞紙を破いて見たのも、ほんの気紛れからであった。新聞紙の下にはまたもう一と重新聞紙が露《あら》われ、その表面に「ゆら子どの、極秘親展」と毛筆で太く記されていた。二重に包まれた中から出て来たのは、背革に金の唐草の線の這入《はい》った、簿記帳のような体裁をした二百ページほどの帳面で、それへ細々と鉛筆で認《したた》めてあった。病人は須磨へ転地してから、ものうい海岸の波の音を聞きながら臥《ね》たり起きたりして暮らしていた一年近い月日の間に、暇にまかせて病床日誌を附けるように書きつづけて行ったのであろう。非常に長い分量のもので、鉛筆の痕《あと》がもうところどころ紙にこすれて薄くなっていた。なんにも胸に覚えのない由良子は、亡夫が何を打ち明けようとするのか不思議な感じに打たれたのであったが、やがて彼女を軽い戦慄に導いたところの奇異な内容、死んだ人間がそのために死を招いたと信じていたところの事実については、下に掲げる遺書自らが語るであろう。――

＊　＊　＊　＊　＊　＊　＊　＊　＊

大正×年×月×日

私は今日から、生きている間はお前に打ち明けないつもりであったある事柄をここに書き留めて行こうと思う。という訳は、私はやはり生きられそうにも思えないからだ。ゆうべお前が帰る時にいろいろ力をつけてくれたり慰めてくれたりしたけれども、あれから独り考えて見ると、どうも自分の運命は一直線に「死」を目指しているような気がする。そうしてそれが今の私には不安ではなく、かえって一種のあきらめに似た安心になってしまったようだ。二十九やそこらで死ぬのは惜しいが、私はお前の若い美しい盛りの時を私の物にした。その上お前にこんなにも深く愛されながら逝くことを思えば、そう不仕合わせな一生でもない。こう云えばお前は、あたしだってまだ二十二だから盛りの時が過ぎ去ったという歳でもなし、これからもっと美しくなり、もっとあなたを愛して上げますと云うかも知れない。しかし私は、今その事を書いて行くのだが、実は肺病で死ぬのではなく、ほかに原因があって死ぬのだ。その事が私を病気にし、生きる力を私から奪ってしまった。私にとってはその事が「死」だった。それは恐らくお前が聞いて気持ちのいいことではなさそうだから、いっそ永久に知らせまいかとも思うのだけれど、そうかと云って、せめてお前にでも訴えないで死んでしまうのは、あんまり情ない気がしてならない。全く考えようによっては、こんなことで一人の人間が死ぬなんて、馬鹿々々しいようなことでもあるのだ。が、まあともかくも聞いて貰おう、少し読めば分るように、これはお前というものにも至大の関係があるのだから。

話はずっと前のことだが、私がまだ達者でいた時分、――あれは一昨年の五月の半ば頃だったと思う。ある雨の降る晩に、私は京極のカフェエ・グリーンで一人の見知らない男とさし向いに、洋食の皿をつッついていた。何でもお前の「黒猫を愛する女」が封切りされた日で、私は池上や椎野と一緒に「ミヤコ・キネマ」へあの絵を見に行った帰りだった。もっともカフェエへ寄ったのは私一人で、二人はほかに行く処があって別れたのらしい。見知らない男は私より前に来ていたので、私は何気なく、彼のさし向いの椅子が空いていたから腰を下した。それからやや暫《しばら》くの間は、黙ってテーブルを挟んでいたに過ぎなかったが、そのうちにこう、彼は妙にジロジロと私の顔を見て、時々口辺に微笑を浮かべながら、何か話しかけたそうにしている。それは人の好い男が酔っ払って、（彼はチーズを肴《さかな》にしてウイスキーを飲んでいた。）相手欲しやの時に示すあの態度なので、可愛げのある、とても憎めない眼つきをしていた。いつもならこういう場合に、私の方から早速話しかけるのだけれど、その晩は此方に酒の気がなかったし、それにその男は四十恰好《かっこう》の上品な紳士だったから、そう不作法に打《ぶ》つかる訳にも行かなかった。彼の様子には大変人なつッこい所もあるが、臆病な、はにかむような、女性的な所もあるようだった。彼が私の方を向いたり笑ったりするのも、極めて遠慮がちにやるので、大概は此方へ横顔を見せるように斜《はす》ッかいに腰かけ、両脚の間へスネーク・トゥリーのステッキを立てて、その柄の握りを頤《あご》の下へ突ッかい棒にしながら、独りでモジモジしているのだ。そんな工合で、私が食後の紅茶を飲みにかかるまではとうとうきッかけがなかったんだが、やがて突然、

「失礼ですが、君は映画監督の中田進君ではないですか。」

と、思い切ったように声をかけた。

私は改めて彼の顔を見上げたけれど、――雨に濡《ぬ》れたクレバネットの襟《えり》を立てて、台湾パナマの帽子を被っているその目鼻立ちは、全く覚えがないのであった。

「ええ、そうですが、忘れていたら御免下さい、どこかでお目に懸ったことがありましたかしら？」

「いいえ、今夜が始めてですよ。君はさっきミヤコ・キネマにおられたでしょう。僕はあの時君らの後ろにいたもんですから、話の模様で君が中田君だということが分ったんです。」

「ああ、あの絵を御覧になりましたか。」

「ええ、見ました。僕は深町由良子嬢の絵はほとんどすべて見ていますよ。」

「それは有り難いですな、大いに感謝いたします。」

そう云ったのは、中学生や何かと違って、分別のあるハイカラそうな紳士が云うのだから、私にしてもちょっと嬉しく感じたのだ。すると彼は、

「いやあ、そういわれると恐縮だな、感謝はむしろ僕の方からしなけりゃあならん。」

と、きれいに搾《しぼ》った杯をカチンと大理石の卓に置いて、例のステッキの握りの上に載せた顔を、私の方へ間近く向けた。

「こう云うとお世辞のようだけれど、日本の映画で見るに足るものは、君の物だけだと僕は思う。どうも日本人は下らないセンチメンタリズムに囚《とら》われるんで、芝居でも活動でも湿っぽいものが多いんだけれど、君の写真は非常に晴れやかで享楽的に出来ていますね。活動写真というものは要するにあれでなけりゃあいかん。僕はああいう映画を見ると、日本が明るくなったような気がして、頗《すこぶ》る愉快に感じるんです。」

「そう云って下さる人ばかりだといいんですがね、中には亜米利加《アメリカ》の真似だと云って、ひどくくさす人があるんですよ。」

「なあに、亜米利加の真似で差支えない、面白くさえありゃあいいんだ。もっともそれを下手に真似られちゃあ困りものだが、君はたしかに亜米利加の監督と同じ理想、同じ感覚で絵を作っている。あれなら亜米利加人が見たって決して滑稽《こっけい》に感じやしない。どうですか君、君の映画を西洋人に見せたことはないですか。」

「いや、どうしまして、まだまだとてもお恥かしくって、………」

「そんなことはない、それは君の謙遜《けんそん》じゃあないかな。僕なんぞは君、この頃西洋物よりも君の絵の方を余計見ているくらいなんだが、西洋物にちっとも劣らない印象を受ける。時にはそれ以上の感興を覚える。………」

「どうもそいつは、………そいつは少し擽《くすぐ》ったいなあ。」

どういう了見か分らないが、あまりその男が褒め過ぎるんで、私は少しショゲたのだった。さればといって、その男は人を茶化している様子でもなかった。私はただ、彼が見かけよりは恐ろしく酔っているらしいことに気がついただけで、それはしばしば大酒家にある、飲むと眼がすわって、変に物言いが落ち着いて来て、血色が青ざめて来るたちの、あるねちねちした酔い方だった。だから一見したところでは、時々ジロリと鋭い瞳を注ぐ以外にはほとんど真面目で、言葉の調子もいやにのろのろと気味が悪いほど穏やかなのだ。

「いや君、ほんとうだよ、お世辞を云っているんじゃない。」

と、彼は泰然として云うのだった。

「けれども僕は、君の手柄ばかりだとは云わない。いくら監督がすぐれていてもそれに適当な俳優を得なければ駄目な訳だが、その点において君は幸福な監督だと思う。由良子嬢は非常に君の趣味に合っている。全く君の映画のために生れて来たような婦人に見える。ああいう女優がいなかったら、とても君の狙っている世界は出せないだろうな。――おい、おい、」

と、そこで彼は女給を呼んで「姐《ねえ》さん、ウイスキーを二杯持っておいで」と、その物静かな口調で命じた。

「僕ならお酒は頂きませんが。」

「まあいい、せっかくだから一杯附き合ってくれたまえ。君の映画のために、そうして君と由良子嬢の健康のために祝杯を挙げよう。」

一体この男は何商売の人間だろう？　新聞記者かしら？　弁護士かしら？　銀行会社の重役の

ようなもので、のらくら遊んでいる閑人《ひまじん》かしら？　というのは、最初は臆病らしく思えたが、だんだん話し込んでいるうちにどこか鷹揚《おうよう》なところがあって、私を子供扱いにする様子が見えるので、しかし私は先がそれだけの年配ではあり、気のいい伯父《おじ》さんに対するような親しみもあるので、多少迷惑には思いながら、強いて逆らわないで彼の杯を快《こころよ》く受けた。

「ところであの、『黒猫を愛する女』というのは誰の原作ですか。」

「あれは僕が間に合わせに作ったんです。いつも大急ぎで作るもんですから、碌《ろく》なものは出来ませんでね。」

「いや結構、あれでよろしい。由良子嬢には打ってつけての物だ。――由良子嬢が風呂へ這入っていると、あすこへ猫が跳び込んで来るシーンがあるが、あの猫はよく馴らしたもんだな。」

「あれは家に飼ってあるので、由良子に馴《な》着《つ》いているんですよ。」

「ふうん、………それにしても、西洋では獣を巧く使うが、日本の写真では珍しいな。由良子嬢もいつもながら大変よかった。湯上りのところはほとんど半裸体のようだったが、ああいう風をして見られるのは、日本の女優では由良子嬢だけだろう。なかなか大胆に写してある。」

と、何やら独りでうなずいているのだ。

「あすこヽ所は検閲がやかましくって弱ったんです。僕の作るものは一番当局から睨《にら》まれるんですが、今度の奴は西洋物以上に露骨だと云うんでね。」

「あははは、そうかも知れんね。風呂場から寝室へ出て来る時に、うすい絹のガウンを着て、逆光線を浴びるところ、――」

「ええ、ええ、あすこ。あすこは二三尺切られましたよ。」

「あすこは体じゅうが透いて見えているからね。――けれどもあれは今度が始めてじゃないじゃないか。あの程度の露骨なものは前にもあったように思うが、……あれはたしか、『夢の舞姫』というんだったか、……」

「ああ、あれも御覧になったんですか。」

「うん、見た。あゝ中にちょうど今度のシーンと同じようなところがある。もっともあれは風呂場じゃあなかった、由良子嬢が舞姫になって、楽屋で衣裳を着換えているところだったが、あの時は乳と腰の周りのほかには何も着けていなかったようだね。君はあの時は逆光線を使わないで、由良子嬢の右の肩の角からずうッと下へ、脚の外側を伝わって靴の踵《かかと》まで光のすじが流れるように、横から強い光線をあてたね。」

「ははあ、よく覚えておいでですなあ。」

私がちょっと呆れ返ったように云うと、

「うん、それは覚えている訳があるんだ。」

と、彼は得意そうにニヤニヤして、だんだんテーブルへ乗り出して来ながら、

「あの絵には由良子嬢の体の中で、今までフイルムに一度も現われなかった部分が、二箇所写されていたと思うね。君はあの絵で、始めて由良子嬢の臍《へそ》を見せたね。僕は乳房の下のところからみぞおちへ至る部分までは、前に『お転婆令嬢』の中で見たことがあったが、臍は未知の

部分だった。あすこを見せてくれたのは大いに君に感謝している。………」

私は「夢の舞姫」の絵でお前の臍を写したことは、人から云われるまでもなくちゃんと覚えている。お前も多分あれを忘れはしないだろう。私はお前を撮影する時、お前の体のどんな細かい部分をも不用意に写したことはなかった。運動筋肉のよじれから生ずるたった一本の皺《しわ》と雖《いえども》、それがフイルムに現われている以上、決して偶然に写ったのでなく、予《あらかじ》め写るように計劃したのだ。お前が体をどの方向へどれだけの角度に捩《ね》じ曲げれば、どこの部分に何本の皺が刻まれて、それらがどういう線を描くかということを、あたかも複雑な物語の筋を組み立てるように詳しく調べてやったことだ。だからあの絵でも「お転婆令嬢」でも、なるほどこの男の云う通りには違いないので、私の苦心を彼がそんなに酌《く》んでくれたのは有り難い仕合わせであるけれども、しかしどうも、………妙なことばかりいやに注意して見ている奴だ、と、そう思わずにはいられなかった。ところが彼は私が変な顔つきをするのに頓着なく、お前の体についての智識を自慢するようにしゃべり続ける。――

「けれども何だよ、由良子嬢の臍が深く凹《くぼ》んだ臍だということは、――僕は出臍が嫌いなんだ。――実は前から知っていたんだ。それはほら、『夏の夜の恋』で、びっしょり濡れた海水服を着て海から上って来るだろう? あすこで体に引ッ着いている服の上から、臍の凹みがぼんやり分るね。君はあの凹みを見せるためにわざとあんなに服を濡らして、あすこン所をクローズアップにしたんじゃないかい? どうもなかなか皮肉な監督だ、ストローハイム式だと僕は思ったよ。――だがあの時は、とにかく服の上からだったが、『夢の舞姫』で確実に分った、やっぱり想像していた通りの臍だったということが。」

「へえ、するとあなたはそんなに臍が気になりますかね。」

私は冷やかすように云ったが、彼はどこまでも真面目だった。

「臍ばかりじゃない、すべての部分が気になるさ。『夢の舞姫』に始めての所がもう一箇所ある。」

「どこに？」

「どこにッて、君が知らないはずはなかろう。」

「知りませんなあ、そういう所があったかなあ。」

「あったとも。――足の裏だよ。」

彼は私が内心ぎょっとしたのを見ると、にわかに声高く笑い出した。

「あはははは、どうだい、ちゃんとあたっただろう。何でもあれは、舞姫が素足で踊っていると、舞台に落ちているガラスの破片を踏んづける。可憐な舞姫は苦痛をこらえて踊りつづける。足の裏から血が流れて、舞台の上にぽたぽたと足の趾《ゆび》の血型がつく。その血型はこう、爪先で歩いた恰好に、五本の趾が少し開いて印せられる。――そうだよ、僕は由良子嬢の足の親趾の指紋まで見た訳だよ。――それから、そうだ、踊ってしまうと、気がゆるんでばったり倒れる。それを舞姫に惚れている俳優が、抱き上げて楽屋へ担ぎ込む。椅子を二つ並べて、その上へ由良子嬢を臥《ねか》して、ガラスを抜き取ったり洗ったりする。その時俳優は傷口を調べるために、テーブルの上の置きランプを床におろして、下から光線が足の裏を照らすようにする。ね、あの時だよ、由良子嬢の足の裏が始めてほんとうによく見えたのは。――」

「では何ですか、あなたはそういう所にばかり眼をつけていらっしゃるんですか。」

「ああ、まあそうだよ。君にしてもそういう見物の心理を狙っているんじゃないかね。僕のような人間がいて、君の作品を君と同じ感覚をもって味わって、由良子嬢の体をこんなに綿密に見ているとしたら、それが君の望むところじゃないかね。」

「ま、そう云っちまえばそんなもんだが、何だかあなたは薄ッ気味が悪いや。」

その男の酔った瞳に、意地の悪い、気違いじみた光が輝やき出したのはその時だった。彼の顔色は前よりも青ざめ、唇のつやまでなくなっていた。私は何がなしに不吉な予覚を感じたが、今この男に魅《みい》られたという形になって、逃げ出す訳にも行かなかった。それに私は当然一種の好奇心にも駆られていた。

「どんな事ですか、そのもう少し薄ッ気味が悪いッていうのは?」

「う、まあ追い追い聞かせるがね。」

と、彼はまた女給を呼んで、「ウイスキーをもう二つだよ」と叫んでから、

「君は由良子嬢の体については、この世の中の誰よりも自分が一番よく知っているつもりなのかい?」

「だってそうでしょう、長年僕が監督している女優だし、それに何です、御承知かも知れませんが、あれは僕の女房なんです。」

「左様、君は由良子嬢の亭主だ。そこで僕は、亭主と僕とどっちが由良子嬢の体の地理に通じ

ているか、そいつを確かめてみたいという希望を持っているんだよ。こう云うと君は、そんな物好きなことを考えるなんて不思議な奴だと思うだろうが、ここに一人の人間があって、その男はまだ、君の奥さんを一度も実際には見たことがないんだ。そうしてただフイルムの上で長い間研究して、君の奥さんの体じゅうの有らゆる部分を、肩はどう、胸はどう、臀《しり》はどうという風に、それをはっきり突き留めるためにはある場面のクローズアップを五たびも六たびも見に行ったりして、今では既に眼をつぶっても頭の中へその幻影が浮かび上るほど、すっかり知り尽してしまったとする。そういう人間が、ある晩偶然その女の亭主に、――……………………と思われる男に出遇ったとしたら、今も云うような物好きな希望を持つのは当り前だよ。」

「ふうん、………そうすると、あなたがつまりその人間で、そんなに僕の女房の体を知っているとおっしゃるんですか。」

「ああ、知っている、嘘だと思うなら何でも一つ聞いて見たまえ。」

私が黙って、眼をぱちくりさせている間に彼は躊躇なく言葉をついだ。

「たとえば由良子嬢の肩だがね、あの肩は厚みがあって、しかも勾配がなだらかで、項《うなじ》の長いせいもあるが、耳の附け根から腕の附け根へ続く線が、もしもそれを側面から見ると、どこから腕が始まるのだか分らないほどゆるやかに見える。頸《くび》は豊かな脂肪組織に包まれていて、喉の骨や筋肉はほとんど見えない。わずかに横を向いた時に、耳の後ろの骨がほんの少し眼立つぐらいだ。ついでに背中の方へ廻ると、肩胛骨《けんこうこつ》が、腕を自然に垂れた場合はやはり脂肪で隠されている。が、さればといって、二つの肩胛骨のくぎりが全然分らないのではない。なぜかというと由良子嬢の背中には異常に深い背筋が通っているからだ。そのために嬢の背中は、二つの円筒を密着させたように見える。そうして円筒と円筒との境目にある溝が背筋だ。その溝の凹みにはいつでも暗い蔭が出来ていて、よほど強い光線を真正面からあてない限り、蔭が残らず消え失せることはめったにない。嬢が真っ直ぐに立った場合には、背筋の末端、腰の蝶番《ちょうつが》いあたりのところで、堆《うずた》かい臀の隆起が、一層その蔭を大きくさせる。嬢が体を左へねじると、ねじった方の脇腹へ二本の太いくびれが這入る。くびれとくびれの間の肉が一つの円い丘を盛り上げる。同時に右の脇腹の方に、肋骨《あばらぼね》の一番下の彎曲《わんきょく》だけが微かに現われる。………」

いやな奴だとは思いながら、これを聞いている私の心には、お前の美しい背中の形が生き生きと浮んだ。お前も多分ここを読む時に、裸体になって鏡の前に立って見る気になりはしないか。そうして背筋の深さだの、脇腹に出来る二本のくびれだの、肋骨《あばらぼね》の露出だのを試しながら、いかにこの男がお前の写真をよく見ているかを想像して、私と同じ薄気味の悪さに襲われはしないか。………

「そうです、そうです、あなたのおっしゃる通りですよ。そんなら背中以外の部分は?」

と、私は知らず識らず釣り込まれて、そう云わずにはいられなかった。するとその男は、

「君、鉛筆を持ってないかね。」

と、卓上にあった献立表の紙をひろげて、

「口で云ったんじゃまどろッこしいから、図を画きながら説明しよう。」

と云うのだった。そしてお前の腕はこう、手はこう、腿《もも》はこう、脛《すね》はこうと、順々にそこへ描き始めた。

彼の線の引き方には、どう考えても絵かきらしい技巧はなかった。(彼が絵かきでないという私の推察があたっていたことは、後になってから分ったのだが。)「ここのところがこんな工合で、ここがこうで」と云いながら、ゆっくりゆっくりと不器用な線をなぞるようにして彼は描いた。時には眼をつぶって上を向いて、じーいッと脳裡の幻を視詰めるような塩梅《あんばい》だった。が、その怪しげな、たどたどしい鉛筆の跡が次第にでっち上げる拙い素描、幼稚な絵の中に、しろうとでなければとても画けない変な細かさと、毒々しさと、下品さとをもって、執念深く実物に似せた形があるのだ。ある特長を小器用に捕えて、これが誰の顔と分る程度の漫画式の似顔を画くなら、そんなにむずかしい業ではない。けれども彼の描くのは顔でないのだ。お前の腕、お前の指、お前の腿を切れ切れに描いて、それらが私の眼に訴える感じでは、決してほかの誰のでもなく、お前のものに違いないのだ。彼はお前の体じゅうに出来るえくぼというえくぼ、皺という皺を皆知っていた。それは芸術とは云えないだろうが、何にしても驚くべき記憶力だ。そうして彼はその記憶するところのものを、一つも洩らさず寄せ集めて、丹念に紙の上へ表現するのだ。

私はその後、有田ドラッグの店の前を通ると、この男の画いた素描を想い出すことがしばしばあった。あの蠟細工の手だの首だのの、ぬらぬらした胸の悪い感じ、……それでいてどこか人間の皮膚らしい感じ、……この男の絵はちょうどあれだった。たとえばお前の腿から膝のあたりを画くのに、この男はお前が膝を伸ばしている時と「く」の字なりに曲げている時とで、膝頭のえくぼにどれだけの変化が出来、どこの肉が引き締まり、どこの肉がたるむという区別をつけて二た通りに画く。その肉のふくらみを現わすのには細かい線で陰翳を取って行くのだが、それが実にぬらぬらと、お前の肉置《ししお》きのもっちゃりとした心持ちをよく出しているのだ。この男は踵の円《まる》みから土踏まずへのつながりを描いただけで、お前の足を暗示させる。そうしてお前の足の第二趾が親趾よりも長いことや、それが大抵親趾の上へ重なっていることを見落していない。足の裏を画かせると、五本の趾の腹を写して、これが小趾の腹、薬趾の腹だという風に、それぞれの特長を摑まえている。私にしてもお前の足の爪研《みが》きを手伝ったことがなかったら、こうまで詳しくは知りようがないし、きっとこの男に恥を掻かされたに違いなかろう。

「乳とお臀の恰好を知るのには苦心をしたよ。」

と、この男は白状した。彼が云うには、お前の体で今までフイルムに露出されない部分といってはほとんどないのだが、乳房の周囲と腰から臀の一部分だけが、どんな場合にも一と重の布で隠されていた。長い間、彼はその布の上に現われる凹凸の工合に注意していた。すると運よく「夢の舞姫」の時に、お前がシュミース一枚になって、そのシュミースの紐《ひも》がゆるんでいることがあった。お前はそのなりで床に落ちている薔薇《ばら》の花を拾った。拾った瞬間に体を前へ屈めたから、自然シュミースが下方へたるんで、紐のゆるんだ隙間から、――彼の形容詞に従えば「印度《インド》の処女の胸にあるような」完全にまんまるな、「二つの大きな腫物のように」根を張ったところの乳房が見えた。乳首までは見えなかったが、もうそれだけで彼にはお前の乳の全景を想像するのに充分だった。人間の体は、ある一箇所か二箇所を除いたほかの部分が悉《ことごと》く分ってしまえば、その分らない部分についても、代数の方程式で既知数から未知数を追い出せるように、推理的に押し出せる。――彼はそういう風にして、いろいろのシーンから既知の肉体の断片を集めて、それらによって未知の部分、――お前の臀の筋肉のかげとひなたとがこうでなければならないことを、割り出したと云うのだ。

「どうだね君、僕はまるで参謀本部の地図のように明細に、どこに山がありどこに川があるかということを一々洩れなく絵に画けるんだよ。君は亭主だというけれども、こんなに精密に暗記しているかね。」

テーブルの上には、もう何枚かの紙切れが散らばっていた。彼は献立表の裏へ一杯にその「地図」を画きつぶしてしまうと、やがてポッケットから「ミヤコ・キネマ」のプログラムを探り出して、その裏へ画き、ナフキンペーパーの上へ画き、しまいには大理石の上にまで画いた。その仕事は彼に非常な興奮と悦楽とを与えるらしく、黙っていればまだ何枚でも画きそうにするのだ。

「もし、もし、もう分りました。もうそのくらいで沢山ですよ。とてもあなたには敵《かな》いませんや。」

「それから、――そうそう、活劇をやったり感情の激動を現わしたりする時に、息をはっはっと強くはずませることがあるね。そうするとこう、ここの頸の附け根のところに、脂肪の下からほんのちょっぴり骨が飛び出すよ、こんな工合に、………」

「いや、――いやもう結構、もう好い加減に止めて下さい。」

「あははは、だって君、君の最愛の女の裸体画を画いてるんだぜ。」

「それはそうだが、あんまり画かれると気持ちが悪いや。」

「そんなことを云ったって、君は年中女房のはだかを写真に撮って、飯を喰っているんじゃないか。それから見ると僕の方は割が悪いよ、これだけ画けるようになるには容易なことじゃないんだがね。」

「分りました、分りました。僕はこの絵を貰って行きますよ。こいつを女房に見せてやります。」

私はそう云って、それらの紙切れを急いでポッケットへ捩じ込んだが、彼は内心お前に見せて貰いたいのか、それともそんなものは、画こうと思えばいくらでも画けるので惜しくもないのか、私のするままに任せていた。しかし私は、勿論これをお前に見せるつもりではなく、直《じ》きに破いて便所へ捨ててしまったが、見せたらお前はさぞかし胸を悪くしたろう。お前はお前の美しい体が、有田ドラッグの蠟細工にされたところを想像するがいい。………

「帰るならそこまで一緒に行こう」とその男が云うので、二人つれ立ってカフェエを出たのは九時頃だったろう。私は既に二時間近くも、この何者とも分らない人間の酒の相手を勤めたのでありながら、どういう訳でまたのこのこと附き合う気持ちになったものか、多分私は、彼を薄気味の悪い奴だと思う一方、次第に変な親しみを感じさせられていたせいであろう。この男を気味が悪いというのは、つまりこの男があまりにもよく私自身に似ている点があるからではないか。この男は私と同じ眼をもって、お前の肉体の隅々を視ている。そうしてしかも、彼はこの世で直接お前には会ったことがない。天から降ったか地から湧いたか、彼はふらりと私の前に現われて、私でなければ知るはずのない私の恋人、私の女神の美を説いて聞かせる。私は彼を恋敵として嫉妬する理由は少しもない。なぜなら彼の知っているのは、フイルムの中の幻影であって、私の女房のお前ではない。影を愛している男と、実体を愛している男とは、影と実体とが仲よくむつれ合うように、手を握り合ってもいいではないか。………

私はそんなことを考えながら、その男の歩く通りに喰っ着いて行った。その男は、京極を河原町の方へ曲って、あの薄暗い街筋を北へ向って歩いて行く、空はところどころ雲がちぎれて、星がぼんやり見えたり隠れたりしていたが、まだあたりには霧のような糠雨《ぬかあめ》が立ち罩《こ》めている。そして折々、ぼうっと街燈に照らし出される彼の姿は、実際一つの「影」の如くにも見えるのであった。

「君は勿論、由良子嬢は君以外の誰のものでもない、確かに君の女房であると思っているだろう。――――」

と、彼は半分独り語のようにそう云い出した。

「――――けれども君の女房であると同時に、僕の女房でもあると云ったら、君はどういう気がするかね。」

「一向差支えありません。どうかあなたの女房になすって、たんと可愛がって頂きたいですな。」

と、私は冗談のような口調で云った。

「という意味は、僕の女房の由良子嬢は要するにただの写真に過ぎない。だから何の痛痒《つうよう》も感じないし、やきもちを焼くところはないと、君はそう思って安心しているという訳かね。」

「だって、あなた、そんなことを気にしていたら、女優の亭主は一日だって勤まりやしませんよ。」

「なるほど、そりゃあそうだろう。だがもう少しよく考えて見たまえ。第一に僕は聞きたいんだが、一体君は、君と僕とどっちがほんとうの由良子嬢の亭主だと思う？　そうしてどっちが、亭主としてより以上の幸福と快楽とを味わっていると思う？」

「うへッ、大変な問題になっちゃったな。」

私はそう云って茶化してしまうより仕方がなかったが、その男は闇を透かして、私の顔を憐《あわ》れむように覗《のぞ》き込みながら云うのだった。

「君、君、冗談ではないよ、僕は真面目で話してるんだよ。――僕の推測に誤まりがなければ、多分君はこう思っているだろう、僕の愛しているのは影だ、君の愛しているのは実体だ、だからそんなことはてんで問題になるはずはないという風に。――しかし君にしても、フイルムの中の由良子嬢は死物ではない、やはり一個の生き物だということは認めないだろうか？」

「認めます、それはおっしゃる通りですよ。」

「では少くとも、フイルムの中の由良子嬢が、君の女房の由良子嬢の影であるとは云えないと思うね、既に生き物である以上は。――いいかね、君、こいつを君は忘れてはいけない、君の女房も実体だろうが、フイルムの中のも独立したる実体だということを。――こう云うとそれは屁理窟だ、二つが共に実体だとしても、どっちが先にこの世に生れたか、君の女房がいなければ、フイルムの中の由良子嬢は生れて来ない、第一のものがあって始めて、第二のものが出来ると云うかも知れないが、もしそう云うなら、君の愛しているところの、そうして恐らくは崇拝してさえいるだろうところの、真に美しい由良子嬢というものは、フイルム以外のどこに存在しているのだ。君の家庭における由良子嬢は、『夢の舞姫』や、『黒猫を愛する女』や、『お転婆令嬢』で見るような、あんな魅惑的なポーズをするかね。そうしてどっちに、由良子嬢の女としての生命があるかね。………」

「御尤《ごもっと》もです、僕もときどきそういう風に考えるんです。僕はそいつを僕の『映画哲学』と名づけているんです。」

「ふふん、映画哲学か、」

と、その男は、妙に私に突ッかかるように云いながら、

「そうすると結局、こういうことが云えないだろうか、――フイルムの中の由良子嬢こそ実体であって、君の女房はかえってそれの影であるということが？　どうだね君の哲学では？　君の女房はだんだん歳を取るけれども、フイルムの中の由良子嬢は、いつまでも若く美しく快活に、花やかに、飛んだり跳ねたりしているのだ。もう十年も立った時分に、君はしみじみ昔の姿を思い起して、ああ、あの時分にはこんなではなかった、あすこの所にあんな皺はなか

ったのに、いつあんなものが出来たんだろう、そうして体じゅうの関節にあった愛らしいえくぼは、どこへ消えてしまったんだろうと、そう思う時があるとする。その時になって、もう一度昔のフイルムを取り出して、映して見るとする。君は定めし、えくぼは消えてなくなったんでも何でもない、永遠に彼女の体に附いていることを発見するだろう。君の女房は衰えたかも知れないが、夢の舞姫は今でもやはり、シュミースの下に円々とした乳房を忍ばせ、床に落ちた薔薇の花を拾うだろう。黒猫を愛する女は、相変らず風呂へ這入ってぼちゃぼちゃ水をはねかしながら、猫と戯《たわむ》れているだろう。君はその時、君の若い美しい女房はフイルムの中へ逃げてしまって、現在君の傍にいるのは、彼女の脱け殻であったことに気がつく。君はそれらの映画を見て、一体これは自分が作った絵なのかしらん、自分や自分の女房の力で、こんな光り耀《かが》やかしい世界が出来たのかしらんと、今さら不思議な感じに打たれる。そうしてついに、これらのものは自分たち夫婦の作品ではない、あの舞姫やお転婆令嬢は、自分の監督や女房の演技が生んだのではなく、始めからあのフイルムの中に生きていたのだ。それは自分の女房とは違った、ある永久な『一人の女性』だ。自分の女房はただある時代にその女性の精神を受け、彼女の俤《おもかげ》を宿したことがあるに過ぎない。自分たちこそ、彼女のお蔭で飯を食わして貰っていたのだと、そう思うようになるだろう。………」

「そりゃあなるほど理窟としては面白いですが、僕の女房が歳を取るように、フイルムの中の彼女だってだんだんぼやけてしまいますよ。フイルムというものは永久不変な性質のものじゃないんですから。………」

「よろしい、そこで吾が輩は云うことがあるんだ。――君は僕が、何のためにこんなにたびたび由良子嬢の映画を見に行くか、そうして何のために、こんなに詳しく由良子嬢の地理を覚え込んだか知っているかね。さっきも絵に画いて見せたように、僕はこうして眼をつぶりながらでも、彼女の体を好きなようにして眺められる。『さあ、由良子さん、立って下さい』と云えば立ってくれるし、『据わって下さい』『臥《ね》て下さい』と云えば、僕の云う通りになってくれる。僕は彼女を素ッ裸にして、背中でも、臀でも、どこでも見られるし、倒《さかさ》まにして足の裏を見ることも出来る。君は亭主だというけれど、自分の女房をそんなに自由に扱えるかね。仮りに自由にさせられるとしても、こうしてここを歩いている今、彼女を抱くことが出来るかね。僕の方の由良子嬢は、どんな時でも、呼びさえすれば直ぐにやって来て、どれほどしつッこい注文をしても、いやな顔なんかしたことはない。君の女房は歳を取るだろうが、僕の方のは、たとえフイルムはぼやけてしまっても、今では永久に頭の中に生きているのだ。つまりほんとうの由良子嬢というもの、――彼女の実体は僕の脳裡に住んでいるんだよ。映画の中のはその幻影で、君の女房はまたその幻影だという訳なんだよ。」

「けれどもですね、さっきあなたもおっしゃったように、僕の女房がいなければ映画が生れて来ないでしょう? 映画がなければあなたの頭の中のものだって無い訳でしょう? それにあなたが死んじまったら、その永久な実体という奴はどうなりますかね。そこン所がちょっと理窟に合わないようじゃありませんか。」

「そんなことはない、この世の中には君や僕の生れる前から、『由良子型』という一つの不変な実体があるんだよ。そうしてそれがフイルムの上に現われたり、君の女房に生れて来たり、いろいろの影を投げるんだよ。たとえばだね、僕は以前亜米利加のマリー・プレヴォストの絵が好きだったが、君もあの女優は好きなんだろうね。いや、改めて聞くまでもない。」と、彼は私の驚いた色を看《み》て取りながら云うのだった。

「君は恐らく由良子嬢を発見した時に、これは日本のマリー・プレヴォストだと思ったんじゃないかね。そういえば、――そうだ、――プレヴォストにも風呂へ這入る場面があったね。やっぱり由良子嬢のように体の透き徹るガウンを纏《まと》って、風呂から上って、湯殿の出口でスリッパーを穿《は》くところがある。――あれはもう何年前のことだったか、随分古い写真だけれど、僕は今でもよく覚えている。あの時プレヴォストは後ろ向きに立ちながら、なまめかしいしなを作って、スリッパーを突っかけた。突っかける時にわれわれの方へ足の裏を見せた。ね、そうだったろう、君も覚えているだろう? あの場面はソフト・フォーカスだったので、彼女の全身が朦朧《もうろう》と見えたに過ぎないけれど、しかしあの女優の顔つきや体つきの感じは由良子嬢にそっくりじゃないか。殊にクローズアップで見ると、仰向いた時の鼻の孔の切れ方が実に似ている。腕や手のえくぼもちょうど同じ所に出来る。裸体にしたらもっと似たところがあるだろうし、臍も凹んでいるような気がする。――残念ながら僕はプレヴォストの臍を知らない。僕の知っているのは由良子嬢のと、『スムルーン』で見たポーラ・ネグリの臍だけだ。――が、そういう風に、あえてプレヴォストばかりじゃない。由良子嬢に似ている女はこの世界じゅうにまだ幾人もいるんだよ。うそだと思うなら、君は静岡の遊廓の××楼にいるF子という女を買ったことがあるかい？　その女は無論プレヴォストや由良子嬢ほどの別嬪ではない、いくらか型は崩れているが、それでもやはり『由良子系統』であることはたしかだ。その女の体じゅうに出来るえくぼは由良子嬢の俤を伝えている。そうして何より似ているのは二つの乳房だ。

…………………………………………………………

……」

そう云って彼は、彼の知っている限りの「由良子型」の女を数え挙げるのだった。その女たちは全身がそっくりそのままお前の通りではないまでも、なお何となく肌触りや感じにおいて同一であり、しかも必ず、ある一部分はお前に酷似した所を持っていると云うのだ。たとえば今の静岡県のF子の胸には、お前と同じ乳房がある。お前の『肩』は東京浅草の淫売のK子という女が持っている。お前の『臀』は信州長野の遊廓の〇〇楼のS子が持っている。お前の『膝』は房州北条のなにがしの女に、お前の『頸』は九州別府温泉の誰に、そのほかお前の『手』はどこそこに、お前の『腿』はどこそこにある。彼はお前の肉体の部分部分を研究するのに、映画についたばかりではない、その女たちについても覚えた。さっきの「地図」はお前の「地図」であると同時に、その女たちの「地図」であると云うのだ。

「君、君、非常に都合の好いことには、由良子嬢のあの美しい『背筋』が、直きこの近所にあるんだよ。君は大阪の飛田遊廓を知っているだろう？　あすこへ行って、B楼のA子という女を呼んで、背中を出さして見たまえ。それからもっと近い所では、この京都の五番町に『足』があるんだ。あすこのC楼のD子という女だがね、日本人の足の趾は、親趾よりも第二趾の方が長いのはめったにない、ところがあの女のは由良子嬢のにそっくりなんだ。……」

それから彼はまた「実体」の哲学を持ち出して、プラトンだのワイニンゲルだのとむずかしい名前を並べ始めたが、私はそんなくだくだしい理窟を覚えてもいないし、一々書き留める根気もない。要するにお前、――「由良子」というものは、昔から宇宙の「心」の中に住んでいる、そうして神様がその型に従って、この世の中へある一定の女たちを作り出し、またその女たちに対してのみ唯一の美を感ずるところの男たちを作り出す。私と彼とはその男たちの仲間であって、われわれの心の中にもやはり「お前」が住んでいると云うのだ。この世が既にまぼろしであるから、人間のお前もフイルムの中のお前もまぼろしであるに変りはない。まだしもフイルムのまぼろしの方が、人間よりも永続きがするし、最も若く美しい時のいろいろな姿を留めているだけ、この地上にあるものの中では一番実体に近いものだ。人間というまぼろしを心の中へ還元する過程にあるものだと云うのだ。……

「いいかね、君、そうなって来ると、君と僕とは由良子嬢の亭主として、一体どれだけの違いがあるんだ。君の持っている幸福で、僕のあずからないものが一つでもあるかね。僕は君と同等に、いや恐らくは君以上に彼女の体を知っている。僕は彼女をいかなる場合、いかなる所へでも呼び出して、着物を剥いで臥かしたり起したりさせられる。だがそれだけでは…………………………………――――

……………………………………………………………………………………

……………………………………………………………………………………。しかしそれでも不

充分だ、完全な一人の『由良子嬢』として、…………………………………………………………。よろしい、それなら僕の家へ来たまえ、実を云うと、僕は一人の『由良子嬢』を持っているのだ。――――」

私は思わず立ち止まって、彼の顔を視詰めないではいられなかった。

「へえ? あなたも由良子を持っていらっしゃる?――――そりゃアあなたの奥さんなんですか。」

「うん、僕の女房だ、――――君の女房とどっちがほんとうの『由良子』に近いか、何なら見せてやってもいいがね。」

ここに至って、私の好奇心が絶頂に達したことは云うまでもあるまい。この男の言動はますます出でてますます意外だ、不思議な奴もあればあるもんだ。――――が、その云うところは私の図星を刺す点もあり、ちゃんと辻褄《つじつま》が合っているのだから、こいつがまさか気違いではなかろう。多少気違いであるとしても、私は彼の異性に対する観察の細かさ、感覚の鋭さには敬服している。私は当然、彼の細君、――――彼の「由良子」と称する婦人に会ってみたくてたまらなくなった。それにこの男は未だに身分を明かさないので、こうなって来るといよいよそれが知りたくもあった。

「どうだね、君、僕の女房を見たくはないかね。――――」

と、彼は横眼で人の顔色を窺《うかが》いながら、イヤに勿体《もったい》を附けるような口調で云うのだった。

「――――見る気があるなら見せて上げるが、……………」

「気がないどころじゃありません、是非ともお目に懸りたいもんです。」

「それでは僕の家へ来るかね。」

「ええ、伺います。――いつ伺ったらいいんですか。」

「いつでもよろしい。今夜でもいいんだ。」

「今夜?――」

「ああ、これから一緒に来たらどうかね。」

「だって、――もう遅いじゃありませんか。お宅は一体どちらなんです?」

「直きそこなんだ」

「直きそこというと?――」

「自動車で行けばほんの五分か十分のところさ。」

気がついて見ると、私たちはもう出町橋の近所まで来ていた。そして時刻はかれこれ十時半なのである。この男は何でもない事のように「今夜行こう」と云うけれども、始めて近づきになった私をこんな夜更けに自分の家へ連れて行って、細君に引き合わすつもりなのだろうか?それほど御自慢の細君なのだろうか?

「変だなあ、担《かつ》がれるんじゃないのかなあ。――」

「あははは、そんな人の悪い男に見えるかね、僕は?」

「けれども、あなた、これから伺うと十一時になりますぜ。あなたはいゝとおっしゃったって、奥さんに悪いじゃありませんか。」

「ところが僕の女房は、そりゃあ頗る柔順なもんでね、僕が何時に帰ったって怒ったことなんかないんだよ。いつもニコニコして機嫌よく僕を迎えるんだ。その夫婦仲のいいことと云ったら、――そいつを今夜是非とも君に見せてやりたい。」

「冗談じゃない、アテられちゃうなあ！」

「うん、まあアテられる覚悟で来ることが肝要だね。」

「肝要ですか。」

「アテられるのが恐ろしいかね。」

「恐ろしいかッて、――そいつは少し、――タジタジと来ますな。」

「あははは、君は年中自分の女房を見せびらかしているんだから、今夜はどうしても僕の女房を見る義務がある。ここで逃げるのは卑怯だぜ。来たまえ、来たまえ。」

もうそう云っている時分には、彼は私の腕を捉えて、橋の西詰にある自動車屋の方へぐいぐい引っ張って行くのだった。

「いや、こうなったら逃げやしません、度胸をきめます。――」

彼は私を自動車屋の前へ待たしておいて、自分だけツカツカと奥へ這入って、小声で行く先を命じていた。その時私は、カフェエを出てからこの男の姿を始めて明るみで見たのであるが、さっきの酒が今頃になってそろそろ利いて来たのであろう、いつの間にやら彼の人相は別人のように変っていた。その眼は放埒《ほうらつ》に不遠慮に輝やき、口元には締まりがなくなり、鼻の孔はだらしなくひろがっている。眼深《まぶか》に被っていた台湾パナマの古ぼけた帽子が、後ろの方へずるッこけて、だだッ児のように阿弥陀になって、縮れた髪の毛が額へもじゃもじゃと落ちかかっている塩梅は、どうしても不良老年の形だ。老年と云えば、私はさっきこの男の年を四十恰好と踏んだのだけれど、帽子が阿弥陀になって見ると顔には思いのほか小皺があって眼の皮がたるみ、髪にはつやがなく、鬢《びん》のあたりに白い物さえ交っていて、ひいき目に見ても四十七八、五十に近い爺《じじい》なのだ。彼の酔い方が私の想像していた以上であったことは、そのだらりとした態度や、足取りで明かだった。が、それでも彼は飲み足りないのか、

「おい、君イ、まだかあ!」

と、どら声を出して運転手を催促しながら、ポケットからあまり見馴れない珍しい容れ物、――薄い、平べったい、銀のシガレットケースのような器を出して、頻《しき》りに喇叭《らっぱ》呑みをやるのだ。

「何ですか、それは?」

「これか、これは亜米利加人が酒を入れてコッソリ持って歩く道具さ。活動写真によくあるだろう。」

「ああ、あれ。そんなものが日本にも来ているんですか。」

「あっちへ行った時に買って来たんだよ。こいつあ実に便利なんでね、こうしてチビリチビリやるには。………」

「盛んですなあ、いつもそいつを持ってお歩きになるんですか。」

「まあ夜だけだね。――僕の女房はおかしな奴で、夜が更《ふ》けてからぐでんぐでんに酔っ払っ

て帰ると、ひどく喜んでくれるんだよ。」

「すると奥さんも召し上るんで？」

「自分は飲まないが、僕の酔うのを喜ぶんだね。………つまり、その、何だ、………僕をへべレケにさしておいて、有りったけの馬鹿を尽していちゃつこうっていう訳なんだ。」

私は彼がそう云った瞬間、何か知らないがぞうっと身ぶるいに襲われた気がした。このイヤらしいノロケを云いながら、彼はゲラゲラと笑い続けて、私の眼の中を嘲けるが如く視つめている。私の顔は真っ青になったに違いなかった。何という不気味な狒々《ひひ》爺だろう。やっぱりキ印なのかしらん？………それに全体、女房々々と云うけれど、こんな爺に若い美しい女房なぞがあるのだろうか、変な所に妾でも囲ってあるのじゃないのか。………………

それから間もなく、二人を乗せた自動車は恐ろしく暗い悪い路をガタピシ走らせているのであった。私はあの時分、京都へ来てからまだ幾月にもならなかったので、あの晩どこを通ったのだか、今考えてもはっきり呑み込めないのだが、とにかく出町橋を渡ってから直きに加茂川が見えなくなって、やっと車が這入れるくらいなせせッこましい家並の間を、無理に押し分けるようにして右へ曲ったかと思うと、今度はまた左へ曲る。雨は止んだが、空はどっぷり曇っているので山は一つも見えないし、もうどの家も戸が締まっていて、町の様子は分らないながら、ところどころにざあざあと渓川《たにがわ》のような水音のする溝川がある。その男は窓から首を出して、「そこをあっちへ」とか「こっちへ」とか、時々運転手に指図している。そのうちにだんだん家が疎《まば》らになって、田圃があったり立木があったり、ぼうぼうと繁った叢《くさむら》があったり、たしかに郊外の田舎路へ来てしまったらしい。

「驚いたなあ、どこまで連れて行かれるんです。大分遠方じゃありませんか。」

「まあいいじゃないか、乗った以上は黙って僕に任せたまえ、君の体は今夜僕が預かったんだよ。ねえ、そうだろ？　そうじゃないか。」

「だけど一体、………いいんですかこんな所へ来てしまって？」

「いいんだってばいいんだよ、いくら酔ったって自分の家を間違える奴があるもんか。………どうだね、一杯？」

車が揺れる度毎にどしんどしんと私の方へ打《ぶ》つかって来ながら、その男はよろよろした手つきで喇叭呑みをやっては、それを私にもすすめるのだが、次第にしつっこく首ッたまへ齧《かじ》り着いて、まるで女にでもふざけるように寄りかかって来る、その口の臭さと、ニチャニチャした脂ッ手の気持ちの悪るさといったらない。よほど酒の上の良くないたちで、酔ったら人を困らせるのが常習になっているのだろう、何しろ私は飛んだ奴に摑まってしまった。

「もし、もし、済みませんがこの、………手だけ放してくれませんか、これじゃあ重くって遣《や》り切れねえや。」

「あはははは、参ったか君。」

「参った、参った。」

「君と一つキッスをしようか。」

「ジョ、ジョ、冗談じゃあ、………」

「あははは、由良子嬢とは一日に何度キッスするんだい？　え、おい、云ったたっていいだろ？　三度か、四度か十ッたびぐらいか、………」

「あなたは何度なさるんです？」

「僕は何度だか数が知れんね。顔から、手から、指の股から、足の裏から、あらゆる部分を………」

途端に彼はたらりと私の頬ッぺたへよだれを滴らした。

「うッ、ぷッ、………もう少し顔を………向うへやってくれませんか。」

「構わん、構わん、由良子嬢のよだれだったらどうするんだい？　喜んでしゃぶるんじゃないのかい？」

「そりゃアあなたじゃないんですか。」

「ああ、しゃぶるよ、僕はしゃぶるよ。………」

「馬鹿だなあ。」

「ああ馬鹿だとも。どうせ女房にかかっちゃあ馬鹿さ。惚れたが因果という奴だあね。」

「だけどよだれを舐《な》めなくったって、………奥さんは幾つにおなりなんです？」

「若いんだぜ君、幾つだと思う？」

「そいつがどうも分りませんや、あなたの歳から考えると、………」

「僕はじじいだが、女房はずっと若いんだよ。悍《かん》馬《ば》のように溌《はつ》剌《らつ》たるもんだよ。まあ幾つぐらいだと思うね。」

「僕の女房とどっちなんです？　由良子はちょうどなんですが、………」

「じゃあ同い歳だ。」

「そんな若い奥さんを？　失礼ですが、第二夫人というような訳じゃあ、………」

「第一夫人で、本妻で、僕の唯一の愛玩物で、むしろ神様以上のもんだね。」

ゲラゲラと笑って、またよだれを滴らしながら、――

「どうだい、恐れ入ったろう。僕は女房に会うためにこんな淋しい田圃路を、いつも今時分に一人で帰って行くんだよ、自動車へも乗らずテクテク歩いて。………すると女房は僕の足音を聞きながら、奥の寝室の帳《とばり》の中でうつら〳〵と、ものうげな身をしょざいなさそうに、猫のように丸めて待っているのだ、体じゅうに香料を塗って、綺麗になって。………僕はそうッと寝室へ這入って、やさしく帳を分けながら、『由良子や、今帰ったよ、さぞ淋しかったろうねえ。』――」

「ええ？」

「あはははは、ビックリしたかい？」

「だって、名前まで『由良子』なんですか。」

「ああ、そう、『由良子』としてあるんだよ。そうしないと人情が移らんからね。」

やがて車は、こんもりとした丘の下で停った。

「ここだよ、ここだよ」と云いながら、彼は先へ立って急な石段を登り始める。懐中電燈を出して照らしながら行くところを見れば、なるほど毎晩遅く帰って来るのであろう。段の両側には山吹が一杯、さやさやと裾《すそ》にからまるくらい伸びている。青葉の匂いが蒸すように強く鼻を衝いて、懐中電燈の光の先に折々さっと鮮かな新緑が照らし出される。

「そら、もうそこだよ。」

と云われて、私は坂の上を仰いだ。見ると、軒燈が一つぼうッと燈った白壁の西洋館があった。暗いのでよくは分らなかったが、その西洋館は丘の上にぽつりと一軒建っているので、隣り近所に家はないらしく、あたりは一面の籔《やぶ》か森であることは、今も云う青葉の匂いや、土の匂いや、もののけはいで感ぜられる。そうして鬱蒼《うっそう》とした影が背後をうずだかく蔽《おお》っている様子では、うしろは崖か山になっているのだろう。石段を上り詰めると、突きあたりの正面に、白壁を仕切っての龕《がん》のように凹んだ入口がある。入口の扉は三尺ばかりの板戸であると思ったのだが、近づいて見るとガラス戸であった。家の内部に明りが燈っていないので、それが遠くからは黒い板戸に見えたのであった。さっき石段の下から望んだ一点の燈火は、その龕のような凹みの真上に、円筒型のシェードに入れられて、白壁の上へ朦朧と圏を描いている。西洋館とはいうものの、この外構えの塩梅では、四角な、平家の、昼間見たらば殺風景な掘っ立て小屋のようなものらしい。………

彼ははっはっと息を切らしながら、ポッケットから鍵の鎖をカチャカチャと取り出して、入口の扉を開けた。私は彼のあとに続いて土間へ這入った。彼は内部から今の扉に鍵をかけて、泥だらけの靴を脱いで、手さぐりでスリッパアを穿いたようだった。――どこかにスウィッチがあるのだろうに、明りをつけようとはしないで、暗闇でやっているのである。外の門燈がガラス戸を透してぼんやり映ってはいるものの、その覚束《おぼつか》ない光線では、土間の様子はさっぱり私にはわからない。はっはっという彼の吐息がにわかに酒臭く、けぢかく反響する工合から察すると、この玄関はわりに狭いのに違いなく、ひどく窮屈な壁の間へ閉じ込められたような気がする。と、彼は再び懐中電燈を照らし始めた。光の先を床の方へ向けながら、何か捜し物をしているらしい。光がチラリと通り過ぎるあたりに、支那焼のステッキ入れと、鏡の附いた帽子掛けの台が見える。台には帽子が三つ四つ懸かっている。ソフトの中折れと、鼠色の山高と、鳥打ち帽と、普通の麦藁《むぎわら》と。……台の下には革のスリッパアが二三足あって、中に一足、派手な鴇《とき》色の絹で作った、踵の高い、フランス型の女のスリッパアが交っている。——私が第一に驚いたのはこれであった。というのは、それは大分穿き馴らしたものらしく、脂じみた足型がついているのであるが、もしこのスリッパアを黙って見せられたら、私はきっとお前のものだと思うであろう。それは私の家にある、お前の穿き古るしたスリッパアにそっくりなのだ。同じ所に皺が寄り、同じ所に踵や趾の痕が出来、同じ足癖で汚れているのだ。私はそれが眼に触れた瞬間、お前の美しい足の形を明瞭に心に浮かべた。とにかくにも、そのスリッパアはお前の足と同じ足が穿いたのだ。「おや、うちの女房が来ているのかな」と、私はそう思ったくらいだった。

彼はそのスリッパアを大切そうに傍へ置いて、——恐らくわざと私に見せたかったのであろう、——革のスリッパアを一足取って、「これを穿きたまえ」と私の前に投げてくれたが、それきり懐中電燈を消してしまった。そうして先へ立ちながら、暗い廊下を真っ直ぐに進んだ。

二人が一列にならなければ通れないほど狭いところを、彼はよろよろと両側の壁へぶつかりながら行くのである。自分のうちへ帰って来たので、気が弛《ゆる》んだのかも知れないが、そういう私もよほど飲まされていたに違いない。何しろまるで入梅のようなじとじとした晩だったから、その家の中は蒸し風呂のように生暖く、おまけに彼の酒臭い息が廊下にこもって、ふうッと顔へ吹きつけて来る。私は襟元がかっかっと上せて、一ぺんに酔が発したのを感じた。

「さあ、まずここへ這入ってくれたまえ。」

廊下の突きあたりへ来た時に、彼はそう云って左側の部屋へ私を通した。それから彼はマッチを擦《す》って、ゆらめく炎を翳《かざ》しながらつかつかと室内を五六歩進んだ。見ると一個のテーブルがあって、上に燭台が載っている。その蠟燭《ろうそく》へ彼は手の中の炎を移した。

蠟燭の穂が次第に伸びるに従って、そのテーブルを中心に濃い暗闇がだんだん後ろへ遠のいて行ったけれども、まだこの部屋がどのくらいの広さで、中にどういうものがあるのか見究めることは出来なかった。ちょうどこの時、私と彼とは燭台を挟んでさし向いに椅子へかけた。私の視線は一とすじの灯影《ほかげ》を前に赤々と照らし出された相手の顔へ、期せずして注がれたのであったが、私が見たものは実は顔ではなく、脳天のところがつるつるに禿げた頭であった。彼は台湾パナマの帽子を脱いで、テーブルの上に置いていた。そうしていかにもくたびれたという恰好で、椅子の背中へぐったりと身を寄せ、糸のちぎれた操り人形のように両腕を垂らし、首を俯向《うつむ》け、未だにはっはっと吐息をしていた。だから彼の顔の代りに、その禿げ頭がまともにこっちを見返していたという訳になる。けれども私の酔眼にそれが人間の頭であると呑み込めるまでには、多少の時間を要したのであった。私は彼がこんな立派な禿げ頭を持っていようとは、今の今まで想像もしなかったのだから。なるほど前額にも後頭部にももじゃもじゃとした縮れ毛があって、ぐるりと周囲を取り巻いているから、帽子を被れば巧い工合に隠れるのである。私は暫くアッケに取られて、その蛇《じゃ》の目《め》形に禿げた部分をしみじみと眺めた。もうこの男は「五十に近い」どころではない、たしかに五十を二つか三つ越しているだろう。………と、彼はいきなり、物をも云わず立ち上って、部屋の隅の方へあたふたと駈け付けて、また何かしら飲んでいるらしく、ゴクリ、ゴクリと、見事に喉を鳴らしている。ははあ、先生、酔いざめの水を飲んでいるんだなと、その飲み方があまりがつがつしているので、私は最初そう思ったのだが、よくよく見ると、隅ッこの所に洋酒の罎《びん》を五六本列《なら》べた棚があって、彼はその前に立ちながら、独りで聞《きこ》し召しているのである。そうして五六杯も立て続けに呷《あお》ってから、濡れた唇をさもうまそうに舐めずりながら、――よだれで濡れていたのかも知れない、――私の方へ戻って来て、今度はそこに突っ立ったまま、テーブルの上の燭台を取った。

「さあ君、女房に会わせて上げよう。」

「へえ、――ですがどちらにいらっしゃるんで?」

「向うの部屋だよ。そうッと僕に附いて来たまえ、今すやすやと寝ているからね。」

「およっていらっしゃるんですか、そいつはどうも………」

「なあにいいんだ、ここが女房の寝室でね。――」

そう云っているうちに、彼の手にある蠟燭の火は既に隣室の入口を照らした。

それは何とも実に不思議な部屋であった。部屋というよりは押し入れの少し広いようなもの――と、まあ蠟燭のあかりではそう見えるのだが、そこと今までいた部屋とは、濃い蝦《えび》色の帳で仕切られていて、それを芝居の幕のようにサラリと開けると、中にも同じ色の帳が三方に垂れていているだけで、まん中に大きな寝台がある。――だから寝台がほとんど部屋の全部を占めているという形。で、その寝台がまた、日本の昔の帳台のように、四方を帷で囲ってある、つまり支那式のベッドなのだ。そうしてまたその寝台の帷が――これもハッキリとは分らなかったが、――暗緑色のびろうどのような地質なので、こう幾重にも暗い布ばかり垂らしたところは、何の事はない、松旭斎天勝の舞台だと思ったら間違いはない。

「ここに女房は寝ているんだが、どこから先へ見せようかね、――背中にしようか、腹にしようか、足にしようか。………」

と、彼は手を伸ばして、帷の上から中に寝ている女房の体と覚しきものをもぐもぐと揉んで見せるのであった。その眼は怪しく血走って、さも嬉しそうなニタニタ笑いを口もとに浮かべながら。………

こう書いて来れば、その寝台の中に寝ていた者が何であるかは、無論お前にも分っただろう。私も実はそれが人形だろうということは、もうさっきからの彼の口ぶりで予想しないではなかったのだが、ここに誠に気味のわるいのは、それがお前に生き写しであるばかりでなく、彼はそういう人形を、――彼のいわゆる「由良子の実体」なるものを、――幾体となく持っているのだ。即ちお前の寝ている形、立っている形、股を開いている形、胴をひねっている形、――それから到底筆にすることも出来ないような有りと有らゆるみだらな形。私が見たのは十五六だったが、彼の言葉に従うと、「うちには由良子が三十人もいる」と云うのだ。

私はよく、船員などが航海中の無聊《ぶりよう》を慰めるために、ゴムの袋で拵《こしら》えた女の人形を所持しているというような話を聞いたことがある。しかし実際にそういうものを見たことはなし、またそんなことが有り得るかどうかも疑わしいと思っていたけれど、この男の人形はつまりそれなのだ。彼はそれらの三十人もある「女房」を、一つ一つ丁寧に畳んで、風呂敷に包んで、棚の上へ載せてあるのだ。例の天勝式の装置、――寝室の三方に垂れている帳のかげに、その棚は幾段も作ってあって、一段一段に、何か暗号のような文字で印がつけてあるのである。お前は

彼が、

「さあ、今度は女房のしゃがんだところを見せようかね。」

といった工合に、呉服屋の番頭が反物を取り出すようないそいそとした恰好で、それを棚から卸して来る時の滑稽な様子を考えて御覧。そうしてそれらの等身大のお前の姿が、十五六人も黙然と列《なら》んで、物静かな、しーんとした深夜の室内に立ったところを想像して御覧。おまけに彼がその平べったく畳んだものを膨《ふく》ます手際といったら、実に馴れたものなのだ。水道をひねって瓦斯《ガス》に火をつけると、直ぐにお湯が出て来るような仕掛けがしてあって、――これも帳のかげにあるのだ、――そこから管を引張って人形の孔へ取りつけると、見ているうちに膨

らんで来る。それが次第に一個の人間の形を備え、だんだん細部の凹凸がはっきりして来るに従って、腕から、肩から、背中から、脚から、紛う方なきお前を現ずる。水を注ぎ込む孔の作り方と位置についても、馬鹿々々しい注意が払われていて、氷枕の栓のようなあんなぶざまなものではないのだ。一つ一つの人形によって□□□□□皆適当に考えてあって、それを詳しく説明することはお前に対する冒瀆のような気がするから、私はこれ以上を云うことが出来ない。彼は恐らく、水を注ぎ込むというその事自身を享楽しているに違いあるまい。「君、僕は造化の神様と同じ仕事をしてるんだよ。昔の神様がアダムとイヴを作る時にはどこから息を吹き込んだのか知らないが、面白くって止められなかったに違いないぜ」と、彼は云うのだ。

お前は定めし、そんなものがいくら自分に似ているといっても、ゴムの袋ならたかが知れている、どうせたわいのないものだろうと思うであろう。彼がいかにしてあの驚くべき精巧な袋を縫うことが出来たか、その凄じい苦心の跡を語らなければそう思うのももっともだけれども、一と通り説明を聞いた私にも、さて自分でやって見ろと云われたら、到底あの真似は出来そうもない。云うまでもなくそれは材料の買い入れから最後の仕上げまで、悉く彼一人の手で作られたもので、彼の工房へ這入って見れば、決して偽りでないことが分る。お前はそこに、凡《およ》そお前の肉体に関する得られる限りの参考資料が、途方もない執拗と丹念をもって集められているのを発見するだろう。人はすべての表面が鏡で張られた室内へ閉じ込められると、ついには発狂するものだそうだが、お前はきっと、ちょうどそれと同じ気持ちを味わうだろう。

「ところでちょっとこっちの部屋を見てくれたまえ」と、彼は私を廊下の反対の側にあるその工房へ連れて行ったが、そこで私の眼に触れたものは、床、壁、天井の嫌いなく、あらゆる空間に陳列してあるお前の手足の断片だった。殊に奇異なのはお前の体の部分部分を、――秘密な箇所や細かい一とすじの筋肉などまでを、――著しく拡大した写真が、方々に貼ってあることだった。なるほどこれだけの写真があって、これを毎日眺めているとすれば、あの霊妙なる有田ドラッグ式素描が画けるのに不思議はないと、私は始めて分ったのであった。が、それにしても彼はどうしてそれらの写真を手に入れたか、お前に会ったこともない彼がいかにして撮影したであろうか。――この疑問に答えるために彼が出して見せたものは、いろいろな絵から切り取った古いフイルムの屑だった。短かいのは一とコマか二たコマ、長いのは十コマ二十コマぐらいずつ、彼はすべてのお前の映画から彼に必要である場面を集めているのだ。「夢の舞姫」が床に落ちた薔薇の花を拾っているところ、血の滴れる足で舞台で踊っているところ、趾の血型の大映し、「お転婆令嬢」の乳房の下からみぞおちのあたりがハッキリ現われているシーン、「夏の夜の恋」の凹んだ臍が見える部分、――およそ彼が詳しい描写で私を驚かした場面の数々は、みんなそこに備わっているのだ。彼はお前の耳の形と、口腔内の歯列びの様子が知りたさに、それが明瞭に写っているたった一とコマのフイルムを得るべく、常設館から常設館へと、ある一つの絵を追いかけて、一度は岡山へ、一度は宇都宮へ行ったと云うのだ。

「……世間には僕と同じような物好きな奴が多いということを、僕はその時に発見したね。なぜかって云うと、由良子嬢のある一つの絵が東京と上方で封切りされる、それからだんだん地方の小都会へ配附されるに従って、不思議とフイルムのコマの数が減って行くんだ。勿論それは地方地方の検閲官がカットする場合もあるだろう。けれどもこの方はどこの県でも大体の標準が極まっているから、そんなに無闇に切るはずはない。最初に二十コマあった場面が、次ぎから次ぎへと旅をする間に十五コマになり、十コマになり、ひどい時にはしまいに一つもなくなってしまったりするのは、変じゃないか。これは途中で切り取る奴があるからなんだよ。由良子嬢がやって来るのを待ち受けて、彼女の手だの足だのをまるで飢えた狼のようにもぎ取って行く奴があるんだ。そういう人間が大勢いるという証拠には、田舎の町の常設館の映写技師に聞いてみたまえ。彼らはちゃんと心得ていて、金さえやれば望みの場面を一とコマなり二たコマなり、こっそり切って売ってくれる。それが彼らのほまちになっているくらいなんだ。

………」

彼の仕事は考古学者の仕事に似ていた。考古学者が深い土中から数世紀層前の遺骨を掘り出して来て、何万年の昔に生きていた動物の形を組み立てるように、彼は日本国中の津々浦々に散らばっているお前の手足を集めて来て、やがて完全な一個の「お前」を造ろうとするのだ。壁に貼ってある大きな写真は、彼がそんな風にして手に入れたフイルムを、引き伸ばしたものなのであった。彼は一定の比例によって部分部分を引き伸ばしておいて、それに従って粘土で一つの原型を作る。さてその原型へ当て嵌《は》めながら、ゴムの人形を縫い上げる。あたかも靴屋が木型へ皮を押しあてて靴を縫うのと同じような手順なのだが、仕事の難易は勿論同日の談ではないのだ。第一彼はお前の肌となるところの、実感的な色合と柔かみを持つゴムを得るのに苦心をした。私が手に触れた塩梅では、それは女の雨外套などに用いる、うすい絹地へゴムを引いた防水布、————あれによく似た地質であって、あれよりもっと人間の皮膚に近いようなものだった。彼は大阪神戸東京と、方々の店へ註文を発して、やっと五軒目に気に入った品を手に入れることが出来たのであった。そうしてそれを縫い上げるのに、粘土で作った「原型」に就いたばかりではなく、腑に落ちないところや分らないところは生きた「原型」に当て欲めても見た。彼は一と通り縫い上げたゴムの袋を、わざわざ静岡まで持って行って、××楼のF子の乳房に合わせてみたり、信州長野へ持って行って○○楼のS子の臀に合わせてみたり、東京浅草のK子の肩や、京都五番町のA子の背筋や、房州北条の女の膝や、別府温泉の女の頸などに、一々合わせたのであった。

しかし私は、彼がいかにしてあの燃えるが如き唇を作り、その唇の中に真珠のような歯列を揃えることが出来たか。いかにしてあのつややかな髪の毛や睫毛《まつげ》を植え、生き生きとした眼球を嵌め込むことに成功したか。いかにしてあの舌を作り、爪を作ったか。それらの材料は一体何から出来ているのかという段になると、ただ不可思議と云うよりほかには想像もつかない。彼も「こいつは秘密だよ」と云って、ニヤニヤ笑うばかりであったが、その薄笑いは私に一種云いようのない、恐ろしい暗示を与えないでは措《お》かなかった。ある何かしら不潔なもの、物凄いもの、罪深いものから、この材料は成り立っているのじゃないだろうか？　私はそう思って戦慄した。話に聞いた、航海中の船員が慰み物にするというゴムの人形なるものが、実際あるとしたところで、この半分も精巧なものではないであろう。ある程度まで人間に似せた袋を縫うだけなら、不可能なことではなかろうけれども、このゴムの袋は鼻の孔を持ち、鼻糞までも持っているのだ。そうして全く人間と同じ体温を持ち、体臭を持ち、にちゃにちゃとした脂の感じを持ち、唇からはよだれを垂らし、腋の下からは汗を出すのだ。彼がそういう人形を三十体も拵えたのはなぜかと云うと、……………………………によって、いろいろのポーズが必要であるからだった。たとえば………………、膝の上へ載せる時のポーズ、立って接吻する時のポーズ、…………………………………、………

呆れた事には、「ちょいとこんな工合なんだよ」と云いながら、彼はそれらの人形を相手に、私の前で彼独特の享楽の型を示すのであった。(彼は絶えず酒を飲んでは元気をつけていた。)そしてしまいには、「……………………………」とか、「この鼻糞の味はどうだろうか」とか、いよいよしつッこく絡まって来て、揚句の果ては私にもそれを舐めてみろというのであった。

「あ、そうそう、君は僕が女房のよだれを舐めるなんて馬鹿だと云ったね。ほら、この通り……この通り僕は舐めるんだぜ。これどころじゃない、…………………………………。」

彼はいきなり床の上へ仰向けに臥《ね》た。股を開いてしゃがんでいる人形が、彼の顔の上へぴたんこに据わった。彼は下から両手を挙げて人形の下腹を強く圧《お》さえた。人形の臀の孔から瓦斯の洩れる音が聞えた。私はこの彿々爺の顔から禿げ頭へねっとりとした排泄物が流れ始めたのを、皆まで見ないで窓から外へ飛び出してしまった。そして真っ暗な田舎路を一目散に逃げて行った。

* * * * * * * * *

由良子よ、私がお前に話したいと云った事実はこれだけだ。

私はお前が、この話を一笑に附してくれることを心から祈る。呪いを受けるのは私一人で、お前は快活であることを祈る。しかし私はこの事があってから、お前の映画を作ることに興味を失ったばかりでなく、むしろ恐れを抱くようにさえなってしまった。どうも私には、お前を美しいスタアに仕上げて、お前の姿を繰り返し写真に映したりしたことが、結局あの爺にお前というものを奪われたことになったような気がしてならない。お前はお前の知らない間に、あの爺に丸裸にされ、手でも足でも、あらゆる部分を慰まれていたのだ。そればかりならいいけれども、私の恋しい可愛い由良子は、この世に一人しかいないもの、完全に私の独占物だと思い込んでいたのに、あの晩以来、その信念がすっかりあやふやになってしまった。お前の体は日本国中に散らばっている、あの爺の寝室の押し入れの棚にも畳まれている、お前はそれらの多くの「由良子」の一人であり、あるいは影であるに過ぎない。……そういう感じが湧いて来る時、私はお前をいくらシッカリ抱きしめても、これがほんとうの、唯一の「お前」だという気になれない。果てはお前が影である如く、私自身まで影であるように思えて来る。私たち二人の真実な恋は、破れないまでも空虚なもの、うそなもの、それこそ一とコマのフイルムの場面より果敢《はか》ないものにさせられてしまった。

今となってはもう悔んでも取り返しの附かないことだが、私はあの晩あの爺にさえ会わなければよかったのだ。私は幾度か、あの晩のことが夢であってくれますようにと祈ったそしてあの爺も、あの丘の上の無気味な家も、跡かたもない幻であってくれますようにと祈っただろう。ただろう。しかしその後あの丘のほとりを夜昼となく通ってみるのに、あの家が正しくあそこにあることは事実なのだ。私は今では、あの爺がどういう名前の、どういう人間であるかということも略《ほぼ》知っている。それればかりでなく、お前の背筋を持っているという五番町のB楼のA子にも、乳房を持っているという静岡のF子にも、肩、臀、頸の女たちにも皆会ってみて、彼の言葉が決して偽でなかったことを確かめたのだ。その女たちは彼の本名を知らない様子だったけれども、彼が珍しい変態性欲者であること、時々写真器やゴムの袋を持って来ていろいろ無理な註文をすること、彼女たちを呼ぶのに「由良子」と云っていることなどを、一様に語った。

しかし由良子よ、私の唯一の、ほんとうの「由良子」よ、私はお前にその男の名前や身分を知らしたくないのだ。お前もどうかそれを知ろうとはしてくれるな。私は今わの際に臨んで、お前に隠して行くことはこれ一つだ。そして私は、来世でこそは真実のお前に会えることを堅く信じて、まぼろしの世を一と足先に立ち去るとしよう。……

さようなら、ハーマン

ジョン・オハラ
浅倉久志 訳

SF

若いころ初めてこの掌編を読んだときには、実はちゃんとわからなかった。何てことないツマラナイ話だな——ぐらいに思っていた。遠路はるばる主人公を訪ねてきてくれたハーマンとの再会と別れの苦みを描いたこのささやかな小説の本当の意味と価値を解するまでには、ざっと二十年以上の（わたしなりに起伏のある）人生経験が必要だった。

今読むと、涙が出てくる。確かに何てことない暮らしの一場面を切り取っただけのお話だけど、ハーマンはもちろん主人公も、嫌味で冷たい女性のように描写されている主人公の妻も、誰も悪くないのが悲しい。ただ人生は不可逆なのだ。あと、こちらも歳を経たら、主人公よりもちゃんとハーマンに礼を尽くしていた兄が、なぜ父親の形見《かたみ》のカップをもらえないのかという点にも切なさを感じるようになった。あまりにこの作品が好きなので、拙作のある短編の登場人物（ロボットですが）に「ハーマン」の名前をいただきました。

（宮）

ミラーは鍵穴へ鍵をさしこんだ。二種類の夕刊を小脇にはさみ、紙包みを手に持っていた――その晩の外出のために、洗濯屋へ寄ってドレス・シャツを二枚うけとってきたのだ。鍵の先がぴったりおさまったそのときに、ドアが中から妻の手で開かれた。むずかしい顔をしている。「ただいま」と彼はいった。

妻は人差し指を突き立て、「寝室へきてちょうだい」といった。なにかに腹を立てているらしい。玄関の椅子に帽子をほうり投げて、彼は妻のあとから寝室へはいった。荷物をそこへ置き、上着をぬぎにかかったとき、彼女がこっちに向きなおった。

「どうしたんだい?」と彼はきいた。

「お客がきてるのよ。あなたに会いたいっていうおじさん。もう一時間も粘られて、こっちは気がくるいそうだわ」

「だれなんだ? いったい、どういうことだい?」

「ランカスターからきたんですってよ。あなたのお父さんの友だちだっていったわ」

「で、そいつがなにかゴネてるのか?」

「ワッサーフォーゲルっていったかな、たしかそんな名前」

「なあんだ、そうか。ハーマン・ワッサーフォーゲルだ。おやじが行きつけにしてた床屋だよ。くることは聞いてた。きみに言っとくのを忘れたがね」

「へえ、忘れたんですか。とにかく、すてきな一時間をありがとう。これからは、だれかお客がくるときには予告していただきたいわ。会社へも電話したのよ。いままでどこにいたの？　思いつくところへ、片っぱしから電話してみたわ。あなたにはわからないでしょうけどね、顔も知らない人がとつぜんやってきて――」

「すまん。うっかり忘れたんだよ。じゃ、いってくる」

彼が居間にはいると、小柄な老人がそこにすわっていた。膝の上の小さな包みを、老人は両手でかかえていた。包みを見おろしているその顔にはかすかな微笑がうかんでいて、ミラーはそれがこの人物のふだんの表情だと知っていた。踵《かかと》の高い黒靴をはいた両足は、きちんと平行になって床にぴったりついていた。ミラーは、小柄な老人が、ここに着いたときからずっとその姿勢ですわっていたにちがいない、と想像した。

「やあ、いらっしゃい、ハーマン。遅くなってごめん」

「なに、いいんだよ。元気かね、ポール？」

「ああ。あんたも元気そうだね、ハーマン。手紙をもらったのに、エルジーに話しとくのを忘れたんだよ。もう紹介するまでもないだろうけど」エルジーが部屋にはいってきて腰をおろすのを見て、彼はそういった。「家内のエルジー。こちらは旧友のハーマン・ワッサーフォーゲル」

「どうぞよろしく」とハーマン。エルジーはタバコをつけた。

「一杯やらないかい、ハーマン？　アルコールの強いやつ？　それともビール？」

「いや、どうかおかまいなく、ポール。ちょっとこれを届けにきただけだから。たぶん、あんたがこれをほしがるだろうと思ってね」

「葬式に帰ったときには、あんたに会えなくて残念だったよ。でも、わかってくれるだろう？親戚が多すぎて、とうとうあんたの店へ寄れずじまいだったんだ」

「ヘンリーがきてくれてね、三回ひげを剃っていった」

「ああ、ヘンリーはぼくより長くいたもんな。こっちは三晩泊ったきりさ。葬式が終わりしだい、ニューヨークへ帰らなくちゃならなくて。ほんとにビール飲まない？」

「いいんだよ。これをあんたにあげにきただけだから」ハーマンは小さな包みをポールに手渡した。

「やあ、ほんとにすまないなあ、ハーマン」

「それ、なんなの？　ワッサーフォーゲルさんは、なかなか見せてくださらないのよ。すごくいわくありげね」エルジーは、ハーマンの名を口に出したときでさえ、その顔を見ようとしなかった。

「ああ、それはきっとぼくからきみに話してあると思ったからさ」

ハーマンの立っている前で、ポールは包みをほどき、中からひげ剃り用のカップをとりだした。

「これはおやじのだったんだ。ハーマンは、おやじが一生のあいだ、毎日ひげを剃ってもらっていた人なんだよ」

「いや、毎日じゃあないがね。おやじさんがひげを剃りはじめたのは十八じぶんからだし、それによく旅行もしたから。しかし、たぶんほかの床屋をぜんぶ合わせたよりも、あたしのほうが回数を多く剃っているだろうけど」

「そりゃたしかだな。おやじはいつもあんたの腕をほめてたよ、ハーマン」

「うん、そうだったかねえ」

「エルジー、どうだこれ?」ポールはひげ剃りのカップを上にかざし、そこに書かれた金文字を読みあげた。「医学博士J・D・ミラー」

「むむ。なぜ、あなたがそれをもらったの? だって長男じゃないでしょ。ヘンリーのほうが年上よ」

ハーマンはエルジーを眺め、そしてポールを眺めた。ちょっと複雑な顔つきになった。

「ポール、ひとつ頼みをきいてもらえるかね? あんたにこれを渡したのを、ヘンリーに知られたくないんだよ。おやじさんが亡くなったあとで、あたしは迷った。『このカップはどっちへ渡したもんかな?』ね。ヘンリーには、長男だとか、まあそういった権利がある。いちおうは、あの人に渡すべきかもしれない。だけど、べつに悪口をいうつもりじゃないんだが――その、なんていうかね」

「ワッサーフォーゲルさんは、ヘンリーよりあなたのほうが好きだった。そういうことですの、ワッサーフォーゲルさん？」

「うん、まあ」とハーマン。

「心配いらないよ、ハーマン。だまってるから。どのみち、ヘンリーにはめったに会わないしね」

「刷毛《はけ》は持ってこなかった。おやじさんの刷毛は、もうせんから傷んでてね。あたしはいつもこういった。『ドック、あんたは新しい刷毛も買えんほど貧乏なんですか？』『そうとも』とおやじさんはいうんだ。『じゃあ』とあたしがいうね。『ひとつ、あたしがプレゼントしてさしあげましょう』すると、おやじさんはこうだ。『そんなことをしてみろ、おれはもうここへこなくなるぞ。ホテルへくらがえするぞ』いや、奥さん、これは冗談でね。ドックは口ぐせみたいに、もう店へくるのはやめる、ホテルへくらがえするっていってたが、なに、本気じゃないんで。いつも、ここの剃刀《かみそり》はなまくらだなとか、店の照明をつけかえたらどうだとか、剃りこみすぎるとか。小言、小言、小言でね。ところが、去年のはじめごろだったかな。店へきても、『やあ、ハーマン。軽くあたってくれ。あんまり剃りこまずにな』と、これだけしかいわなくなった。こりゃあ病気だと思ったね。おやじさんも、それは知ってたが」

「そう、そうなんだ」とポール。「いつ、こっちへ着いたんだい、ハーマン？」

「きょう。バスで」

「それで、いつ帰るの？　帰るまでに、もっとゆっくり話したいな。じつは今晩、エルジーとぼくはちょっとでかけるんだけど、あしたの晩なら――」

「あしたの晩はだめよ。ヘイゼルのうちへ行く約束でしょ」とエルジー。

「ああ、あれならぼくまで行くことはないさ」とポール。「どこへ泊ることにしたの、ハーマン？」

「いや、実をいうと泊らないんだよ。今晩ランカスターへ帰ろうと思って」

「そんなばかな！　だめだよ。きたばかりじゃないか。もっとゆっくりして、ほうぼう見物していきなさいよ。うちの会社へ寄ってくれれば、ウォール街を案内してあげる」

「ウォール街ならもうよく知ってるよ。あたしの知りたいことはぜんぶ。そもそもウォール街さえなけりゃ、この齢まで床屋をしなくてもすんだのさ。いや、ほんとにありがとう、ポール。だけど、帰るよ。あしたの朝、店を開けなくちゃならないからね。ピンチヒッターを一日たのんできただけなんだよ。そう、あの若いジョー・マイヤーズ。あれがいま床屋になっててね」

「そんなことといいじゃないか。もう一日か二日、彼にやってもらえば？　ぼくがその金をはらうよ。だから、もっとゆっくりしていって。ニューヨークへくるなんて、何年ぶり？」

「今年の三月で十九年目だっけ。ハーミーが兵隊にとられて、フランスへ行ったときからだからね」

「ハーマンには息子さんがいたんだよ。戦死したんだ」

「生きていたら、もう四十。いいおとなだよ」とハーマン。「いや、ありがとう。ポール。しかし、やっぱり帰ったほうがいい。バスの乗り場まで、ぶらぶら歩いてみたいんだよ。きょうはまだ散歩をしてないし、そうすりゃニューヨーク見物もできるってもんだしね」

「まあ、そういわずにさ、ハーマン」

「そんなにしつこくすすめるもんじゃないわ、ポール。ワッサーフォーゲルさんがランカスターへ帰りたがっていらっしゃるのが、わからないの？　じゃ、しばらくおふたりで話をしてらして。そろそろ着替えをしなくちゃならないから。でも、長話はだめよ、ポール。九丁目までだとずいぶんかかるわ。では、さようなら、ワッサーフォーゲルさん。またお会いしたいですわ。それと、ポールにわざわざカップを届けにきてくださって、どうもありがとう。感謝してます」

「いや、どういたしまして、奥さん」

「じゃ、失礼します」とエルジー。

「すぐ行くよ」とポール。「ハーマン、ほんとに気が変わらないかね？」

「ああ。いろいろありがとう。でも、店のことがあるからね。あんたも早く行って着替えたほうがいいよ。でないと、あとがおそろしい」

ポールは笑おうと努力した。「いやあ、エルジーもいつもはああじゃないんだ。きょうは虫のいどころがわるくてね。女ってのはまったく」

「ああ、わかってるとも、ポール。いい奥さんだよ。それに、とても美人だし。じゃ」

「もし気が変わったら――」

「いいや」

「電話帳に番号が出てるから」

「いいや」

「まあとにかく、気が変わったときのために、おぼえといてくれ。どうお礼をいったらいいかわからないなあ、ハーマン。ほんとだよ。すごくうれしい」

「そう、おやじさんはいつもあたしによくしてくれたからねえ。あんたもだよ、ポール。ただ、ヘンリーにはだまっててておくれ」

「約束するよ、ハーマン。さよなら、ハーマン。達者でね。近いうちにまた会えるよ。この秋に、ランカスターへ行くかもしれないんだ。そのときは、きっと寄るから」

「むむ。じゃ、アウフ・ヴィーダーゼーン」

「アウフ・ヴィダーゼーン、ハーマン」

ポールは、ハーマンがエレベーターまでの短い廊下を去っていくのを見送った。ハーマンはボタンを押し、エレベーターがやってくるまで数秒間待ってから、あとをふりかえらずに乗りこんだ。「さようなら、ハーマン」とポールは呼びかけたが、ハーマンに聞こえないことはわかっていた。

梅の家の笑子姐さん

柳家小三治

柳家小三治の声を、もう生で聴くことができなくなってしまいました。これは、その小三治の書いた文章です。『落語家論』（ちくま文庫）という本に収められています。

まだ二つ目で、さん治といっていた頃のこと、テレビで売れ出し、それを喜べませんでした。地方の仕事があり、沼津で一人、ボーリングをやっていると、《スラックスに白いブラウスの小ざっぱりした娘さんが小走りに寄ってき》ました。そして、いいました。

「どうか、ちゃんと落語をやってください」

高座の聴き書き『もひとつ ま・く・ら』（講談社文庫）には、後日談も含め、五倍ほどの長さのものが収められています。そちらのタイトルを知ってしまう前に、まず文章として書かれたこちらから読まれた方がよいと思います。

分類マークは時計。《法廷物、倒叙、その他》。これは《その他》になります。

（北）

この夏にボクがネタ下しをした「鰻の幇間《たいこ》」に、登場はしないが梅の家の笑子《えみこ》姐さんが出てくる。修善寺へ湯治に出かけて留守なのである。たいこの半八が、いつお帰りで？　と女中に聞くと、帰りに沼津の妹さんのところへ寄ると言ってたから月末になるでしょう、という返事なのである。

まだ二ツ目で、さん治だった。今はオートバイだが、その頃はボーリングに熱中していた。愛車ブルーバードのトランクにボールを積んで、沼津労音の独演会に出かけた。沼津のボーリング場で午後二時頃から二時間ほど楽しんだのだった。

そのときだった、一人で夢中になってるボクのそばに、スラックスに白いブラウスの小ざっぱりした娘さんが小走りに寄ってきて、手短に、

「どうか、ちゃんと落語をやってください。お願いです。テレビに出てガチャガチャしたことをやってほしくないんです」

その頃フジテレビの、今タモリがやってる「笑っていいとも」の時間帯に、「お昼のゴールデンショー」という番組があって、人気絶頂前田武彦の司会、コント55号がテレビ初レギュラ

ーで一躍人気者にのし上がっていた。金曜日は大喜利で、その一メンバーとしてぼくも毎週出ていた。

ボケ役という役得もあって、目立ったのかもしれない。落語に興味ない人にまで多少顔を憶えられるようになったのは、このときからだったろうか。

その娘さんが言ったテレビでガチャガチャというのはそのことを指しているのだな、とピンと来た。ボクも常々、大喜利をやってるのは不本意だと思っていたし、こんな形で、いきなりぶつけるように若い娘さんから言われたのには一瞬面くらって、何と返事をしたか憶えていない。ボクをせめようとしたのでないことは、終始ニコニコしていたから間違いないのだが、ボクは最後に、どうもありがとうと言ったのだけは憶えている。

すぐ小走りに去っていった。トシは十八、九というところ、いや、十七くらいかもしれない。いわゆるマニアといわれるほどの落語好きというのでないことは、物腰話しぶりから汲み取れた。

それにしても、あまりにトウトツでポカンとしちまった。テレビだってラジオだって、落語は滅多に出ないのだし、オレの何を聞いたのだろう。

まだ時間があったので表で愛車の掃除をはじめたら、ゲームを終えたのだろう、彼女が通りかかった。さっきはどうも、から立ち話が始まった。

「私、何に見えます?」

「サァ」

「芸者屋の娘です。私、芸者なんです」

このトシで芸者ということは、半玉なんだろうかと、芸者のことはよくわからないボクは考えた。

控え目だがサバサバした口調で、相手の目をギチッと見たまま話をする。ちょっぴり鼻っ柱の強そうな、背は大きくなく小さくなく。スラッとしてはいるけど、やせているというのではない。色の白い、化粧っ気のない、生え際の美しい人だった。

そう、秋吉久美子の八重歯を直して、もう少し目をはっきりさせたような顔立だった。堅気の娘さんという感じで、芸者とはとても思えないだけに胸がほのめいた。

その晩、会場へ入ると大きな新茶の缶が楽屋に届いていて、伺えなくて残念ですが、という伝言があった。

のし紙に笑子とある。とりついでくれた会場（宴会場）のひとに聞くと、梅の家の笑子さんですよと教えてくれた。

それから半年ほどしてボクは真打披露をした。披露目が済んでから、扇子、手拭、口上書、それにその節はどうもと一言添えて梅の家の笑子姐さんに郵送したが、なぜか返事が届かなかった。

○

住所は、電話局へ行って、沼津の電話帳を出してもらい調べた。

住所の調べ方が悪かったのだろうか。それとも会場の人の勘違いで、梅の家じゃなかったのだろうか。それとも、おっ母さんてぇ人が意地の悪い人で、噺家なんかに手紙を書くんじゃないよ！　かなんか言いやがったのかしらん。等々、あらぬ想像をして心配をした。

だから、なおさら彼女のことは、いつまでも心の隅からは消えなかった。落語以外の仕事をすることになったときは、必ず彼女を思い出した。

「テレビでガチャガチャしたことをやってほしくないんです」

……何よりのボクへの励ましだったように思う。

その後何年かおきに二度ほど、沼津へは独演会で行った。そのたびに、梅の家の笑子の話を枕にふった。ボーリング場で彼女に言われた一ト言のこと。その晩、会場へ大きな新茶の缶が届いたこと。二十になるかならないかの年端もいかない子にしては、さすがに仕込まれ方が違う心づかいだと感服したこと。その後、まるで音沙汰がないこと、ｅｔｃ。

終演後ひょっとして彼女が楽屋を訪ねてくれるかもしれないと、淡い期待を持ったことは否定しない。しかし、現れなかった。

あれ以来、きっといつか経済的余裕ができたら梅の家の笑子を座敷に呼ぶんだ、と心に決めていた。もしその日が来て、笑子が目の前に現れたらなんと口をきこう。

「あのときあなたに言われたことが、どのくらい力になったことでしょう」

これァちょっとナサケナイカナ。「それがこの体たらく……」じゃ、「一本刀土俵入」になっちまう。

　むこうが両手をピタッとついて、「そんなにまで憶えていただけたなんて、ワタシうれしくて……」涙が畳にポロポロ。ワハハハ、何言ってんだオレ。

　三度目の沼津独演会はおととしだったろうか。音協の主催だった。あれから十年以上、十五年近くたってしまった。もうお嫁にいってしまったろうし、座敷へ呼ぶわけにもいかない。むこうは忘れちまったかもしれない。

　とは思いつつも、また、枕に梅の家の笑子の話をふった。ひょっとして会場に来てるかもしれませんが、などと言いながら。

　終演後、楽屋で着替えをしていたら、音協の事務局長さんが、

「さっき師匠が話していらした梅の家の笑子ですが」

「アッ、ご存知ですか」

「はい、よーく知っています。何度も座敷で顔を合わせましたから。師匠の言うとおり、向うっ気が強くて、気っぷのいい、思ったことをポンポン口にして、そのくせひとに可愛がられた素晴らしい子でした。器量もあれだけの子はちょっといません」

「そ、そうでしょう。もうお嫁にいったでしょうね」

「いえ」

「まだ出てるんですか！　呼べますか！」

「あの子はもう、十年近く前ですが、死にました」

「エ！」

「妙な死に方で、風呂場で」

「自殺ですか」

「わかりません。何が原因だったのでしょうか」

それ以上聞いても何もわからなかった。不覚にも涙が止まらなかった。そんな、そんな馬鹿な、と心の中でくり返していた。

梅の家のおっ母さんに会っていろいろ聞いてみたい。死のことも、ボクのマキモノのことも。そして、お墓に水桶を持ってお花を供えにいってあげたい。墓前に手を合わせ——とここまで考えて、これじゃ大映の時代劇のラストシーンになっちまうョ、と思い至って照れた。

「鰻の幇間」の梅の家の笑子姐さんのところへ来ると、そのつど甘酸っぱい味がする。

（一九八三〈昭五八〉）

北条義時――はじめは駄馬のごとく

永井路子

今年（二〇二二年）のNHK大河ドラマ『鎌倉殿の13人』で小栗旬さんが演じている、北条政子の弟・北条義時。今でこそ主役を張るほどになったけれど、昔は歴史人として陽のあたらないところでくすぶっていたこの地味な人が、実は鎌倉武士団による史上初の武家政権の土台を築いた陰の立役者だったのだということを、研究論文の次元ではなく、広く一般に説き広めたのは永井路子さんだった。その功績は今も『炎環』などの鎌倉ものの小説を通して知ることができるし、それらをもとにした一九七九年の大河ドラマ『草燃える』を覚えている方も多いだろう。あのときの義時役は、若き日の松平健さんでしたねえ。

ここでご紹介するのは軽やかな人物エッセイ集で、表題作の義時の他にも徳川秀忠や明智光秀などを取り上げている。永井さんが彼らの「ナンバー2」としての生き方、その光と影を縦横に語り、巻末には城山三郎氏との対談もついているという贅沢な一冊だ。

（宮）

三十代は鳴かず飛ばず

ナンバー2になるために生れてきたような男である。その生きざまのあまりのみごとさのゆえに、かえってその名もかすみがちの男――。その名は北条義時《ほうじょうよしとき》。鎌倉幕府の実力者だった。

しかし、もし現代人があの世にインタビューに行き、

「ナンバー2になる秘訣を」

と質問したとしても、彼は無愛想にじろりと一瞥《いちべつ》をくれただけでろくに返事もしないだろう。

そして彼は腹の底でこう考えるに違いない。

――ははあ、この男、こんなことを口にするようじゃ、とうていナンバー2にはなれんて。

俺なんか若いころは、そうなりたいなんていう気配は毛筋ほども見せなかったもんだ。

たしかにそうだ。オレがオレがと気負うような人間はナンバー2には不向きだ。ここがナンバー2人間の極意である。しかし、かりに義時がそう呟いたとしても、後の半分には訂正が必要だ。彼が若いころ、ナンバー2をめざす気配を見せなかったのは、何もわざわざそうしたのではなくて、当時の彼には、そんな可能性が全くなかったからである。

だが、このことは我々を勇気づける。ナンバー2どころかナンバー百万番めであったにしても、生き方によっては、思いがけない未来が開けてくるということだから。つまり若き日の彼は駄馬だったのだ。間違ってもダービーなどにはお呼びでない田舎馬にすぎなかった。

生れたのは一一六三（長寛元）年、伊豆《いず》の片田舎の小豪族の小倅《こせがれ》である。父の時政《ときまさ》もいわば田舎政治家。当時都では清盛《きよもり》がいよいよ出世の階段に足をかけたところである。が、伊豆の時政は平家政権のそばにも寄れない。清盛を総理就任前の田中角栄《たなかかくえい》氏とすれば（事実清盛と角栄氏は、ちょっと共通点があるのだが）、時政は田中派陣笠にも手の届かぬ村会議員というところだろうか。

義時はその四男だったらしく、若いころは小四郎と呼ばれていた。が、兄達が早逝《そうせい》したのか、青年期には兄の三郎宗時《むねとき》についで、北条家ジュニアとしてはナンバー2になっている。そしてこのことが偶然にも彼に命拾いの幸運を与えるのである。

彼が十八歳の折、頼朝《よりとも》が伊豆で旗揚《はたあ》げした。義時の成長にあわせるごとく高度成長を遂げた平家政権にも息切れの気配が濃厚になってきた。その機会を狙っての頼朝の旗揚げではあったが、正直のところ頼朝には手勢もなければ財力もない。周知のごとく義時の姉の政子《まさこ》が彼の妻になっている関係で、北条氏がまずは親衛隊になったが、その武力は貧弱そのもの、これが歴史の舞台を大転換させる起爆力になろうとは、彼ら自身も考えていなかったのではあるまいか。

さて、このときの合戦は最初はうまくいったが、まもなく平家に味方する武士団に囲まれて惨敗する。北条一族も、頼朝と離れ離れになって戦場をさまようが、このとき血路を開くべく父と別行動をとった兄の宗時は討死してしまう。

これは当時の武士の宿命のようなものだ。一族全滅を免れるために、父と子、または兄と弟は必ず二手に別れて行動する。父に従っていた義時は、おかげで討死をしないですんだというわけだが、この間、彼がみごとな武者働きをしたという記録は全くない。だいたい彼は戦場でのあざやかな戦いのできるタイプではないのである。

スタンドプレーに向いてない彼のありようはその後も続く。一度は敗けた頼朝が勢力を盛り返し、鎌倉《かまくら》に本拠を定め、さていよいよ木曾《きそ》攻め、平家攻めにとりかかったときも、これに従軍した義時には、これといって手柄になる話は全くない。

たとえば一つ年上の梶原景季《かじわらかげすえ》は、佐々木高綱《ささきたかつな》と宇治川《うじがわ》の先陣を争った。一つ年下の畠山重忠《はたけやましげただ》も大活躍をしている。熊谷直実《くまがいなおざね》は平敦盛《あつもり》の首を挙げた。熊谷直実などは北条よりももっと所領の少ない小領主にすぎない。こういう連中の武功が伝えられるにつけ、父親の時政はやきもきしたことだろう。

このとき時政は鎌倉に残って頼朝の側近に侍《じ》している。鎌倉の御所様の舅《しゅうと》殿というので、少しずつ発言力は増しているが、何しろ小豪族の悲しさ、足利《あしかが》、千葉、小山等の大豪族には睨《にら》みがきかない。いわば三井・三菱の社長の中に中小企業の親父どのがまじっているようなもので、無理して背のびしている。このあたりで義時がめざましい働きを見せて、

「さすがは北条殿の御子息」

と褒《ほ》めそやされ、鼻の穴をふくらませたいところである。

——小四郎、しっかりやれ。畠山や梶原に負けるな。

時政はさぞやきもきしたことだろう。が、情けないことに、義時は戦功には縁がない。駄馬は先頭集団から遙かに遅れて、のこのことついてゆくのみである。それでも幕府の記録である『吾妻鏡』には、頼朝から戦功を賞する手紙を与えられた十二人の中に義時を加えているが、大体『吾妻鏡』は北条氏寄りの立場で書かれているからあてにならない。とにかく『平家物語』などに語り伝えられるような武功物語は義時には皆無なのだ。

が、じつはこのあたりに、ナンバー2への道を辿りはじめている義時の素質がよく現われているとはいえないだろうか。

はじめは駄馬のごとく——。

それこそ、ナンバー2をめざす基本姿勢なのだ。嘘だと思う方に、この基本姿勢を忘れたナンバー2失格者の例をお目にかけよう。それはほかならぬ源義経《よしつね》その人である。

これについては五一ページ以下を読んでいただきたい。この義経に比べて義時のくすみようはどうであろう。この時期彼は目立った手柄はたてていないが、しかし義経の行動は逐一見守っていたはずである。

——ふうん、ああやるとまずいというわけだな。

ひそかに人生勉強をしていたに違いない。そうなのだ。遅れず休まず働かず、そして、じっくり周囲をみつめるのもナンバー2をめざす者の心得べきことなのである。

ナンバー1の追い落し方

頼朝が死んだころから、そろりと義時は首をもたげはじめる。すでに三十七歳、要領のいい連中なら、そのころまでにとっくに出世街道を歩みはじめている。

――もう、あいつは見込みないな。

そう思われたころやっと彼は動きだすのだが、それも父時政にひっぱられて腰をあげた感が強い。

頼朝の死後、鎌倉の政情は微妙に動揺している。時政も将軍の舅として着々地歩を固めてきたのだが、先行きが不安になってきた。代って勢力を得たのは比企能員《ひきよしかず》である。能員の妻は頼《より》家《いえ》の乳母《めのと》として幼いときから近侍していた。当時の乳母の存在には大きな意味がある。彼女は嬰児期《えいじ》の若君に乳を与えるだけでなく、生涯若君にかしずき続けるのだ。もしもその若君が天下を握ろうものなら、もちろん側近第一号として絶大な権力を握る。能員は乳母である妻と二人三脚で、頼家・比企時代の地固めに余念がなかった。その上頼家は彼らの娘の若狭局《わかさのつぼね》を愛し、男の子までもうけていた。

――未来はわがもの。

と能員が勇みたてばたつほど時政は苛立つ。すでに故将軍家の舅殿の存在は影が薄くなっている。時政は、

――かくてはならじ。

と義時を重要会議のメンバーに押しこむのだが、そこでも、どうも義時は目立つ活躍をした

気配がない。

　やがて比企と北条の対立は激化し、遂に武力衝突が起る。比企の乱といわれているのがそれだが、実質的な仕掛人は時政である。もちろん義時も連携プレーによって比企を滅亡させているのだが、このときも彼らしく何のエピソードも残していない。

　さて比企一族が滅亡すると、頼家は簡単に引退させられてしまう。暗殺されるのは少し後のことだが、それより前に頼家の弟実朝《さねとも》が将軍の座につく。たった十二歳の少年ではあるし、おまけに乳母は政子の妹、つまり時政の娘だった。将軍を丸抱えにした北条政権という時政の構想はみごとに実現したわけである。これ以後時政は執権《しっけん》と呼ばれるようになる。事実上の鎌倉幕府ナンバー1といっていいだろう。従って順送りに義時はナンバー2にならざるを得なかった——という次第なのだが、はじめのうちは、多分誰も彼の動きには注目もしなかったのではあるまいか。すでに年も不惑を越えているものの、これといった切れ味も見せない彼に期待するのが無理——といった感じだった。

　事実、一、二年は義時は鳴かず飛ばずである。その間に相模守《さがみのかみ》——つまり神奈川県知事ともいうべき地位につき、従五位下《じゅごいのげ》に叙せられているが、これも父のポストを継承したにすぎない。

　そんな彼が、突然変身した——と書いても信じてもらえるだろうか。

　が、一二〇五（元久二）年、四十三歳の彼は唐突に過去の歴史を突き破るのだ。その光景は何と表現したらいいか。いままで道連れに従って、黙って山路を歩いてきた男が峠にさしかかったとき、さりげなく内ポケットに手をつっこみ、黒い光るものを取りだしたかと思うと、ゆつくり連れに狙いをつけた。無気味に光るのは小型のピストルだった……そんなドラマを想像させる場面が俄かに出現するのだ。しかも彼が狙いをつけた道連れというのが、誰あろう、彼自身の父、時政だったのだ！

——な、なんとする。

おそらく、時政は声を呑んだことだろう。

——この義時が俺に反抗する？　そんなことがあっていいものか。

——役立たずの鈍才め。俺の力がなくては何一つできないこの息子めが……

時政ならずとも、この場面の展開には驚かされる。ではなぜ突然義時が時政に反逆したかを解くために、事件の経過を説明しておこう。

実朝が将軍になったとき、

「わが世の春が来た！」

と喜んだ人物が時政のほかにもう一人いた。彼の妻、牧《まき》の方《かた》である。彼女は時政の後妻、義時の実母ではない。駿河《するが》大岡《おおおか》の牧の豪族の娘で、若いころは、どうやら都で生活をしたこともあるらしい。この大岡の牧は平頼盛《よりもり》の所領だったから、そのあたりにでも出入りしていたのではないか。

牧の方はこの都育ちをかなり鼻にかけていた。しぜん先妻の子である政子や義時とは反《そ》りがあわなかった。実朝が将軍になると、牧の方はさらに都風《みやこかぜ》を吹かせはじめた。実朝が、

「妻にするなら都人《みやこびと》、それも上流貴族の姫君がいい」

といいだしたというのも、どうも牧の方の罠にまんまとかかったからではあるまいか。そして多分、実朝が、

「都人を妻に……」

といいだすより前から、ひそかに候補者の目星はつけていたのかもしれない。なぜなら、それからの嫁取り工作があまりにもあざやかすぎるからである。候補に上ったのは、坊門信清《ぼうもんのぶきよ》という公家の娘。姉が後鳥羽院《ごとばいん》の後宮に侍《はべ》り、坊門局《つぼね》と呼ばれている。

「ですから将軍家は上皇さまと義兄弟におなりになれるわけで……」

武骨な鎌倉の男や女は、そう聞いただけで腰をぬかした。政子はひそかに自分の縁続きの姪を息子の嫁にと思っていたので、まんまとあてがはずれ、

――牧の方がいらぬ差出口をして……

と地団駄をふむ。牧の方は憎い義理の娘の鼻をへし折ってますます意気さかんである。

以後嫁取りの総指揮官として、牧の方は腕をふるいはじめる。京都に駐在して鎌倉側の窓口をつとめたのは平賀朝雅《ひらがともまさ》という武士だが、彼の妻は、牧の方が時政との間にもうけた娘である。牧の方はこの娘婿と密接に連携をとりつつ、たちまち嫁迎えの準備をととのえてしまった。

「都の姫君をお迎えするのですからね、こちらからも目鼻立ちのととのった若武者をさしむけねば……ごつい田舎者ばかり行ったのでは笑いものにされます」

という意向で選ばれた若者の中には、もちろん、牧の方が時政との間にもうけた自慢の息子、十六歳の政範《まさのり》も入っていた。彼と朝雅を都で会わせ、姫君の側近第一号にしようという魂胆が

見えすいている。

ところが、牧の方は思わぬ苦杯をなめさせられる。はりきって都へ向った政範が、なんと、かの地で病におかされ、あっけなく死んでしまったのだ。

涙をこらえて嫁迎えだけは順調にすませたものの、牧の方の胸は霽《は》れない。怒りが渦巻くうちに、逆に彼女は格好のはけ口をみつけだす。狙われたのは、政範とともに嫁迎えに行った畠山重忠の息子の重保《しげやす》である。この畠山一族と都にいる平賀朝雅とは以前から仲がよくなかったらしい。都についた重保は、ささいなことから朝雅とけんかし、あわや大乱闘というところまでいってしまった。その時は周囲の人々に止められて無事におさまったものの、この噂はたちまち鎌倉に伝えられた。

——あの重保めが、婿の朝雅と？

憎い重保め、政範が死んだのもきっとあいつのせいに違いない、と牧の方の怒りはいよいよエスカレートし、遂に夫の時政をそそのかし、重保に謀叛《むほん》の汚名を着せて虐殺してしまうことを計画する。

——そして、この際親父の重忠もやっつけてしまったら？

牧の方はさらに時政をあおりたてた。時政としても、強大な畠山がいなくなることは望むところである。

「じゃ、重忠親子が謀叛を企んだということにするか」

そこで時政は義時とその弟の時房《ときふさ》を招いて、秘密の計画をうちあけた。

黙って聞いていた義時が、父の提案にはじめて難色をしめしたのはこのときである。

「さあ、それはどうでしょうか。重忠は故将軍家以来忠節を尽してきた御仁《ごじん》ですし、それに当家とも縁が深い」

重忠の妻は、義時たちの妹なのだ。女中心に系図を描いてみると、畠山は政子・義時たち先妻グループ、平賀朝雅は後妻グループということになる。畠山と平賀の対立の根もこのへんにあったのかもしれない。

が、このときの義時の発言はここまでだった。今まで黙っていた息子に、思いがけず文句をつけられ、時政は鼻白んで沈黙したが、義時もそれ以上強く父を押しとどめる気配はしめさなかった。その様子を聞いた牧の方は、帰宅した義時に早速使を飛ばす。

「重忠父子の謀叛はあきらかです。なのにあなたは重忠を弁護したそうですね。それは継母の私のさしがねだと思っているからじゃないのですか。この私がでっちあげをしたとでもおっしゃるつもり?」

ここで義時は、ゆっくり首を振る。

「いやいや、そんなことは。そこまでおっしゃるならもう何も申しあげることはございません」

たまたま鎌倉に来ていた重保が惨殺されたのはその直後である。さらに幕府の命令によって重忠追討軍が進発する。そうとは知らず、少ない手勢を連れて所領の秩父《ちちぶ》を発ち、鎌倉に向っていた重忠は、まさにだまし討ちに会うような形で、武蔵国の二俣川《ふたまたがわ》のあたりで戦死してしまう。

じつはこの追討軍の総大将は義時だった。

奇妙なことである。

先刻の反対はどうしたのか。継母の一喝にあって、ふにゃふにゃと腰砕けしてしまったのか。今までのおとなしい息子に逆戻りして親父のいうなりに重忠を討ったというのか？

いや、そうではない。

そのときこそ、彼は峠を登りつめようとしていたのである。

無血革命の手なみ

重忠を殺した瞬間、彼は遂に峠に立つ。

鎌倉に帰った直後、彼は、はっきり父に向っていうのである。

「確信をもって申しあげます。重忠には謀叛の意思は全くありませんでした」

強力な兵団を持つ重忠が、百余騎の供しか連れていなかったのがその証拠だ、と彼はいった。重忠は重保が殺されたとも知らず、ごく通常の装備で、鎌倉へ出仕すべく、道を辿っていたのだ、と。

「が、御命令いたしかたなく、彼を討取りましたが、年来のよしみを思うにつけ、その首を正視することはできませんでした」

義時があざやかな行動を開始するのは、それから一月余り後のことである。

彼は鎌倉中に向って叫ぶ。

「重忠の謀叛というのは牧の方のでっちあげだった！」

さらに彼は声を大きくする。

「牧の方の奸計《かんけい》はそれだけではない。婿の平賀朝雅を都から呼びよせ、将軍にするつもりだったのだ！」

これは明らかな謀叛だ！　と彼は叫ぶ。

「現将軍に対して、牧の方は陰謀をめぐらしていたのだ」

ふところから取りだされたピストルは牧の方に向って構えられた。さらに彼はそのピストルを無言で父に突きつける。

——あなたもですぞ、父上。若い後妻に籠絡《ろうらく》されるとは、いやはや耄碌《もうろく》なされたものよ。

さて、ピストルは放たれたか？

いや。遂にその銃口は火を噴かなかった。

おもむろに銃を構えただけで、時政も牧の方も、へなへなと腰をぬかしてしまったのである。時政は即日出家し、権力のすべてを義時に譲り渡して伊豆へ隠居した。牧の方が渋々それに従わざるを得なかったのはいうまでもない。

こういうのを無血革命というのである。

この手並みのあざやかさ。これだけの業師《わざし》は長い日本史の中で何人もいない。革命はむしろ流血の惨事のない方が高級である。その点、血と炎の中で比企一族を全滅させた時政より、義時の方が上手《うわて》だったといっていい。

しかし奇妙な話ではないか、つい今の今まで時政のいうなりになっていた義時が、なぜたった一撃で時政をおしつぶしてしまったのか。時政も意気地がなさすぎる……

そういう疑問を感じる方もあるかもしれない。が、それは二人にだけ注目し、周囲への目配りを忘れているせいである。これは一対一の対決ではない。いつのまにか義時は周囲の支持をとりつけていたのだ。だから時政が、

——何をこしゃくな！

と御家人たちを呼び集めようとしても、誰ひとり駆けよってくる者はなかったのである。

ここがナンバー2の腕の見せどころだ。ナンバー1にはあくまでも忠実に、そして、それ以下の連中への気配りはさらに念入りに……。あまりきらきらしたやり手は、とかく下の人間には不評を買う。おっとりとくすんでいる義時は、御家人たちに安心感を与えたのではあるまいか。

チャンスは一度しかない

この時政追落しには、ナンバー2がナンバー1を追払うときの秘伝のすべてがある。

かんじんなのは、反逆のチャンスは一度しかないということだ。それまではナンバー1には絶対服従。だらだらぶつぶつと反抗の姿勢をしめしたりしてはいけない。そしていよいよのチャンスに瞬発力のすべてを賭ける。このとき大切なのはナンバー1に批判的な勢力を結集でき

るかどうかということだ。これが不成功に終ったために失敗したのが明智光秀《あけちみつひで》だ。詳しくは一四三ページ以下を読んでいただきたい。

義時のように、瞬発力と蓄積力、両者をかね備えて決戦に臨まなければクーデターは成功しない。そこへゆくと、かつての総裁選挙の折の与党多数派のナンバー2氏の行動は、あまり恰好《かっこう》のいいものではなかった。氏はどうやらここぞというチャンスを間違えたのではないだろうか。

氏は同派のすぐれたナンバー2である。親分に対する忠実度は、親分自身も周囲も全く疑ってもみなかったに違いない。このところは義時そっくりである。しかもあのとき、氏は義時に似たような形で親分に圧力をかけた、といわれている。

「なんで朝雅なんかに肩入れするんだ。後継ぎに俺のいることを忘れちゃ困る。何でもオヤジのいう通りにコトが運ぶと思っちゃ大違いだぜ。そろそろ引っこんでもらおうか」

これが義時のホンネだ。固有名詞を入れかえて、それぞれ、現代の某々氏を入れれば、何と状況の似ていることか。

が、義時のときと違って、クーデターは起らなかった。一つには氏が義時における第二条が不足していたのではなかろうか。たしかに党内の反主流派や野党は彼氏を推す姿勢を見せたが、かんじんの自派をまとめそこねた。おかげでせっかくの瞬発力を発揮することができなかったのは氏のために惜しむところ——といえば、氏は、

「なあに、あれはゼスチュアよ」

とおっしゃるかもしれない。が、瞬発力の威力は蜂の一刺しと同じく一回きりのものである。将来ナンバー1になるチャンス皆無とはいわないが、そこに到達するまで、とうてい義時のようにスムーズには行きそうもない。

さて、ここまで読んで首を傾げる方もおありかもしれない。

「かんじんなのはナンバー2になるまでのテクニックではないか。親父の時政のおかげで、簡単にナンバー2になってしまったのでは現代の実戦には役に立たない」

これは誤解というものだ。義時における時政のような血を分けた実の父親はいないかもしれないが、どこの組織にもオヤジはいるではないか。むしろ血縁関係がないだけ、ナンバー2志望者はオヤジを選択する自由がある。どれが自分にふさわしいオヤジか、ここでじっくり腰を据えて見きわめること、それがナンバー2への第一歩だ。

そしてオヤジをきめたら忠実に。ただし余り忠臣ぶる必要はない。まあ無害だから側においてやろう、と思わせるくらいでいい。また、それ以下の人々にも心は温いがそれほど大物でもない、と思わせるくらいでいいのである。

——あいつ、いつのまにかナンバー2になったのか。

首を傾げさせるのが極意である。

ナンバー1以上の醍醐味

義時に話を戻そう。父親を追払った彼は余勢を駆って都に兵をさしむけ、平賀朝雅を誅殺《ちゅうさつ》してしまう。謀叛が事実だったかどうかなどは問題外だ。牧の方が畠山父子を陥れた手をそっくり彼は使ったのだ。

さて、こうなれば、いよいよナンバー1というわけであるが……

ふしぎなことに、彼はわざとその座に顔をそむけるのだ。父に代って執権になったのだからナンバー1であるはずなのに、ここで彼は巧妙な手を打つ。

父時政に代って、姉の政子をかつぎだし、その座に据えるのだ。何のことはない、彼はわが手でナンバー1の首のすげかえをやってしまったのだ。父親は後妻に甘い顔を見せたりするから油断がならないが、政子は母（すでに死亡）を同じくする姉だし、三十数年、それこそ緊密な連帯感をもって行動してきた。以来政子は少年将軍の母親として、幕政に隠然たる発言力を持つようになる。世間には政子像が誤り伝えられており、最初から権力をふるったように思われがちだが、政子の公的活動はむしろこれからなのである。

いわば彼女はキングメーカーである義時によって作られたクイーンなのだ。ロボットとまでいってしまえばいいすぎだが、義時と一心同体の幕府のシンボルと考えればいい。

ではなぜ義時はナンバー1になることを避けたのか？

彼がナンバー2の醍醐《だいご》味《み》を知りすぎていたからである。

「ほんとうに権力を弄《もてあそ》ぶのには、ナンバー1になるより、ナンバー2でいるのに限る」

四十三年の人生を経てきた男の、これが結論だったのだ。そう思ってみると、北条時政追落しのもう一つの側面が、はっきり浮かび上ってくる。義時が真に狙いをつけていたのは平賀朝雅だったのではないか。

——親父は本気で俺の代りに朝雅を推すつもりかもしれぬ。

強力なライバル朝雅を降すために、彼はまずその庇護者たる時政と牧の方を撃ち落してしまったのだ。その真相がわかってくると朝雅が将軍の座を狙ったというのがでっちあげにすぎないことがより明白になる。朝雅の家、平賀氏はたしかに源氏の血はひいているが、頼朝一族とは格が違う。父親の義信はとっくに頼朝に臣下の礼をとっているし、まかりまちがっても将軍になれる毛並みではない。ただ、

「将軍の座を狙った」

といえば誅殺しやすいから、これを口実にしたにすぎないのだ。が、執権の座なれば話は別だ。時政が先妻の息子義時をさしおいて後妻の娘婿を後継者にする可能性は大いにある。それを見ぬいた義時は、本命は朝雅打倒にありながら、その前段階として、父親を脅しつけて引退させ、朝雅の基盤にゆさぶりをかけたのである。

朝雅が将軍の座を狙わなかったという理由をもう一つ付け加えておく。本来、将軍と執権の間には越えがたい一線がひかれている。それは現在の天皇と総理大臣の関係のようなものである。総理大臣はいくら力があっても天皇にはなれない。これが自明の理であるように、将軍と執権の間は、はっきり区別されている。それは平安朝の天皇と藤原氏の関係と同じである。藤原氏はいかに強力であっても天皇にはなれなかった。しかも天皇は全くのロボットであるかというとそうではない。天皇は権威、藤原氏は権力の分野をうけ持つというべきか。しかもこの

両者がワンセットになり、微妙に影響しあって綜合的な権力機構を構成しているのだ。藤原氏は天皇を無視することはできないし、天皇も藤原氏の意向を汲まねばならない。理想的にいえば、天皇と藤原氏が同じ派閥であること。この場合には政治はスムーズに行くが、派閥の異なる組合せになると、とたんにぎくしゃくする。平安朝も現代同様、同じ藤原氏（自民党）が天下をとっているように見えるが、内部派閥の争いは熾烈《しれつ》であった。

鎌倉幕府もこれと同じで、将軍は天皇であり、北条氏は藤原氏なのである。そして平安時代、天皇と藤原氏の間に立って活躍したのが、天皇の母や妻（藤原氏出身）であったように、義時は政子を利用するのである。ただし平安朝の場合、藤原氏出身でも母やきさきは一応天皇家のメンバーという形をとるが、政子の場合はむしろ北条家代表的な色彩が強い。

義時はこの政子をナンバー1の座に据え、自分はあくまでもナンバー2のままでいるという姿勢を貫いた。

生れついてのナンバー2！

彼に賛辞を贈りたくなるのはそこなのだ。人間誰でもナンバー1になりたい。が、彼はその欲望を自分に禁じる。できない芸当である。ナンバー2になってしまえば、ナンバー1は目の前ではないか。が、彼は事ごとに政子をかつぎだす。

「尼御台《あまみだい》の仰せには……」

「尼御台の御意見は……」

あたかも彼は政子の意見の執行者にすぎないふりをする。

これはなぜか。彼が根っからの政治好き、権力好きだったからだ。権力好きならナンバー1の座に駆けあがって、思うさま人に命令をし、人をこき使うことこそ本望——と考えるのは皮相的な見方である。ナンバー1になりたがるのは名誉欲の亡者である。権力者の醍醐味は、そうしたおっちょこちょいの男を踊らせて、事を思うままに動かしてゆくところにある。その意味では名誉もいらず、金もいらずというところまで徹底しなくては本当の権力の権化とはいえない。他派にかつがれて、ナンバー1を夢みた現代のナンバー2氏などは、まだまだそこまで行っていないということになろうか。

ナンバー2の座を死守する

永遠のナンバー2……そこに賭ける義時の執念はみごとなものだ。鎌倉武士はなかなかしたかで、彼にひけをとらない真の権力好き、政治好きは何人かいた。

その中で最も注目すべきは三浦義村《みうらよしむら》である。もともと三浦氏は旗揚げ当時から頼朝に密着している。当時は北条氏より豪族としての規模も大きかったし、発足当時の鎌倉の中心的存在だった。その一族の和田義盛《わだよしもり》が侍所別当《さむらいどころのべっとう》（長官）になっているが、これは軍事政権の陸軍大臣ともいうべき要職である。

北条氏はむしろその下風に立っていたのだが、頼朝の舅であることを利用して、どんどん勢力を伸ばしてきた。三浦一族にとってはおもしろくなかったに違いない。かといって、すぐ牙をむきだし、実力に訴えて勝負をつけるような両者ではない。鎌倉武士を戦好きの単細胞の頭の持主と考えるのは大間違いで彼らの駆引きは現代政治家以上である。

北条と三浦は、肚《はら》のさぐりあいを続けながら、ときには心にもなく手を組んで第三勢力を潰したり、ときには隙を狙って相手の足を蹴とばしたり、秘術の限りを尽す。ここに一々その経緯を書くわけにはいかないが、その戦いぶりは相撲のような一番勝負ではなく、野球の試合にどこか似ている。一回の表裏、二回の表裏——まさに勝ったり負けたりのくりかえしだ。彼らは直接血を流すのは好まない。絶妙な駆引きで相手を押えこんだり、あるいは負けたふりをして貸しを作ったり、勝負は蜿蜒《えんえん》と続く。

その中、七回の表ともいうべき衝突が、将軍実朝時代に起った和田の乱である。奸智にたけた三浦一族の中では単純で怒りっぽい和田義盛がうまうま義時の挑発に乗せられてしまったのだ。

「ええい、もうがまんがならぬ」

義盛は一族や親類を集めて義時に勝負を挑む。当の義時は執権であり、みごとに幕府に逃げこんでしまったから、義盛はまさに幕府に向って戦いを仕掛ける形となった。

すなわち執権（行政長官）と陸軍大臣の戦いである。義盛は猛烈な勢いで幕府を攻めたて火を放ったので、営内は大混乱に陥った。義時はもともとこうした合戦は苦手なのだ。しかも相手は名うての戦さ上手、いったんは追いつめられるが、やっと援軍を得て勢を盛りかえす。激戦に疲れた義盛は結局敗死するのだが、彼の敗因は何といっても義村の裏切りにあった。

いとこ同士の義村と義盛は、最初は一致して義時を討つべく誓紙まで交わしあった仲だったのだが、義盛の形勢非と見ると、義村はあっさり義盛を裏切ってしまう。義村は裏切りの名人でもあったのである。彼一流の冷静な判断から、

——今、義時を倒すのは無理。

と見てとって、義時に恩を売ったのだろう。

もちろん義時はこの高価な借りの意味を知りぬいている。合戦が終って論功行賞に移ったとき、一人の侍が三浦義村と先陣の功を争った。と、義時はそっとその侍にいったものだ。

「今度の合戦の勝利は義村のおかげだからな。少しは目をつぶって義村に譲ってやれ」

もっとも義村にしてみれば、そのくらいの事で貸しのもとをとったとは思っていなかったかもしれない。そこでいよいよ七回の裏、息づまる対決が行われるのである。

実朝暗殺事件の真相

三浦が再度戦いを挑んだのは六年後の一二一九（建保七・後に承久と改元）年一月二十七日、鶴岡八幡宮《つるがおかはちまんぐう》の社頭であった。この日実朝はそこで甥の公暁《くぎょう》に暗殺されている。

はて、それが何で三浦の挑戦か？

と不審に思う向きもあるかもしれない。がこの公暁——つまり頼家の忘れ形見の背後には三浦義村が控えているのだ。実朝の乳母が北条氏であるように、義村の妻もまた公暁の乳母だったのである。

図式的にいえば、この事件は、実朝・北条組と公暁・三浦組のタグマッチ・プレーである。

三浦側は幸先よく実朝を誅殺するが、ここから事件は複雑な屈折を見せはじめる。むしろ実朝以上に本命だった義時が、するりと逃げだしてしまうのだ。つまり、公暁・実朝戦には決着がついたが、義時・義村は勝負がつけられなかったのである。

——逃げられたか、無念！

変り身の早い三浦義村は口を拭《ぬぐ》って、

「俺は知らない」

あれは公暁の単独犯行だ、と頰かぶりをきめこむ。辛うじて体勢を立て直した義時は、義村のしらの切り方につけこむ。

「知らない？　じゃ公暁を探しだして殺してしまえ。あいつは将軍を殺した大犯罪人だ」

やむを得ず義村は直接の部下でない武士を派遣して、公暁を殺させることにする。そうとも知らず、義村との同盟を信じて、その邸に行こうとしていた公暁は実にあっけなく殺され、哀れな最期を遂げるのである。

結果的には、北条側は貴重なかけがえのない実朝という旗を失い、義村は養君殺しの汚名を着せられたわけだ。そしてクーデターは、まことに中途半端な形で終ってしまう——というのが私のこの事件に対する判断である。

北条氏が公暁をそそのかして実朝を殺させたというこれまでの説から見れば大分違う。しかし自慢するわけではないが、いま学界でもほぼこの見解が認められている。これは単なる肉親の私怨《しえん》からの凶行ではない。鎌倉の実力者がナンバー2の座を賭けて争ったことがそのポイントなのだ。
もともと、北条氏が実朝を殺そうとした、というのがその時代の歴史を解さない考え方だというべきかもしれない。乳母である北条氏と実朝の緊密な関係を思いおこしていただきたい。また実朝が天皇、北条氏が藤原氏の関係にあること、同じ派閥の将軍と執権が手を組んでこそ幕政の運営がスムーズにゆくことなどを考えれば、実朝が北条氏にとっていかに大切な存在だったか察しがつく。

また義時がこの修羅場をぬけだせたことを事前に計画を知っていたからだという説があるが、これは事件の全貌に対する認識不足からである。この事件は公暁の単独犯行でもなければ、義村と公暁だけの秘密計画でもない。もっと規模の大きいクーデターであって、当時の史料を見ても、八幡宮の僧兵などが多数動いている。ということはすなわち、義時側に味方する僧侶も何人かいたということでもある。義時はそこから情報を耳打ちされ、危うく身をかわしたものの、大事な実朝を救うところまでは手が及ばなかった、というのが真相ではあるまいか。

権謀の人、義時としては珍しい大ミスだ。いや、ここでは義時の手落ちを責めるよりも、彼を上廻る義村の怪物ぶりを賞賛すべきかもしれない。この二人に比べれば、実朝・公暁は、黒《くろ》子《こ》に操られた人形にすぎない。むしろ将軍殺しの惨劇の終った後の両者の駆引きこそが見ものなのである。

もし二人が血気にはやる人間だったら、ここで血みどろの果しあいをするところである。義時は、

「実朝公が居られぬなら生きている甲斐もない。む、む、弔《とむら》い合戦だ」

とばかり殴りこみをかけたかもしれず、一方の義村が、

「義時に逃げられたとは、わが一世一代の計画も水の泡……かくなる上は」

と決戦を挑んでもふしぎはない。

ところがどうだろう。

義時は義村に公暁を殺させ、

「さ、これで五分五分だな」

といわぬばかりに、それ以上深い追及はしなかった。

これを中途半端な妥協と見るのは政治を知らない連中である。彼ら二人はお互い傷つきながらもお互いに貸しを作って手を打った。

——なあに、勝負どころはまだあるさ。

それぞれ口の中で呟いていたかもしれない。事実、両者の戦いはまだ何度も続く。九回の表裏が終るのは彼らの子供や孫の代になってからのことなのだ。

それにしても、実朝暗殺後の数時間は義時の正念場だった。戦場で白刃をくぐるよりもすさまじい義村との対決は、一世一代の大勝負だといっていい。

義時が本領を発揮するのはこういうときである。つまり、ナンバー2のライバルとなりそうな朝雅、義村といった連中に対しては徹底的に戦うのだ。ナンバー1に勝負を挑むのは一度だけ。そして鋒先《ほこさき》は常にナンバー2を狙うものに向けられている。これもナンバー2がその地位

を維持するための鉄則なのである。

ナンバー1の蔭にかくれて

実朝が非業の死を遂げた後、さすがに北条氏は動揺していた。しかし、その後継者はじつはなかったわけではない。それ以前に、子供のない実朝のために、政子みずからが上京して、

——後継者には後鳥羽院の皇子を。

と交渉し、内諾を得ていたのである。

ところが、実朝の惨死の報を聞くと、後鳥羽は手のひらを返すような態度に出た。この際鎌倉を困らしてやれというのだろう。言を左右にして実現を拒んだのである。

今度は義時の弟の時房が上京して交渉にあたった。千騎の兵を率いて無言の示威を行ったのだが、効果はさっぱりで、遂に後鳥羽の許可をひきだすことはできなかった。代りに選ばれたのは、頼朝の姉の血をわずかにひいている左大臣藤原道家《みちいえ》の子、三寅《みとら》。まだたった二歳の幼児だった。

いくら何でも二歳の幼児では、そのまま将軍にするわけにはいかない。やむを得ず政子が代りをつとめることになる。尼将軍といわれるのはこのためだが、断っておくと、彼女は正式に将軍宣下《せんげ》をうけたわけではない。つまり将軍代行の形をとったのである。

かくて、政子は公的にもナンバー1の座についたわけだが、しかし、真の実力者はナンバー2である義時であることを見ぬいている炯眼《けいがん》の人物がいた。後鳥羽上皇である。

後鳥羽は歴代天皇の中では指折りの政治好きだ。ただし、天皇だから義時のようにこらえることは知らない。スタンドプレーが好きなあたり、むしろ義経型である。

後鳥羽にとっての悲願は、鎌倉幕府を打倒することであった。つまり頼朝以前の姿に返し、それまでに徐々に獲得してきた武士の権利を剝ぎとってしまおうというのである。その後鳥羽の眼から見れば、

——鎌倉打倒はいまこそ好機！

であった。よちよち歩きの幼児と老婆の組合せでは将軍の権威もへったくれもありはしない。そこでまず、寵愛している伊賀局《いがのつぼね》の所領問題を持ちだしてゆさぶりをかけた。

「かの局の所領の地頭《じとう》が局の命令に従わないからやめさせよ」

これは朝廷側の常套手段である。何かと文句をつけて地頭をやめさせようとすることはこれまでも何度かあった。一方の鎌倉武士は「土地こそわが命」と思っているから猛然と抵抗する。もつれにもつれて長い裁判沙汰になったことも度々ある。

案の定、鎌倉は後鳥羽の申入れを拒否した。

「地頭の任免権はそもそも源頼朝が後白河法皇から与えられたものであります。かつ頼朝によって任じられた地頭職《じとうしき》は、重大な過失がない限り、その子孫に代々伝えられることになっております。軽々に罷免《ひめん》することはできません」

以後、後鳥羽と鎌倉の間に激しい応酬が続く。たかが幼児と老婆の寄合所帯と思っていた後鳥羽は、その手強さから、まざまざと義時の存在を感じとる。

「うぬ、きゃつめだな、張本人は」

上皇の命令にも従わないということは謀叛人にも等しい、と勝手に拡大解釈して、後鳥羽は、はっきりと義時に狙いを定める。

「義時を討て！」

在京の鎌倉武士にもこう命令する。それどころか鎌倉の武士にまで密使を飛ばす。巧妙にも幕府打倒の本心には触れず、

「義時を討てば、莫大な褒美を与える」

とそそのかしたのだ。

「憎いのは義時ひとりだ。幕府を問題にしているのじゃない」

という態度をとり続けた。こうして鎌倉武士を内部分裂させ、同士討ちをさせようという魂胆である。

たしかにこれは作戦としては上策である。数百年来その手に握り続けた官職をちらつかせ、恩賞で釣ろうというのも朝廷ならではの甘い罠だ。かつて義経さえまんまとこれにひっかかっている。鎌倉武士はきっとこれによろめく、と後鳥羽は踏んだのだ。

今や義時は標的となった。

「ナンバー2面《づら》をしているが、ごまかされはせぬぞ！　義時、さあ勝負だ」

後鳥羽はそう叫んでいる。義時にとっては、実朝暗殺事件にまさるピンチである。

——もしかここで御家人たちが、恩賞に釣られ、総崩れになったら？

それを食いとめる力は、さすがに義時も持ちあわせてはいないはずだった。

が、その生涯の危機にぶちあたると、立往生すると思いのほか、義時はここで後鳥羽にまさる巧妙な手を打つ。ナンバー2であることをいいことに、ナンバー1代行である政子の口で、たくみに問題をすりかえさせてしまうのだ。

「義時は別に何も悪いことはしていない。これは不当ないいがかりだ。上皇の狙いはほかにある。上皇は幕府を潰したいのだ！」

それから政子は故将軍頼朝の業績を長々と述べたてる。

「頼朝公が旗揚げをされる前のそなたたちはどうだったか。大番《おおばん》という都の警護役に駆りだされて三年間もただ働き、まるで都の貴族には番犬同様の扱いをうけていたじゃないか。それが大番の期間も短縮され、やっと人間らしい権利が認められたのは誰のおかげか。みんな故将軍家のおかげではないか。そのお計らいでそなたたちの所領も増え、生活も豊かになった。その恩を忘れる者はよもあるまい。いや、それでも不服だという者は、この場で鎌倉幕府を見限って都へ行くがよい。そんな恩知らずは相手にしない。さあ、どちらへつくか、この場で返答するがいい」

後鳥羽の「義時打倒」の声は完全に無視されてしまっている。すりかえはみごとに成功したのだ。頼朝のことを持ちだされては、東国武士は反対の言葉を失うのである。

本質的なことを問題にすれば、たしかに政子の言い分は正しい。後鳥羽の本心を見破っているし、事態把握も正鵠《せいこく》を射ている。が、より現実的な闘争のテクニックとしてみれば、これほど厚顔な問題のすりかえはないであろう。そしてこれがうまく成功したのは、後鳥羽に名指された義時が、ナンバー2だったという、たった一つの理由による。

もし義時がナンバー1であったとしたら、どうしても自己弁護になってしまう。またいくら理屈が通っていても、

「俺のために戦ってくれ」

というわけだから、いまひとつ説得力に欠ける。が、政子なら、

「義時のために戦えといっているんじゃない。幕府の浮沈にかかわることだから、幕府のために戦うべきなのだ」

ぬけぬけとそういうことができる。そしてもっと踏みこんでいえば、この政子の大演説を用意したのは義時だったかもしれないのだ。もちろん幕府の知恵袋である大江広元《おおえのひろもと》もあずかって力があったとは思うのだが、根本にあるのはナンバー1の政子とナンバー2の義時の連携プレーであろう。政子は義時と合議の上で「宣戦の詔勅《しょうちょく》」を読んだのである。

勝利の条件

かくて鎌倉勢は一丸となって出陣する。おもしろいことに、その中にはライバル三浦義村の顔もあった。鎌倉の事情に詳しい後鳥羽側はもちろん義村の所にも密書を送っている。

「義時を討てば恩賞は望みのまま」

しかし、義村はこれに応じなかった。

「こんなものが来たぜ」

いとも簡単に義時の前で密書をひろげてみせるのだ。さすが義村も鎌倉武士、幕府の存亡と義時打倒を秤《はかり》にかけるだけの冷静さは失わなかったとみえる。

後世、承久《じょうきゅう》の乱と呼ばれる朝廷と幕府のこのときの対決の結果を詳しく書くには及ぶまい。朝廷側は一瞬のうちに鎌倉武士に踏み潰されてしまったのだ。後鳥羽は隠岐《おき》に流され遂に都の地を踏むことなく一生を終える。

が、ここで義時の勝利の意味をもう少し洗い直してみる必要がありはしないか。本質的な面を考えれば、鎌倉武士は政子のアジ演説に踊らされて出陣したわけでは決してない。彼らは彼らなりに利害得失を計算していたのだ。

——今、義時を討った方が得か損か。

彼らが義時支持に傾いたのは、伊賀局の所領問題に関して、義時があくまで地頭擁護を貫き通した点を評価したのである。

——頼りになるボスだ。

義時こそわが味方だ、と思ったのだ。ここに義時のナンバー2としての真骨頂がある。

もし、彼があのとき後鳥羽の言い分を受け入れていたら？　いや、そうすることもできないわけではなかった。当の地頭には因果を含めて辞めさせ、その代りに何か埋めあわせを考えてやるという政治的解決の道は残されていたのだ。

こうした解決はむしろ容易である。後鳥羽の顔も立つし、義時もいずれ官位の昇進の機会に恵まれることだろう。が、それではずるずると後鳥羽の思う壺にひきずりこまれてしまう。妥協を重ねているうちに、鎌倉幕府体制は弱体化し、歴史は逆戻りしてしまうだろう。

だからこそ、敢えて彼は突っぱったのだ。そして承久の乱を勝ちぬき、歴史の歯車を前に押し進める役割を果したのである。これだけのことをなし得た政治家は日本にどれだけいるだろうか。現在だって民衆の利益を犠牲にし、権力の前に尻尾を振る連中ばかりではないか。

ここで私はナンバー2の最後の、そして絶対条件として、部下の支持、あるいは広い民衆の支持を獲得することを付け加えたい。

ナンバー1とはなごやかに（もし対決するとしても一回だけに限る）、そしてナンバー2をめざすライバルにはきびしく、そしてそれ以下に対してはうんとやさしく！

書いているうちに一人の男性の顔が浮んできた。中国の永遠のナンバー2周恩来《しゅうおんらい》である。彼は毛沢東《もうたくとう》との間はいつもなごやかだった。が、毛沢東に対してはかなり発言力を持っていた。ナンバー2志望の林彪《りんぴょう》ほかの失墜に手を貸さないまでも、それを敢えて傍観したことはたしかだが、それより驚くべきことは、彼に対する民衆の絶大な支持である。文革時代もその後も、遂に彼が死ぬまで毛沢東以上に人気があった。それでいながら彼は一度もナンバー1になろうという野望を覗かせたことはなかった。

義時が周恩来に比べてどうかという比較は無理な話だが、彼が武士層の大きな支持を得ていたことは、むしろ反幕府的な立場にある北畠親房《きたばたけちかふさ》までが、その著『神皇正統記《じんのうしょうとうき》』の中で、義時は人望も厚い名政治家だったとし、後鳥羽の挑戦をむしろ非道の戦だとしていることでもわかる。政治家として身辺も清潔だった。これなども現在のナンバー2志望者たちの逆立ちしても及ばないところである。

名もなく、清く、したたかに

義時がこの世を去ったのは一二二四（貞応三・元仁元）年六月。六十二歳で死ぬ日まで、彼は遂にナンバー2のままだった。もっともこれはナンバー1たる政子がその後も生き残ったからでもあるが、おそらく彼自身、

——ナンバー2こそ望むところ。

と思い続けていたのではあるまいか。

官職についても生涯無欲だった。右京大夫、陸奥守《むつのかみ》といった職も、晩年には辞してしまっている。源実朝が、あくまで官位の昇進を望み続けたのとはまさに対照的だ。名誉欲すなわち権力欲と錯覚しがちだが、それが本質的には全く別ものであることを、義時は身をもってしめしている。

官位とか肩書は、結局人生のアクセサリーにすぎないし、決して権力を保証するものではない。冷静な義時は、ちゃんとそのことに気がついていたのだ。実力派、ナンバー2には肩書は不要である。逆にいえば、肩書やら勲章をほしがるうちは、真のナンバー2にはなれないということか。

私の知る資産数十億の大社長は、ことのほかラーメンがお好みである。汚い店にぶらりと入

って、安サラリーマンと肩を並べてラーメンをすする。

——よもや、この俺が大金持とは知るまい。

と思うとき、彼は最高の満足感を味わうらしい。貧乏人にはまねのできない、ぜいたくな満足感である。ラーメンをすすることは、誰でもできる。が、数十億持ってラーメンをすすれる人はそうはいない。

義時の晩年の楽しみはそれに似てはいないか。上皇を配流《はいる》するほどの権力者でありながら、肩書らしい肩書は何もなし！

——いや、その味がこたえられんのよ。

万年ナンバー2氏はにんまりしてそう呟いていたのではなかったか。

そしてもしも、もう一度現代人があの世に行き、

「でも残念ですねえ、りっぱな肩書がないおかげで、後世の人は、あなたが名ナンバー2だったことさえ知らないんですよ」

といったとしたら、

「ほう、そうかい、それこそ俺の望むところさ」

と答えたかもしれない。

が、これを無欲とか人格高潔と思いこむのは早計である。そう思いこませるほど彼は狡猾《こうかつ》だったのだ。

名もなく、清く、したたかに。

日本を蔽いつくすほどの野望を抱きながら、北畠親房にさえ褒められるくらいに狡猾な身の処し方ができなければ、ナンバー2の生涯を全うするのは不可能なのである。

閃くスパイク

フランク・オルーク
稲葉明雄　訳

そろそろ本格マークを出そうと思っていたのですが、宮部さんがジョン・オハラをあげてくれたので、ちょっと予定変更。オハラの掌編については語りたいことがありますが、ここでは無理。それは後日。

これを書いている時点でプロ野球開幕が近いこともあり、傑作アンソロジー『12人の指名打者』（文春文庫）中に、彼の、珍しく苦くない後味の掌編「大いなる日」がある——とだけ、いっておきたい。

それなら今回はそれにすればよさそうですが、実はこの本、名作秀作が目白押しなのですね。これだけで、何回分かは埋められます。で、ひとつとなったら「閃くスパイク」。わたしは、友人にこれを、

——人の世に住む者、こころある者なら読め。

と薦めました。

和田誠が、装丁にベン・シャーンの絵を使ったことでも、忘れ難い一冊。最後に、有栖川さんに一言、「大いなる日」の訳者村上博基氏と、「閃くスパイク」の訳者稲葉明雄氏は、共に阪神ファンなんですよ。

（北）

あの連中がどういうことになったのか、ぼくは知らないし、また、デーン・ビョルランドがあのうだるように暑い八月の午後、小さな田舎町で、長く孤独なプレイをつづけるところをぼくが目撃したのも、まったくの幸運からだったといっていい。それはもうずっと昔、一九三六年のことだったが、今日、新聞でビョルランドのかつての僚友の一人について書かれた記事を読むと、あのときのことがまざまざと記憶に蘇ってきたのである。記事を書いたのは、ぼくの友人である敏腕スポーツ記者だ。その記事によると、ビョルランドの昔のチームメイトというのは、無学ではあるがいたって人のいい紳士で、賄賂《わいろ》を受けとったあとでさえ、自分の一生をだいなしにしたことに気づいていなかったという。この事件でなによりも悲惨な部分は、当の男がまじりけなしの紳士であり、かつまた、これまでバットを手にした野球選手のなかで最も偉大な人物の一人だったという点である。そして長い年月を経た現在、その記事を読みかえすにつけ、デーン・ビョルランドのことがぼくには想い出されてならない。というのも、彼もまた最も偉大な選手の一人だったからである。ぼくの記憶はいっそくとびに十二年前へ、ぼくの故郷で郡博覧会が開催されていた八月のあの暑い一日へともどってゆく。その日、博覧会のアトラクションの呼びものとして、わが町のチームと、旅がらすのなかでは一流に属するチームとのあいだで、野球の試合がおこなわれたのだった。

この話をちゃんと理解してもらうには、その町のようすを知っていただかなくてはなるまい。屋外市には、さまざまなケーキや縫製品、入賞した雌豚や玉蜀黍《とうもろこし》の実がところせましと並べられ、人の波がそのあいだを縫ってのろのろと動いてゆく。そして半マイルの競馬の走路を前にして正面観覧席があり、その走路をはさんで観覧席と向いあうようにして、どんな演《だ》し物でも勝手にやれる野外演芸場、そしてその先に、野球場《ダイヤモンド》がある。野球見物のために、骨の髄《ずい》からのファンたちは競馬走路をよこぎって、ベース・ラインにそって張られた針金のきわまで詰めかける。そこでは炭酸水やなまぬるいビールを飲んで声をかぎりに喚《わめ》きたてるのも自由なのだ。

こういうグラウンドでプレイするのがどんなものであるかは、グラウンドそのものを見てもらわないと、もっといえば、スパイクをはいた足で地面を踏んでもらわないと、とても理解していただけないだろう。内野は草一本ないむきだしの土、外野の芝はいちおう刈りこんであるが、掘鼠《ほりねずみ》の穴やでこぼこした個所があちこちにある。一塁側と三塁側のベース・ラインの約三百フィート延長上に、白い旗がそれぞれ一本ずつ立てられ、本塁のすぐ後方には、覆いかぶさるようなかたちで衝立《ついたて》が設けられている。ファウル・ボールはのこらずそこに捕えこまれ、そのむこうの走路をこえて競馬の観覧席へとび込んだりしないようになっているわけだ。競馬が何レースかおこなわれ、野外演芸もすむと、やがて三時、こんどは野球のはじまる時刻だ。守備がおわって攻撃にうつるとき、もし運がよければ、自軍のダグアウトに腰をおろす場所がみつかるだろう――つまり自分の町の応援団が先にそこへもぐりこんで、席を占領してしまっていなければの話だが。昔も、そして今も、このての野球試合とは、そんなふうなものなのである。

その年、ぼくは、自分の町のチームで遊撃手をやっていた。まだ大学の学生だったが、この地方では強打好守を謳われる一人で、ゆくゆくはプロ入りほぼ確実といわれていた。それに昔ながらの学生の敢闘精神ではちきれんばかり、二百ポンドの全体重をうちこんでプレイしていたのだ。チームにはぼくと同じような若者がそろっていて、若く、屈強で、意気軒昂たるものがあった。われわれはこの地方の各チームを総なめにし、博覧会でこの旅がらす球団、キャリー・キャリアーズを餌食《えじき》にしたあと、全州をあげてのトーナメントに参加する予定だった。古手のプロ選手ばかりを集めた球団があることは、われわれも知っていた。二A以上でプレイするには、もうあまりにも動きがにぶすぎるが、一Aに所属するよりは、そうした球団にはいって旅から旅へ試合してまわるほうが稼《かせ》ぎになるといった連中だ。

暑い八月の午後の相手は、まさしくそういうチームであった。こちらが打撃練習を終えたころ、キャリアーズはバスから降りてきて、ダグアウトにはいり、肩ならしをはじめた。競馬のトラックをよこぎって、ぼつぼつ見物がやってくる。われわれは自軍のダグアウトにすわって、相手の肩ならしと打撃練習を見まもった。われわれの目からすると、相手は老人ばかりのように見えたが、実際、ある意味では、そうだったのだろう。打撃練習は一人四本ずつで、ほとんどが凡ゴロや、やっと内野の頭をこして短い芝生にころがる程度の凡飛球ばかりだった。打撃練習が十五分ぐらいで終って、かれらがダグアウトへ引き揚げると、われわれは会心の微笑とともに、こう言いかわしたのを憶えている。

「おい、兄弟、あの爺さんどもに、はやいとこ引導を渡してやろうぜ！」

われわれはきびきびした守備練習に移り、矢のような球を内野にまわし、ゴロをすくいあげ、元気よく声をかけあって、意気天を衝くといったところをみせた。お次はかれらの守備練習の番だった。しわだらけの顔をした監督が、うす汚れた、ぶかぶかのユニフォーム姿で出てきて、ホーム・プレートへ歩いてゆくと、とろい足どりで野手が内野に散らばり、守備練習がはじまった。監督がノック・バットで易しいゴロをころがすと、野手はのろのろした動きをしめして、半分は捕りそこね、内野の球まわしもきちんとはやれなかった。なんともひどいもので、下手なポロ競技を思わせ、後方の見物人からいつもながらの怒った弥次がとんだ。

「博覧会の役員ども、いったい何をやってるんだ？　こんな腰抜け連中をうちのチームとやらせようってのか。これじゃ試合になりゃしない。十五点は差がつくぞ」

相手チームの守備練習がすみ、両軍の監督と審判たちが打合わせをしているあいだ、ぼくは相手チームの各選手を、その打撃ぶりと守備ぶりとをしっかり頭にいれておこうと努力した。

ぼく自身が遊撃手なので、相手の遊撃手の動きにことさら目がいった。肩幅のひろい大柄な男で、腰がほそく、脚も一見しなやかそうだが、実際にはあちこちの筋肉が硬くなっていた。もう若くはなく、帽子の下にみえる髪には灰色のものがまじっている。大層ゆっくりした動作で、楽なゴロをひろっては一塁へぞんざいな球を投げていた。が、その顔だけは、たえずぼくの視線をひきつけた。褐色に焼けた、しわの深いその顔は、ぼくなぞの理解のとてもおよばない、なにか古い智恵のようなものにみち溢れていた。疲れ、あきらめきった表情で、どちらのチームが勝とうが、自分の成績がどうであろうが、まるで知ったことじゃないといったふうなのだ。鼻も口も大ぶりで、耳のまわりと顎《あご》にそって、白くなった小さな傷痕がいくつもあった。手も大きく幅広だが、よくよくみると指は骨が折れ、昔の捕手たちのように曲りねじくれているのがわかった。この大男が内野守備で苦労し、打撃練習で四本の凡フライを打ちあげるのを見ていると、ぼくはこの男を目いっぱい走りまわらせてやろうと思った。

わが軍が後攻をとり、審判たちがバッテリーに声をかけて、試合は開始された。ぼくは深い守備位置をとった。こういうグラウンドは内野の土の部分が広くないので、深く守ると、たっぷり八フィートは芝生にはいってしまう。ぼくは動きが敏捷《びんしょう》で、ゴロも猛烈に前へダッシュして捕ることが多く、さらに左右と後方の守備範囲もひろかったから、さっき連中が打撃練習でみせたようなテキサス性飛球は、お手のものなのだ。二塁手はぼくとおない年——十九歳——の若者で、たがいに気心がわかっていた、いや、すくなくともそう考えていたので、彼も同様にうんと深い守備位置をとった。わが軍の投手は左腕だった。彼がプレートに足をのせてサインを受けとり、試合がはじまった。

五分もすると、ぼくたちは数多くの教訓の最初の一つを学ぶことになった。年寄り連中はさっき、のろのろと下手糞な動きをみせることで、まんまとぼくたちを瞞《だま》していたのだ。先頭打者が内角の球をひっかけると、ボールはゆるいゴロとなって、ぼくのほうへ転がってきた。ぼくは猛然とつっこんで、それを拾いあげ、一塁へ矢のような、申し分のない送球をした。ところが老人は、ぼくの最高の送球を二フィートも上まわる脚力をみせたのだ。けっしてそんなに遅くはないのだ。ぼくがまた深い守備位置にもどると、次の打者もおなじことをやり、たちまち走者一、二塁になった。この頃になってようやく、連中がぼくをかもにしようとしていることに気がついた。あの連中は好きなところへボールを転がすことができるのだ。うちのレフティはこの地方きっての快速球投手だが、連中にとってはやはり草野球クラスなのだった。つづいて例の遊撃手が打席に立ち、プレートから離れて、背をまるくする構えをとった。ぼくはベース・ラインまで出て、あさい守備位置に変え、肚の中でこうつぶやいた——さあ、おれの前へゆるいやつを転がしてみろ。

　レフティがサインを受け、そのサインどおりに、大きく割れて、えげつない回転をしながら落ちる、すてきなカーヴを投げた。灰色の髪をした大柄な男は、球がミットにはいったとぼくには思えるくらいまで動かず、それから眼にもとまらぬ速さでバットをふった。ボールは弾丸のようなライナーで二塁手の頭上を越え、右中間をまっぷたつに割って転々ところがっていった。ぼくが二塁手のバックアップにまわると、長い送球がトミーのところへ返ってきた。大柄な男は二塁をまわり、転送されたボールがとどくよりも早く、内側の足であざやかなフック・スライドをみせて、三塁に達していた。ぼくの眼にはそれが、砂煙をすかして瞬間写真のように映った。完璧な脚さばき、つづいてすっくと塁上に立つと前かがみになって、例の大きな手でズボンの埃《ほこり》をはらいながら、なかばとじたような、ねむたげな眼で三塁手を見やるそのしぐさ。三塁手のタッチは三フィートも離れていた。

彼を三塁において、つづく二人の打者は、センターへ浅い飛球を打ちあげて倒れた。三つめのアウトは、高くはずむピッチャー・ゴロだった。ぼくはグラヴをベンチのほうへほうり投げ、三塁からやってくる彼とすれちがった。彼は笑いひとつない、無表情な視線をよこし、なんの感情もこもらず抑揚もない、低い声でつぶやいた。ほんの呟きでしかなかったが、どういうわけか、一語々々がはっきりぼくの頭に残った。

「とろい内野だな、坊や」

そういうと彼はぼくのそばをぬけて、乾ききった、ぼろぼろの古いグラヴを拾いあげ、もうぼくには目もくれなかった。

彼のつぶやいた言葉の意味もわからぬままに、三回がすぎた。そして四回、わが軍の攻撃でベンチへ帰るとちゅう、もう一度彼が話しかけてこなかったら、永久にわからずじまいだったろう。初回に二点をあげたあと、かれらの攻撃は凋《しぼ》んでしまったようで、平凡な飛球やゴロばかり、われわれはそれをさばいて、みんなアウトにした。が、わが軍も点がとれぬままだった。四回の表、ぼくは浅く守って、例のゆるいゴロ二つを処理した。しかし三人目の打者が登場し、バットをいっぱいに長くもって素振りをするのを見て、振りだしを遅くするつもりだと思ったぼくは、二塁よりにじりっと守備位置をうつした。レフティが直球のサインを受けとり、三塁コーチにでていたあの大男が、「よし、いけ、ドック！」と、例の無抑揚な声を打者へ送った。三塁レフティが投げこんだ速球にたいし、打者はバットをみじかく持ちかえて、ぼくの右側へゴロを転がした。ぼくと三塁手の中間、よけいな山をはらなければ、ぼくの正面だったはずのところだった。次打者はフライを打ちあげて攻撃がおわった。大柄な男は、ぼくとすれちがいざま、「捕手のせいだよ、坊や」と低い声でいうと、あの悲しげな、年老いた眼つきで去っていった。

それで、やっとわかった。彼はぼくに野球というものを教えてくれようとしていたのだ。彼は捕手のサインを盗んで、それを各打者にサインで伝えていた。そして、それを受けとった打者は、ぼくの守備位置を見きわめて、裏をかいたというわけだ。ようやく、ぼくにも理解できた。あのもの静かな大男にくらべると、ぼくなどまるで野球を知らないも同然で、もし彼の忠告に耳を傾けなかったら、ぼくは大間抜けになっていたところだということが。

かれらがぼくたちを適当にあやしながら、ファンのために接戦にもっていこうとしているのを、ぼくは知った。そういえば、これまでにも『モナークス』、『グローブ・トロッターズ』その他の旅がらす球団が、この州を通りすがりに似たような試合をしていったが、それは翌年も招待してもらうためだったのだ。

四回裏の攻撃で、ぼくは外角のスロー・カーヴをとらえ、打球が右翼線ではずんで掘鼠の穴にはまって右翼手が一瞬もたつく間に、二塁をおとしいれた。二塁へすべりこんで立ちあがり、埃をはらいながら、ぼくは大男のほうへにやっと笑ってみせた。

「うまく当ったよ」

と、ぼくがいうと、男は例の無表情な声で、

「いいヒットだ。どうしてわかったね？」

「投手がグラヴをもぞもぞ動かすんだ。ぼくは三イニングずっと見まもっていた。スロー・カーヴを投げるときは、そうやるんだ」

「いい眼だよ」と彼はいうと、守備位置へもどっていった。

ぼくはすこし得意になって、塁をリードした。投手がふり向いて、にやっと笑った。そのとき、大男がこっそりと、しかし素速い足どりでぼくの背後をまわり、二塁手からのトスを受けて、五フィートも手前でぼくをタッチ・アウトにした。

「ボールから眼を放しちゃいかん」と、彼は平坦な声でいった。「気分がいいからって、ぺらぺらしゃべるもんじゃない」

ぼくは返事もせずにベンチへ帰った。プライドは傷つけられた。野球の世界で最も古くからある、隠し球のトリックにかかったのだ。彼に話しかけられて、ぼくは球のゆくえを忘れてしまい、するするとリードをとったところを、ボールをもっていた二塁手に殺されたわけだ。馬鹿まるだしのいい機嫌でいるところへ、ごつんと厳しい鉄槌がくだされた。どうころんでも、ぼくはうぶな田舎の一年生という役割だった。

三塁のベース・ラインへさしかかったぼくは、町のファンのはげしい怒号を無視しようとして、彼のほうをふり返った。彼はにこりともせず、遊撃の守備位置で背をかがめてゆったりと構えていた。彼ほどの野球を知りつくした男が草野球で暇をつぶしている姿、そんなふうにぼくには見えた。

試合はそのまま進行し、かれらはもらった金の二倍に相当するものをファンにみせてくれた。

六回になって、われわれはヒット、送りバント、つづく投手レフティのシングルで一点を返した。その頃になると、ぼくはスコアブックで彼の名前――ビョルランド――を知り、二塁でアウトにされた腹立ちもおさまっていた。攻守交代のたびごとに、彼はなにがしか助言をしてくれた。いつもかわらぬ、むっつりした顔、無表情な声だった。けれど、ゲームが進むにつれて、ある別のものが彼の面上にうかんでくるように思われた。なにかの古い記憶にもとづく一種のひそやかな不安、それが表面にあらわれて彼を苦しめようとしている、そんな感じだった。

われわれは七回裏の攻撃のためにダグアウトにもどり、レモンをしゃぶったり、バケツの水を飲んだりしていた。周囲では、ファンの話しあう声がしだいに大きくなり、やがてこの郡の古い野球ファンの一人が、短い脚でちょこちょこ走りでてきた。男は群集をかきわけ仕切りの下をくぐりぬけて、わが軍の監督のそばに立つと、短い両腕をふりまわし、ビョルランドのほうを睨みつけて、口角泡をとばすといった調子でまくしたてた。男の顔は義憤に紅潮し、汗が吹きだしている。いったい何をそんなに憤慨《ふんがい》しているのだろうと思って、近づいていくと、こんな言葉がつぎつぎと転がりでるのがきこえた。

「――むこうのメンバー表を見て、やっとわかったんだよ！　それから三イニング、ずっと観察したんだ！　サム、あいつはデーン・ビョルランドだよ、例のブラック・ソックスの！　まちがいない、あいつがそうだ！」

つづいて、ぼくにもわかった。野球をやり野球を愛した子供なら、あのブラック・ソックス事件を知らないものはなかった。その昔、いかにしてかれらがワールド・シリーズを投げ、野球を破滅寸前に追いやり、そして永久にプロ野球機構から追放されたかのいきさつは、だれもが知っていた。そのことが書かれた記事をぼくがはじめて読んだのは、少年野球をやっていた十歳の頃で、選手たちの名前はそのとき覚えたのだった。そして、ここではじめて、忘れられた過去からよみがえった亡霊のように、あの偉大な選手たちの一人が、でこぼこで埃っぽい田舎のグラウンドでプレイしていることを知ったのだ。守備でも打撃でもリーグにぬきんでた、そして実際には受けとらなかった数ドルの金のために輝かしい経歴を棒にふった、あの人物が。

ぼくはデーン・ビョルランドのほうをじっとみつめた。観衆の話し声をきいて、チームのみなもグラウンドへ顔を向け、ぽかんと口をあけて、幽霊が歩いているのを見た。

しかも、あの男は、おれに野球を教えようとしたんだ、とぼくは思った。

当時のぼくは若かった——自分で思っているよりも若く——まだまだアメリカの歴史を勉強し、真実という隠された智恵でそれを練りなおさねばならぬ年頃だった。しかし、若いぼくは、たちまちかっとなった。そして彼のほうを睨みつけた。

仕切りにそって、ざわめきが起り、つづいて一人がわめいた。

「ぼつぼつ、やっちまおうぜ!　おいぼれどもの面倒を見てやろうじゃないか!」

それから、同じ声がするどい叫びにかわった。

「ビョルランド、おまえの黒いソックスはどこにある?」

それが口火となった。叫びがおこると、ぼくは彼を見まもった。というのも、これらの怒号は、普通どこの球場でも耳にされるたぐいの弥次とは、性質がちがっていたからだ。そこには醜い、深い怒りの調子があり、彼にもそれはわかっていた。いや、わかっているはずなのだが、大きな頭をふり向けもせず、なんの動きもみせなかった。ただじっくりと身構えて、ゲームがはじまるのを待っているだけだった。

むこうの監督が捕手のうしろをまわって、うちの監督のそばにやってきた。こんな話し声がきこえた。

「正体がばれるのが、思ったより遅かったな、ミスター・ロンスン」

「あの男は野球をやっちゃいかんはずだが」と、サムは答えた。

「プロ野球はな」と相手の監督はいったが、その口ぶりは、いかにも口にしなれた、いつもの科白《せりふ》というような調子だった。「でも、草野球に毛のはえた程度ならいいんだ」

「なるほど！」と、サムが激しい口調で応じた。「だが、これだけはいっておく。うちのチームは立派な若者ばかりだ。あの男に話しかけさせるのはやめてもらいたい。いや、近づくのも、ごめんこうむる」

「わかったよ」と、相手の監督はいった。「ただ、話の決着をつけておきたかっただけなんだ」

「ふうん」と、サムはいやらしい口ぶりで、「だが、まだ三イニングある。このままじゃ、おさまらんかもしれんぜ」

相手の監督はちょっとサムの顔を見やってから去っていった。

仕切りの向うから、だれかが怒鳴った。

「よく言ってくれた、サム。さあ、やつらを片づけようぜ！」

七回、うちは走者を出せなかった。守備につくとき、彼とすれちがったが、彼はぼくを見たきりで何もいわなかった。しかしぼくは若く、正義感に燃えており、善悪のけじめは心得ていた。

「ご忠告ありがとう、ビョルランドさん」と、ぼくはいった。

「どうってことはないよ、坊や」と、彼は答えた。

「ほんとに、ありがとう。でもぼくは、死んでも……あなたのやりかたには従いませんよ」

彼はふりむいて、ぼくをみつめた。あの年老いた、苦痛の色が、さっと彼の顔を曇《くも》らせるのがみえ、ぼくは一瞬身のちぢむような想いがした。つづいて、だれかが叫んだ。

「そんなやつのいうことを聞くんじゃないぞ、ビル！　自分のよごれた鋤《すき》は、自分で掃除させるんだ！」

ぼくはまたこの州のインターカレッジ・ボクシングのヘヴィー級チャンピオンでもあった。だから、そんなことは心得ていた！　彼は納得したのだろう、ぼくの顔を見てから、背を向け、内野をよこぎって三塁のコーチス・ボックスへいった。ぼくは二、三球、肩ならしのボールを一塁へ送ったが、その間ずっと、コーチス・ボックスのすぐ後方の見物席から、歯に衣《きぬ》きせぬ罵声がきこえていた。そこに立っているのは勇気を要することだった。ダグアウトへ帰ろうと思えば帰れるのに、彼はそこに立ったまま、罵声を無視していた。

二塁手が送球を受けて、ぼくにトスし、二人で投手を激励しにマウンドへ駈けつけた。

二塁手がぼくにいった。

「あの野郎、ぎゃふんといわせてやろうぜ、ビル。いったいきみに何をいおうとしたんだ?」

「べつに」と、ぼくは答えた。「今はね」

八回に敵は一点をくわえ、三対一とリードした。その裏、わが軍は無得点、九回表、むこうも零点で、いよいよわれわれにとって、泣いても笑っても最後の攻撃となった。交代のたびに、彼とすれちがったが、彼は口をきかなかった。それでいて、ぼくをじっとみつめるのだった。例の無表情な、灰色の視線でだ。それがぼくの腸《はらわた》を煮えくりかえらせた。最終回、ぼくは先頭打者で、挽回をねがうファンが、大声で応援してくれた。

ぼくはぜがひでも打つぞとの覚悟で打席にはいったが、まず近目の球でのけぞらされた。ぼくは尻餅《しりもち》をつくと、起きあがり、相手の投手のほうへ向っていきかけた。が、すぐに、子供っぽいことだと気がついた。打たんかなの気構えありありだったから、いわば自業自得だ。打席にはいると、気持を鎮《しず》めようとした。彼が遊撃の守備位置で投球を待ってかまえているのが見えた。大柄で、もの静かで、落着いていた。ストライクとボールのあと、ぼくは何をすればよいかを心にきめた。つぎの投球を真芯でとらえると、打球はライナーとなって右中間へ飛んだ。一塁をまわったとき、中堅手がボールをつかんだところなのを見て、二塁へつっこんだ。彼はベースをまたいで、スライディングの空間をたっぷりあけたまま、返球を待っていた。ボールが返ってき、彼が冷静そのもので悠々とかまえているのを見ると、ぼくは両足のスパイクを高くあげ、まともに彼の両脚をねらって突入した。スパイクが彼のストッキングに、つづいて肉にぶつかるのを感じながら、ぼくはベースに手をのばし、それをつかんだ。ぼくに衝突されて彼は砂塵のなかに横転した。返球は彼のグラヴにあたって、こぼれた。セーフだ。

ぼくは跳ねおきて、彼を待った。どうともなれという気持で、観客の咆えるのが耳にはいったが、それがすべて自分の味方であることを、ぼくは知った。奇妙な、腹立たしい気分だった。

彼はくるっと起きて、砂埃のなかに坐った。両脚の破れたストッキングから血があふれて外側をつたうのが見えた。彼は塁審を見あげて、「タイム」と、おちついた声でいった。

投手が近づいてきて、ほかの内野手も彼のまわりに集った。

「箱をたのむ」と、彼がいった。

一人が手まねでダグアウトへ合図すると、大きな救急箱をもって監督が駈けだしてきた。彼はストッキングとその下にはいている靴下を巻きおろした。その両脚をみると、縦横十文字にまざりあった深い裂傷や、みみず脹れや、こぶのように隆起したものが、ぼくの眼にうつった。何年にもわたって、何十、何百というスパイクが喰いこんだための傷痕だった。ぼくは胸がわるくなり、顔をそむけて、塁上にしゃがみこんだ。

彼は熱い地面にすわったまま、脚に消毒剤をふりかけて、きれいに拭きとったあとに清潔な白い繃帯を巻きつけ、それから立ちあがった。

「だいじょうぶか、デーン?」と、監督が小声でたずねた。

「ああ、心配ない」と、彼はいった。

「今日のは、そうひどくなかったな」

監督はそういうと、ダグアウトへ引き揚げた。

ゲームが再開されたので、ぼくも向き直らざるをえなかった。彼が守備位置へしゃんとした足どりで――といっても激しい痛みをこらえながら――歩いてゆき、それから向きを変え、かがみこむのが見えた。繃帯を通して血がにじみだし、靴下の上であらたに凝固している。ぼくはそれを、つづいて彼の顔を見やり、一切を理解した。見物はいっせいに囃《はや》したて、この一幕を楽しんでいるようだった。いったい彼は、避けることのできないこの一連の手続きを、どれくらいの回数、経験してきたのだろうか――。試合開始。やがて彼の正体が暴露され、それから二塁塁上でスパイクされるのを待ち……しかも逃げることをしない。あの無数の傷痕は、彼がけっして逃げようとしなかったことを物語っていた。

ぼくは彼の顔を見て、声をかけた。

「ごめんなさい、ビョルランドさん」

彼もぼくのほうを見た。灰色の眼のおくに、何かがちかっと光るのが見えた――なにか暖かく、生命あるものが。

「なぜだね、坊や?」と、彼がった。

「わ――わかりません。でも、すまなかったと思ってます」

「忘れるんだな、坊や」と、彼は静かな声でいった。「永久に償うことのできないものもあるんだよ」

こうして試合が再開され、わが軍の二塁手がセンターへヒットを放ったので、話はそこまでとなった。ぼくはスライディングぬきで楽に生還し、ファンが歓呼で迎えてくれた。ぼくは惨めな気持でダグアウトに腰をおろした。

みんなが口ぐちに叫んだ。

「よくやったぞ、ビル！」

「いい見せしめになったよ！」

ぼくはもう帰って泣きたくなった。

つぎに、彼のことを発見したあの赤ら顔の小男がやってきて、ぼくの背中をたたいた。

「ビル、きみはあれで、おれたちの気持を代弁してくれたんだ。試合終了まで待ってくれ。こんどはおれたちが目にものみせてやる。あんな悪党がりっぱな若者たち相手にプレイするのを見て、みんながどういう気持でいるか、思い知らせてやるよ」

ぼくは小男を見やったが、ものをいう気になれなかった。で、立ちあがって、水のバケツのところへいき、試合を見まもった。

敵の投手はつづく二人を歩かせて、無死満塁となった。一点はいれば同点、二点はいればさよならだ。つぎの打者は一塁フライに倒れた。ビョルランドのほうへ目をやると、彼はやや左寄りに守備位置をとり、例のひくく柔かな声で投手に話しかけていた。そのストッキングには、鮮かに赤い血の色がみえ、あれでどうして立っていられるのかと不思議なほどだった。つづいて、投手がなげた第一球を、うちの捕手が渾身の力をふりしぼってたたいた。

ボールは白い筋をひいて相手投手のそばを通過し、一直線にセンターへ飛んだ。ヒットまちがいなし、そして、ゲーム・セットまちがいなしだ。だが、ビョルランドはずっと前から、そこに待ちかまえていた。彼の長いダイヴィングによって、打球はおんぼろグラヴに突き刺さるようにおさまった。彼は一回転してくるっと起きあがり、二歩でベースを踏んで、二塁走者をゲッツーに仕止めた。ゲーム・セット。それをなしとげたのは、最高のファイン・プレイだった。田舎の博覧会のグラウンドなどでは、まずお目にかかることのない、最もすばらしい類いのプレイだった。やがて、見物の連中が騒ぎはじめた。

その午後のことを、ぼくはずっと誇りに思ってきた——すくなくとも、ここから先の部分はだ。ぼくは内野をよこぎって、彼のそばへいった。彼は静かにぼくを見まもった。ぼくは片手を彼の肩にかけ、もう一方の手で彼の手を握りしめた。

「目のさめるようなプレイでしたね、ビョルランドさん。遊撃守備のことを、もっといろいろ、あなたに教わりたいと思います」

見物人たちがこぞって、内野をよこぎって来はじめた。ぼくは向きを変えて、そっちへ眼をすえた。そのときのぼくの感情が、ぼくの顔にあらわれていたのだと思う。なにしろ、ぼくは体重二百ポンド、怒ら《ライル》せれば、どんなことになるか自分でもわからない。それに、ぼくの姓はライリー、そのことは観客たちもいやというほど知っていた。かれらは足をとめ、ぼくたち二人を見て、散りはじめた。暴徒が、善良なる野球ファンにもどったのだ。

ぼくは彼の肩にかけていた手をはずした。

「ありがとう、坊や」と、彼がいった。

「とんでもない。お礼をいうのは、ぼくのほうです」

彼は背をかがめてぼろぼろのグラヴを拾いあげると、傷痕のある曲った鼻をこすり、ぼくのほうへ微笑んでみせた。ぼくはその眼のなかに、長い間かくされていた暖かさと善意とを見てとった。

「坊や、きみがいずれ大選手になったとしたって、わたしはいっこうに驚かないよ」と、彼はいった。

「もしだれか、野球のちゃんとしたやりかたを教えてくれる人がいたら、ですけどね、ビョルランドさん」

「一生――」彼の声がかすれた。「一生かかっても償えない、と思うときがあるんだが。あるいは、そうじゃないかも知れんね」


郡博覧会のあの暑い午後のことは、前にもいったように、遠い昔の話だ。それは、おいぼれチームと若僧チームが戦って、一枚上手のおいぼれチームが勝利をおさめたという、なんの変哲もない野球試合の一つでしかない。だがぼくにとって、その試合は、デーン・ビョルランドは、忘れようとしても忘れられないものなのだ。今日《こんにち》になってみると、彼のいった言葉、「一生かかっても償えないものがある」という言葉の意味が、よくわかる。しかし、彼も今では、すこしちがったふうに考えているのではなかろうか。みなさんが町に来られるようなことがあったら、野球場《スタジアム》へ足を運んでいただきたいと思う。そこには、赤い鳥《レッド・バード》（セントルイス・カーディナルスのこと）の遊撃手として、ちょっと見られる選手がいるはずだ。彼は投球ごとに守備位置を変え、ゆるい難ゴロをさばき、恐れることなく塁を死守し、毎年三割一分そこそこの打率をあげている。彼の名前はビル・ライリーというのだが、人は彼の遊撃守備ぶりを、まるでなにかの亡霊のようだと噂している。あるいはそうかもしれない。もしそれが当っているとすれば、彼は、かつて一度あやまちを犯し、一生かかってそれを償おうとした、ある名選手の亡霊としてプレイしているのである。

訳者註…ブラック・ソックス事件

一九一九年、対シンシナティ・レッズのワールド・シリーズで、シカゴ・ホワイトソックスがおこなった八百長事件は、いまだに米野球史上、特筆すべき大スキャンダルとして残っている。容疑をうけた選手八名は球界から永久に追放されたが、本篇に登場するデーン・ビョルランドは、その事件で実際に金を受けとっていなかったといわれる名遊撃手、スウェード・リスバーグをモデルにしていると思われる。

同じ夜空を見上げて

三崎亜記

SF

作中で主人公が見上げ、タイトルにも入っている〈夜空〉に引かれてSFのマークを選ぶ。本当はどのジャンルに分類できるかなんて、どうでもいいのだけれど。

鉄道にまつわる怪談を集めた『赤い月、廃駅の上に』という短編集を出したことがある。そのせいもあってか、このファンタジックな鉄道奇譚を読んだ時、私は「こんなこと、思いつかないよ！」と驚きながら、心が大きく揺さぶられた。

お気に入りの小説を差し出して、「あなたはどう読み解きますか？　どう受け取りましたか？」と尋ねたり、「ちょっと難しいところがあるのです。意味が理解できたら私に説明してください」と頼みたくなったりすることもあるが、これはそうではない。

読み終えた人が無言で小さく頷く。ただ、そんな様が見たい。

（有）

「わ、何だこれ、なつかしいな」

爪切りを捜して引き出しを開けた幸博が、何かをみつけたようだ。

彼が手にしたのは、小さな知恵の輪だった。

「子どもの頃よくやってたな。ええっと」

最初の目的の爪切りのことをすっかり忘れて座り込み、さっそく挑戦しようとする。

「あ、それは……」

私はそこまで言って言葉を濁してしまう。だが、察しのいい幸博のことだ。私の言葉に咎め立てする気配を感じたのだろう、すぐに手を止めた。

「玩具」以外の意味を見出そうとするように、掌の知恵の輪に視線を落とす。

「そうか、聡史さんのか……」

そう言うと、申し訳なさそうに知恵の輪を引き出しに戻した。

「ごめんなさい」

「いや、君が謝ることじゃないよ」

ぎこちない沈黙が訪れる。もう過去に何度も経験した、ここにはいない聡史をめぐってのぎくしゃくとした空気が、居心地悪く部屋を支配する。

幸博はわかっている。

こうして互いの部屋に泊まる間柄になっていながら、私と幸博がはっきりとした「恋人」という関係に収まってしまわない理由を。そして、壁の薄さや日当たりの悪さに文句を言いながらも、私がこの部屋から引っ越そうとしない理由を。

私は今も、聡史が戻ってくる可能性を、心の奥底では諦めきれていないのだ。

そして幸博は、そんな私の思いをわかっている。いや、わかろうとしてくれている。だがその「わかる」は、「理解する」であって、「納得する」ではないだろう。だからこそ二人の間には、言葉にできぬ沈黙が訪れてしまうのだ。

全ての思いを封じ込めるようにして、幸博は壁のカレンダーを見つめた。

「もうすぐ、二月三日だね」

◇

知恵の輪のせいでもないだろうが、幸博はその夜は泊まらずに帰っていった。

一人になった部屋で、私は引き出しを開け、知恵の輪を手にした。聡史はパズルを解くのが好きで、この知恵の輪も彼が忘れていったものだ。

五年前、この部屋には確かに、私と聡史の日々があった。私が雑誌をめくる横で、彼は飽きもせずにパズルに挑戦し、時折言葉少なく会話を交わす。遠く私鉄の列車の音や警報が聞こえ、風が窓を揺らす音を聞きながら過ごす、飾り気もなければ気負いもない、二人だけの日々が。

当時の私にとって、隣に聡史がいることは、「幸せ」というほどに明確なものではなく、ただただ自然で、当たり前のことだった。

二本の金属でできた知恵の輪を、意味もなく引っ張ってみる。複雑に絡まりあった知恵の輪は、とても二つに解けるとは思えず、まるでこの五年間の私の思いを象っているかのように頑《かたく》なだった。

「まだ解けないのか？」なんていつも聡史から茶化されるほど、私は簡単な知恵の輪すら解くことができず、途中で投げ出してしまっていた。彼ですら手こずっていたこの知恵の輪が、私に解けるはずもない。

だけど、それだけではない。私は最初から、この知恵の輪を本気で解こうなんて思ってはいなかった。

解けてしまえば、私と聡史の結びつきも消えてしまうような、そんな気がしていたからだ。

そんなわけで、五年間、知恵の輪は解かれることなく引き出しの片隅にあり、時折視界の隅に入っては、私の日常に小さな棘《とげ》を刺し、時間を過去へと引き戻す。

聡史が何も残さず消えてしまった今、この知恵の輪だけが、私と彼とを繋ぐ絆《きずな》にも思えた。金属の冷やかな感触を掌に包み、私はそっとつぶやく。

「もうすぐ五年だよ。聡史……」

◇

二月三日がやってきた。

今日はおそらく、幸博は私に連絡をしてこない。今日という日が、私と幸博のために用意された日ではないことがわかっているから。

そんな彼の優しさに甘え続けて二年の歳月が流れた。いつまでもこんな関係を続けるわけにはいかないことはわかっている。だが自分でも、進むことも戻ることもできぬ思いを持て余し、毎年この日を迎えるのだ。

天気予報は、今夜はこの冬一番の冷え込みになると報じていた。私は厚手のコートを着て、マフラーを巻いて外に出た。白く吐息を漂わせながら、駅に向かい歩き出す。凍《い》てついた都会の空気が、まるで何かを拒むかのように、道行く人々の靴音を硬く響かせていた。

駅に着いた私は、一区間だけの切符を買い、ホームに向かった。上り列車のホームには、すでにたくさんの人が集まっていた。私も群衆の中の一人となってホームに佇《たたず》む。

一本の列車がホームに滑り込んだ。扉が開いても、乗り込もうとする人は疎《まば》らで、ホームの群衆のほとんどは身動きすることもない。私も含め、人々が乗り込むのは、この次の列車なのだ。

列車を見送るうち、会釈をしながら私に笑顔を向ける小柄な人影に気付く。

「やっぱり、今年もお会いできましたね」

「お久しぶりです」

昨年ここへ来た時に、知り合いになったおばあさんだった。厚手のストールをまとった彼女は、上品そうな顔立ちに追憶の表情を滲ませ、私の隣に立った。

「寒いですねえ。そういえば、あの日も今日みたいに寒くって、星のよく見える夜でしたね」

「そうでしたね」

二人並んで、ホームの屋根越しに空を見上げる。五年前のあの日と同じ、凍てついた夜空を……。

あの日、聡史は珍しく、私に電話をかけてきた。

「今から電車に乗るよ。三十分くらいで着くから」

「いつもいきなり来るくせに。どういう風の吹き回しなの？」

もちろん、電話をしてくれたことはうれしかった。だけど、めったにない彼からの電話に、私はつい茶化すような口調になってしまった。

「いや、あのさ、あんまり星がきれいだったから、一人で見るのはもったいなくって。ちょっと窓の外を見てみなよ」

「ええ？　寒いから、面倒だなあ」

ちっとも面倒そうには聞こえないだろう弾んだ声で私は言って、窓を開けた。部屋の空気の温かさを、外の冷気が一瞬で奪い去ってしまう。だが、その寒さを忘れさせるほどに、都会ではめったに見られない、輝く星空が広がっていた。

「ホントだ。この街でも、こんなに星が見えることってあるんだね」

私は、携帯電話を耳に押しあてたまま、しばらく黙って夜空を見上げていた。かすかに聡史の息づかいが伝わってくる。彼も今、同じように星空を見上げているのだろう。その思いが、冷たい夜空の星の輝きを、温かなものへと変えてくれた。

「一緒に暮らさないか？」

ふいに彼の言葉が携帯越しに届く。私は最初、その言葉の意味するものがわからず、何度も頭の中で繰り返した。そして、星の話にかこつけて電話してきたのは、彼らしい照れ隠しだったのだと気付かされる。

「ねえ、それって……」

プロポーズ？　と出かかった言葉を押しとどめた。照れ屋な彼らしい。「結婚しよう」なんて、彼はとても口にできないだろうし、遠まわしな今の言葉さえ、面と向かっては言えないからこそ電話越しに告げたのだろう。

「返事は、電話じゃなく、直接聞きたいな」

少しぶっきらぼうな声で言う聡史が愛おしかった。

「うん。じゃあ、部屋で、待ってるよ」

耳にあてた携帯を、彼の分身であるかのようにそっと掌に包みこみ、もう一度夜空を見上げた。同じ星空を見つめながら、聡史が少しずつ、私の元へと近づいているという幸福を感じながら……。

それから五年間、私は今も、部屋で聡史を待ち続けている。

「歳のせいでしょうか。五年なんてあっという間に過ぎてしまった気がするんですよ」

おばあさんの声で、私は五年の時を超えて、現実に引き戻された。

「そうですね。もう五年、ですね」

私はおばあさんに聞こえぬよう、「まだ五年」と心の中でつぶやく。

私にとっての「五年間」という時間、それは短くもあり、そして長くもあった。彼のいない日々を数えての「もう五年」であり、彼を待ち続ける終わりなき日々を思っての「まだ五年」でもあったからだ。

「電車なんか、めったに乗らない人だったのに、どうしてあの日に限って……」

おばあさんは、言葉を詰まらせた。私は、気取られぬようにそっと唇を噛み締める。思いは同じだった。あの日に限って、あの列車に限って、あの場所に限って……。起こってしまったことを悔やむ言葉には、際限がない。

だが現実に、それはあの日、あの列車で、あの場所で、起こってしまったのだ。

五年前の二月三日、下り451列車は、隣駅からこの駅に向かう途中で、763人の乗客、乗員と共に忽然と姿を消してしまった。事故やテロ、国家的陰謀、果てはオカルト的な言説も含め、様々な憶測が飛び交った。だが、未《いま》だにその理由は不明のままだ。

通常の鉄道事故とは違い、遺体や遺留品が残っているというわけでもないので、運転士と車掌以外は、果たして誰が乗っていたのかも判然としなかった。行方不明になった人々の調査が開始され、761人の「乗っていたと思われる乗客名簿」が完成したのは、半年後のことだった。

名簿には、その日からぱったりと連絡が途絶えてしまった、聡史の名前も含まれていた。

社会は、列車の消滅を「鉄道事故」として扱い、消えてしまった人々を「被害者」という型どおりの言葉に押し込めることで、この不可解な状況を、日常の延長の事件へと落とし込もうとした。

残された「遺族」と呼ばれる人々もまた、事故なのだと自身に思い込ませ、鉄道会社の責任を追及することによって、遣《や》り場のない怒りや悲しみを、わずかでも紛《まぎ》らわせようとしたのだ。

とはいえ、鉄道会社には何の落ち度もなく、保険会社にしても前例のない事態のため、補償交渉は難航し、裁判も長期化が予想されていた。

だが、私にとってはそんなことはどうでもよかった。

聡史が突然に消えて、そしてもう二度と戻ってくることはないかもしれないという、その事実以外は……。

すべてを思い出に変えてしまうには、彼の消滅はあまりにも現実味がなく、あっけなさすぎた。

◇

上り列車が、定刻どおりにホームに滑り込む。

帰宅ラッシュとは逆方向の上り列車は、乗客もそれほど多くはなかったが、この駅から乗り込んだ人々で座席が埋まった。おばあさんは若者に席を譲られて座り、私は扉のそばに立って、発車の時を待つ。

扉が閉まり、電車はゆっくりと動き出した。見慣れた街の夜景が、窓の外を移ろってゆく。毎年のことながら、私はいつも複雑な感情にとらわれてしまう。もっと早く進んでほしいとも、逆にこのまま永遠にたどり着かないでほしいとも。

そう、あの消滅が「起こった」とされる場所へと……。

座席に座る者も、立つ者も、乗客たちは一様に、進行方向に向かって右側の窓の外を見つめていた。祈るような沈黙が車内を支配し、継ぎ目のないロングレールの上を行く車輪の音だけが、無秩序にばら撒《ま》かれたかのように響いた。

線路沿いのビルが途切れ、目印となる赤いタワーの点滅が眼に入った頃、ふいに視界が閉ざされる。

すれ違う衝撃と共に、窓の外を下り列車が通過していく。

下り451列車が消えた今、この時間にこの場所を通る下り列車は、時刻表には存在しない。

だが、窓の外を通過するのは、間違いなく列車の光だ。

それは、今はもう通るはずのない、下り451列車だった。

手すりを持つ手を痛いほど握り締め、目を凝らした。

――聡史、そこにいるの?

声が聞こえないのならば、せめて一瞬でもいい。彼の姿を見ることができたなら……。

だが、列車の光はあまりにもあっけなく通り過ぎてしまい、私も、そして他の乗客たちも、何もつかむことができぬまま見送るしかなかった。

それは、決して手を伸ばすことができない、幻の光だった。まるで、ありふれた日常というものが、ある日突然に、いともあっけなく消え去るのだということを思い知らせるように。

光の帯が通りすぎた後も、私はそこに残像を見出そうとするかのように、窓の外を見つめ続けた。

なぜもっと、聡史との日々の一瞬一瞬を大切にしなかったのだろう。なぜ、聡史の笑顔を、言葉を、その全てを、心に刻み付けておかなかったのだろう……。彼が消えてしまったことが自分のせいであるかのように、自らを責め続けた。

一年間、この時だけを待ち続けて生きてきた。だが、一年間の思いのたけをぶつけるには、その光はあまりにも短かすぎ、そしてはかなすぎた。

電車は何事もなかったかのように、隣駅に着いた。乗っていた人々の大半が、この駅で降車する。誰もが、心の中の思いを噛み締めるように、俯いて無言のままだ。乗客のほとんどは、五年前の下り451列車でかけがえのない誰かを失った「遺族」たちだった。

いつからだろう、「事故」と同じ日の、この上り列車に乗れば、消えてしまった下り451列車の姿を、一瞬ではあるが見ることができるという噂が広まったのは。残された人々が、光の中に失った人々を見出そうと列車に集うことが、年に一度の恒例となっていた。遺体もなく、失ったという実感すら持ちえぬ人々にとっての、喪失の儀式なのだ。

人々は、互いに声をかけ合うこともなく、見知った顔に目礼をして、一年後の再会を思いながら駅を後にしていった。

振り返ると、あのおばあさんも改札を出るところだった。私は会釈をして近寄った。

「また来年、お会いしましょうね」

私がそう言うと、おばあさんは少し考えるように目を伏せた。

「私は、今年で最後にしようかと思っています」

「え？」

おばあさんは、寂しげではあったが、柔和《にゅうわ》な微笑みを浮かべていた。

「なんですかねえ、あの人が、もういいよって言ってくれてるみたいな、そんな気がするんですよ」

まるでご主人がそこにいるかのように、夜空に優しげな視線を向ける。

「もっとも、私はいっつも勘違いばっかりして、あの人を怒らせてましたから、もう来ないつもりかって、怒ってるかもしれませんけどねえ」

屈託なく笑って肩をすくめる。きっとご主人と一緒に暮らしていた頃も、そうやって怒られることも含めて、ご主人を愛し、慈《いつく》しんでいたのであろう。そう思わせる表情だった。

おばあさんは腰をかがめてお辞儀をすると、夜の街へと歩きだした。少し腰が曲がってはいるが、それでもしっかりとした足取りだった。私には、彼女に寄り添って歩くおじいさんの姿が見えるような気がした。

おばあさんがそうしたように、私も夜空を見上げる。凍てついた夜空に、聡史からのメッセージは、何も届いていなかった。

私はいつになればおばあさんのように、気持ちに区切りをつけることができるのだろうか？

突然理由もなく消えたものはまた、突然いつか戻ってくるかもしれない。そんなはかない希望を持ち続けて五年の歳月が流れてしまった。一年に一度だけの、あの一瞬の光が残っている以上、私はいつまでも諦めることができないのだろう。

私にもわかっていた、今日、ホームに集まった人々の数は、昨年よりもずっと減ってしまったことを。かすかな希望を繋ぎながらも、人々は諦め、思い出とすることで、それぞれの日常へと戻っていくのだ。

二月の身を切るような夜風が、私を襲う。

バッグの中にしまっていたマフラーを首に巻きなおした。手袋を忘れてしまったので、かじかんだ手にわずかな暖をとるべく、コートのポケットに手を入れる。かつて、凍えた私の手を温めるのは、聡史の大きく温かな手の役目だったのに……。締め付けられるような胸の痛みに、思わず立ち止まってしまった。

ふと、ポケットの奥底に、何か硬い手触りのものを見つけた。触りなれた感触に、何かはすぐにわかった。だが、そんな場所にあるとは思いもよらないものだった。

「知恵の輪……。いつのまに？」

引き出しにしまっておいた知恵の輪がどうしてここにあるのだろう。無意識のうちに持ってきてしまったのだろうか？

ポケットから取り出すと、もっと驚くことがあった。いつのまにか、知恵の輪が解けていたのだ。

しばらく呆然として、掌の上の、二つに離れてしまった知恵の輪を見つめる。それはまるで、ついさっきまで誰かが手にしていたかのように温かかった。

――聡史、あなたなのね？

誰にも信じてはもらえないだろう。だが私は確信していた、聡史がやったのだと。すれ違う列車同士の、ほんの一瞬の逢瀬でしかない、それでもなお、私たちは繋がっていたのだ。

いたずら好きの聡史らしい、私へのメッセージだった。

「まだ解けてなかったのか？」と言って茶化す彼の顔が目に浮かぶようで、私は泣き笑いのような表情になった。

同時に、私ははっきりとわかった。もう二度と、聡史と一緒に夜空を見上げることはできないのだということが。

解けた知恵の輪は、彼なりの決別の意思表示でもあったのだ。まるで、次の一歩を踏み出せと後押しをしてくれるかのように。照れ屋の彼らしい、遠まわしのメッセージが込められているように思えた。

私は知恵の輪を握り締め、涙をこぼさぬよう、空を見上げた。

二月の晴れた夜空には、五年前のあの日のように、冬の星座を形作る星々が輝いていた。

――伝わったよ、聡史……

私は心の中でそうつぶやくと、携帯電話を手にした。

「もしもし、幸博？」

電話に出た幸博の声は、心なしか驚いた風だった。今夜、私から連絡があるとは思っていなかったのだろう。

「星がとってもきれいだから、一人で見るのはもったいなくって」

私は、今の私を支えてくれる人に、五年前の聡史と同じ言葉を、同じ夜空を見つめながら告げた。

さようなら、聡史。

あなたのいる場所からも、同じ星空が見えていますか？

選んで、語って、読書会1

＊本鼎談では、収録作品の核心にふれる言及があります。未読の方はご注意ください。

北村　この度、有栖川さんと私と宮部さんの三人でアンソロジーを編みました。これまで私と宮部さん、有栖川さんと私でということはありましたが、三人で一緒に編むのはこれがはじめてです。隔月刊誌〈紙魚の手帖〉にて二〇二二年に一年間連載したコラムを元に編んでいます。せっかくだから、それぞれに、かつて創元推理文庫で使われていた分類マークを懐かしい思いでつけています。

アンソロジーを作る作業はいつも楽しいのですが、それとあわせて今回は編者が三人ということで、誰がどんな作品を選ぶのか、嬉しい驚きが何度もありました。

それぞれどのような理由で作品を選んだのか、またお互いの選んだ作品を読んでどうだったか。読書会の体裁で、一編ずつ話していきたいと思います。

括弧の恋

北村　まず最初は、私の「括弧の恋」から。今回アンソロジーを始めるにあたって、のっけにこれをぶつけて、ふたりをびっくりさせようというところから選んだのですが、いかがだったでしょうか。

宮部　当時のメモもちょっと貼って持ってきたんですけど、「びっくり!!!」って書いてありました（笑）。感嘆符が三つもつく、それぐらいびっくり。でも、井上ひさし先生の茶目っ気のある作風がよく表れていますね。

北村　井上先生といえば、ご存知の方も多いかと思いますが、『十二人の手紙』というミステリの大傑作があります。一方で、こういう作品もあることは割合見逃されているんじゃないか。

有栖川　ワープロというモチーフが懐かしいですね。童心に帰るといいますか、こんな記号があるのかと実際に使うことはないだろうけど押してみたり、印字してみたら本当にその記号が出て面白がったりというような、はじめてワープロを持った時のわくわくを思い出しました。それが小説になるのだから、なんでも小説になるんだな、と驚くとともになんか気持ちよかったですね。シュッシュって／で斬られたら●が▲になるあたりは山場ですが、読みながらさくっという音が聞こえてくる。記号が斬られる感触が伝わってくる愉快な感じもありました。

北村　これ、筒井康隆《つついやすたか》さんが書いたって言われたら……。
宮部　納得しちゃいそうな感じがありますよね。
有栖川　筒井さんの『虚航船団』で、ホッチキスがココココと針を吐き出す、あれを思い出しました。
北村　今日、家を出る前に〈紙魚の手帖〉の最新号（編集部注：vol.21）をぱっと開いてみたら、熊倉献《くまくらこん》さんという漫画家さんの「口口口口口」という読切が載っていまして。読んだら、びっくりしました。
　この作品では、こういう家があったらどう？　と、漢字の家をどんどん想像していく。
宮部　なかで住んでる！
北村　「括弧の恋」も「口口口口口」も、記号や文字を物語のなかにものとして組み込んでいく発想が面白く感じました。
宮部　一度こういうアイディアに触れてしまうと、当たり前に見ていた文字や記号も、そういうふうに見えてくるんですよね。だから「括弧の恋」を読んだあとも／は座頭市に見えるし、括弧はみんな対になって握手している。そういうイメージが頭に染み付いちゃって、後戻りできなくなる。これを読む前と後で、世界の見方が変わるような短編ですね。

上の四角いとこに住んで
下のスペース駐輪場にする
「口」とあんまり変わんないじゃん！
熊倉献「口口口口口」より

北村　物語の懐《ふところ》の広さといいますか、どんなものも物語の素材になりうることを改めて感じる作品です。

有栖川　小説は言葉だけでできている、と思っていましたが、このだけでできていることすら小説の前提じゃないんだって認識を改めました。

北村　さきほどの「□□□□□」ではありませんが、やっぱり「括弧の恋」も、ぱっと見ただけで、面白いことをしているな、とわかる。このアンソロジーを手に取ったひとが、どんなものが採られているんだろうと思ってパラパラした時に、おや、これはなんだろう、とページを止めて面白がってくれて、買おうかなと思ってもらいたい。そういうことも考えての、いちばん最初の配置です。

宮部　ちょっと忘れられないですものね。これこそ短編の楽しみ。ということで、幕開けの一編目でございました。

秘嶺女人綺談

北村　次の作品はちょっと話が長くなるかと思います。というのは、有栖川有栖論にもなっていくのではないか。

宮部　それはもう、ぜひぜひ。これもまた私はびっくりしました。有栖川さんと北村さんと三人でアンソロジーをつくるとなって、まさか有栖川さんからこれが来るとは、かなり熱心な有栖川ファンでも思わないんじゃないでしょうか。

有栖川　そうですか？

宮部　そこが、これから北村さんのおっしゃる有栖川有栖論に繋がるところなのかな。有栖川作品を愛読して、作家・有栖川有栖とはこういうひとだ、とイメージができあがっているファンにとっては、これは奇襲ですよね。

有栖川　それはまあ、私が書いたわけじゃないですから（笑）。

北村　私は有栖川さんとアンソロジーの仕事で以前ご一緒した時、怪奇・幻想小説の選び方に、こちらの方向に舵《かじ》が向くのか！　と感じたんです。

有栖川　不思議な物語、浮世離れした物語が好きだと言えば、一言でまとまってしまうんですけどね。本格ミステリも、そういうものなのだと言えます。……でもこのチョイス、そんなに意外でした？

北村　というのはね、この「秘嶺女人綺談」を有栖川さんが選んだものと思って読むとします。読んでいくと異郷に行って、限定された特殊な状況下で事件が起こる。いわゆる異郷を舞台とした本格、そうでなかったとしても本格らしい何かが待っているのだろうと思わされますよ。有栖川さんが書いたんじゃないけどね。

宮部　そうそう。あくまでも、有栖川さんが書いたんじゃないんだけど。

北村　この異界で何かが起きて、その謎が論理をもって解かれるんだ、とそう思いますよ。有栖川さんの文章では、雑誌〈幻影城〉のことも書かれていますが、〈幻影城〉との出会いは……。

有栖川　それでは、すこし〈幻影城〉の話を。

〈幻影城〉が出ていたのは私の中学時代から大学時代にかけて。リアルタイムで熱心に読んでいました。なので直撃世代です。〈幻影城〉という名前からも社会派推理小説にＮＯを突きつける、ガチガチの本格が好きなひとのための雑誌と期待して手に取ると、創刊号の特集が「日本のＳＦ」で、第二号では「冒険ロマン」なんですね。それまで私は、探偵小説を狭いものと思っていたんですよ。ガソリンくさい風俗や社会から切り離された、ピュアで狭い謎解きものなのだと。だけど、探偵小説はもっと広いのだと、島崎博《しまざきひろし》編集長に教えられました。創刊当初は、いやいや違うだろうと思ったのだけど、それが徐々に、あ、そうなんですか？　と気づかされて。そう言われれば、本格の謎解き以外の探偵小説も好きなものはあるし、怪奇・幻想もＳＦも好きなんですね。それもぜんぶ探偵小説なのか、探偵小説とはこんなに広大な沃野《よくや》だったのかと、ますます好きになりました。

〈幻影城〉は、竹本健治《たけもとけんじ》さんの『匣の中の失楽』がいきなり連載で始まったとか、泡坂妻夫《あわさかつまお》さん、栗本薫《くりもとかおる》さん、田中芳樹《たなかよしき》さん、連城三紀彦《れんじょうみきひこ》さんなど輝かしい才能を続々と輩出したとか、伝説がたくさんあります。かつて「本格冬の時代」という言葉があって、そのなかで読者の喝を癒すような名作を発掘してくれたことも語られることは多い。ですが〈幻影城〉は、もっと別の可能性も秘めていたんじゃないかと思うんです。三、四年で廃刊してしまったので、志半ばでできなかったこともあるかもしれない。

「秘嶺女人綺談」という小説は〈幻影城〉に発表された時、一緒にエッセイが載っていました。そこで作者は「新伝奇」という言葉を使って、伝奇小説の新しい流れをつくりたいとお書きになっている。一九八〇年代後半にミステリでは新本格というムーブメントが生まれましたが、それこそ〈幻影城〉に端を発して「新伝奇」という潮流が生まれた未来も有り得たかもしれない。また、どうして「秘嶺女人綺談」という作品をわざわざ選んだかというと、この小説について語られているのを見たことがないんですよ。『甦る「幻影城」』のような傑作選など、幻影城についてはこれまでも語られてきました。しかし、この作品について、あの続きが気になるとか、壮大な物語の序章で終わっているけど作者の構想はどうなのだろうかとか、実は完成版があるんじゃないかとか、このあと作者が自ら掲げる「新伝奇」をのびのびと書いてくれたら読みたかったとか……そういうのを聞いたことがないんです。

この作品には個人的な思い出もあります。高校一年生の時にはじめて読んだのかな。当時高校に入学して、ミステリが好きな友達ができたんです。入学したばかりで、みんな友達もいない時期に私から彼に声をかけた。なぜなら、彼は休み時間にディクスン・カーを読んでいた。こいつはミステリ好きだと思って、すぐに友達になりました。

北村　カーの何を読んでいたんですか?

有栖川　何かは忘れましたが、創元推理文庫です。彼からはミステリだけでなくロックについても教えてもらって、すぐ仲良くなった。もちろんミステリ・ファンだから〈幻影城〉も読んでいた。ある日、私はこの「秘嶺女人綺談」を読んで、びっくりするわけです。とんでもない勢いで知らない世界に連れていかれて、怖くて、謎めいていて、ドキドキする、なんて面白い小説だ。こういうものを期待して〈幻影城〉を購読していたわけではないけど、こんなに面白い作品が載るんだ、と。それで学校に行ったら、彼が「今月の〈幻影城〉にすごく面白い小説が載っていた」と言う。それが、まさに「秘嶺女人綺談」だったんですね。

北村　いい話だ。

有栖川　私も彼も本格ミステリ・ファンですけど〈幻影城〉はあんなものも載せてくれるんだねとか、ああいうのももっと読みたいねとか、盛り上がった思い出があります。

　そういうようなあれこれを、ここでお話ししたくて選んだんです。有り得たかもしれない〈幻影城〉の可能性。

北村　〈幻影城〉を買うのは、高校生には金銭的に高くなかったですか？

有栖川　大変でした。私が中学三年生で、卒業間際の年末あたりに出たのかな、創刊号が。値段を見たら高くて、こんなの買えないよと思っていたんですよ。そうしたら私、当時から鮎川《あゆかわ》哲也《てつや》先生に年賀状を書いていまして。先生のお返事に、昨年創刊された〈幻影城〉は凝ったいい雑誌ですと書いてあって、あ、これは買わないといけないな、と（笑）。

北村　ますますいい話だね。

宮部　かわいいですね、当時の有栖川さん。

北村　私は有栖川さんから解説をお願いしてもらった時に、そこでも有栖川有栖という作家について書かせていただきましたが、有栖川有栖はエラリー・クイーンに私淑している。そのクイーンの特に初期作品は、もちろん犯人を詰めていく論理も見事だけど、そのうえで意外な犯人のパターンがある。しかし、有栖川有栖の場合は、意外性で犯人を際立たせるのではなくて、あくまで容疑者のなかのワンオブゼムなんだけど、論理を詰めていくと唯一の人物に辿り着く。つまり、意外かどうかについては恐れない。推理作家は、どこかで読者をあっと言わせる意外な犯人をと考える。けれども、結局はこのパターンの犯人、このパターンの犯人となってしまう。有栖川さんはそれを恐れない、というようなことを書きました。それは作家性だと思うんですよね。推理作家である以前に作家である面があるというのを、私は今回、有栖川さんの国名シリーズの最新作『日本扇の謎』を読んで、改めて感じました。有栖川さん、この『日本扇の謎』を『獄門島』だって言ったひと、いないでしょう?

有栖川　え。

北村　いないでしょう?

有栖川　私、何のことかわからないです（笑）。

北村　私は『日本扇の謎』を読んで、これは『獄門島』だと思ったんです。

【以下、『日本扇の謎』に関する言及があります。未読の方はご注意ください】

横溝正史のいくつもの作品は、今に至るも長く読まれ続けています。そのなかには今やミステリの定型ともいえる趣向がいくつもあって、それも確かに魅力的ですが、果たしてそれだけでこれほど長く読まれるだろうか。そこには横溝正史の作家性、正史が志向した物語性とも言うべきものがあるのではないか。

そこで『獄門島』です。代表作と名高いこの作品で私がスリリングだと思うシーンは、地獄の機械仕掛けが動き出す船の中です。男は死んだのか、帰ってこないのか。「是非もない」と、了然和尚が「本家は死んで分家は助かる、これも是非ないことじゃ」とつぶやく、そこから物語がゴゴゴゴゴと動き出すわけです。有栖川さんの『日本扇の謎』は『犬神家の一族』のように帰ってきた男ではあるけれど、真相がわかったあの瞬間の、男が帰ってきたところからすべてが動き出したのだとわかる怖ろしさは『獄門島』ですよ。

横溝正史の場合、ここに戦争という空白があるから、帰ってくる男、あるいは帰ってこない男を無理なく設定できた。ミステリに活かせたんですね。これが現代となると、設定自体が難しい。ところが、ここで有栖川有栖という天才はどうしたか。それが記憶喪失ですよ。その空白を記憶喪失と絡めることによって読者が納得できるよう、大いなる空白、物語的空白の後に帰ってきた男を設定できている。『獄門島』では戦争があったから納得できたあの設定を『日本扇の謎』は記憶喪失というモチーフを用いることによって実現させているじゃないかと。『獄門島』という作品は、見立て殺人を始めとするミステリの意匠とは別に、あの最初の、そこから物語全体が動き出すところにスリルを感じるわけです。有栖川さんは我々が普段ミステリを読んでいる時に密室が云々、アリバイが云々と言うところとは別に、物語と同時にミステリの仕掛けを動かすことに対して、天性の長けたものを持っているのだなと改めて感じた次第でございます。それは、ここで「秘嶺女人綺談」を選んだことにも繋がるんじゃないかと思ったんです。

有栖川　大変恐縮です。

宮部　確かにそうですね。火村シリーズのファンとしての私は、なぜ彼と扇がセットなのかというところが、捨てて出て行った家庭の思い出、お父さんとの思い出といった心情的な部分と、犯人が意図的にセットで動かした部分とが両方あって、それがいかにもつくったところがなく自然で、すごいなと思って読みました。もう、謎解きが始まるギリギリまで、誰が犯人だかまったくわからなかった。ひさしぶりに翻弄されました。

有栖川　ありがとうございます。口がむずむずするから言ってしまいますが、あの小説を書くにあたって、こういう事件の構図で、記憶喪失にはこういうドラマがあって、こういう理由で犯人はあの人物だと、そういう流れは中盤ぐらいでもちろん固めていましたが、私自身が最後の最後まで、どうして殺すのかわからなかった。考えていなかったんです。

北村　彼が帰ってきたことによって物語が動くのは確かですよね。

有栖川　それは土壇場でひねり出しました。そうでないと事が起きないじゃないかと思って。最初から念頭にドラマをつくったのではなく、こうなる以外にないなって解決編に近づいてから思いつきました。

北村　それができてしまうのが天才なんです。

宮部　意識していないだけで、もう出来あがっていたんですよ、それが。

有栖川　凡才の泥縄ですよ。扇が、まあまあなるほどタイトルになるわっていう使われ方してたなって思われたら幸いなんですけど。私の国名シリーズでよく言われるのは、タイトルと中身があまり関係ないじゃないかと。『マレー鉄道の謎』って言いながら、マレー鉄道で事件が起きないじゃないかと。やっぱりタイトルと中身が引っ付いていないとみんな嫌なのかなと思って、今回はいかにも日本扇がずっと絡む話にしました。

北村　まあ、作者がどう言おうと読みは読みなんでね。

宮部　北村さんの話を伺ったら、私もそうだなと思いました。誰かが帰ってきたことによって、周りのひとの人生が動くっていうのは。

【『日本扇の謎』の話題、ここまで】

北村　『日本扇の謎』のそのあたりが物語的だと思うし、有栖川さんの物語への志向っていうものが今回の選択からも読み取れる、というふうなところでございました。

宮部　最近の有栖川さんは心霊ホラーが絡む謎解きのシリーズも書いてくださっていて、怪談好きの私としてはそれもすごく嬉しいんです。有栖川さんの怪談は、怪異にも怪異なりの筋の通った解決のあるところが、すごく好きで。でも、今回有栖川さんが一編目に選ばれた、このチベットを舞台にした秘境小説には、もう色々なものがてんこ盛りにはいっていて、それが綺麗に収束するというわけでもなくて、そこもびっくりしました。

有栖川　読んだら面白くてわくわくして大好き、だけど自分では書けないもの。そういう憧れもあって、これを選んだところもあるのかなと思います。

宮部　ちょっと南條範夫《なんじようのりお》さんっぽいところもありますよね。異郷に行って残酷な部族に囚われて、ひどい目に遭う。

北村　なるほどね。これは確かに残酷ですよね。

宮部　残酷ですよ。弟、かわいそうだもん。

十二月の窓辺

北村　秘境も怖いけど、怖いと言えば会社も怖い。ということで、次の作品です。
有栖川　怖いですねえ。すごく怖かったです。でも、惹き込まれて読み進めずにいられませんでした。
宮部　ありがとうございます、うまく繋げていただきました。
　私は津村記久子さんの大ファンで、ぜんぶ読んでいます。それで、ご自身でもインタビューでおっしゃっていましたが、このお話、ほぼ実体験なんです。実際に津村さんがこういう目に遭っている。
　私は津村さんのファン――ツムリストですから、私の愛する作家になんてことをするんだって、もう過去に戻ってモデルになった会社の上司を殴ってやりたい！　と思うくらい怒りました。だから、いつか自分がアンソロジーに関わることがあったら、この作品を選んで、もう犯人と呼んでやりたいぐらい悪いやつだって書きたかったんですよ。今回その思いが叶いました。
北村　後半に主人公が目撃した、向かいのビルでの不穏な出来事ですが、あそこのところ……男性社員に殴られたと思しき女性社員は、けれども実際に会うと「彼女」の喉には膨《ふく》らみがあり、低い声で、主人公も「感じのいい男の子でよかった」と。これは……。

宮部　彼の自認している性は彼女、ということだと思うんですよね。でも、この小説が書かれた頃は、今みたいに自分の性を自分で決める、そういうことが尊重されるよりすこし早かった。向かいのビルの彼女には、彼女の苦難があったのではないでしょうか。だから、ここは深読みの効くところだとも思うんです。

有栖川　どう読んだかと訊かれると、ちょっと戸惑うところですね。謎めいた展開ではありますが、正解があるから読み解けと迫られている気もしなくて。それで言うと、向かいのビルの出来事もですが、通り魔のエピソードも気になりますよね。

宮部　そうそう。

有栖川　通り魔の正体が実は、というのが話の肝でもなさそう。通り魔が出てくる意味は何かと問われたらちょっと難しいけど、そういう解釈を抜きに読むと、ツガワが感じている苦しみはあのトガノタワーにも、それ以外のところにもあると、相対化するために出てきているのかもしれない。

フードの通り魔は主人公の職場やトガノタワーとは別次元の恐怖ですが、トガノタワーの出来事とこのふたつがあるから、上司にいじめられて身動きも取れない閉塞状況に苦しんでいるツガワの世界にふたつの窓が開いているような気がします。向こうでも同じような苦しいことが起きているし、街にはさらに理不尽な通り魔が徘徊している。それは決して喜ばしいことではなくて、むしろわけのわからない、もっと恐ろしいことなのですが、でも窓が開いている。

それがまたリアリティを感じさせる。このどうしようもない現実に裂け目がはいっているようにも見えて、小説とは、こういう感覚を味わうために読むのかなと思いました。

宮部　タイトルの「窓辺」は、きっとそういうことですね。私という現実に開いている窓と、その窓辺。ここにある理不尽が向こうにもあって、鏡写しのようにそれに似た理不尽があっちにもある。私は窓辺にいて、苦しい現実から逃避するように、あるいは別の世界に憧れるように窓の外を見るけど、向こうの窓の奥にもまた別の苦しみがある。

有栖川　本当は裂け目なんですよね。窓というほどきっちり開かれたものではないし、用途があって開いているわけじゃない。でも、それを窓と捉えるひとはいるだろうし、また、この小説を読んでそういうふうに受け取る読者がいてもいいと、作者の津村さんが差し出したタイトルなのかなとも思います。

北村　それから宮部さんの文章で触れられていた「顔の高さに上げた手で小さい手招き」も恐ろしかったですが、ほかにも印象に残った表現があります。同僚の飲み会でいろいろ言われたことを「小指の骨まで砕かれるかのようにめちゃくちゃ言われていた」と書いている。この例えには、ちょっと凄味を感じました。随所からリアリティのある嫌さというのが伝わってくる文章でした。

宮部　リアリティで言うと、津村さんはよく登場人物の名前をカタカナで書くんですよね。作品のなかで書かれるお話が現実に生きている私たちへの毒にならないように、クッションを挟んで寓話にしているというか。名前をトガノとかナガノとかにすることで、お話から若干距離を取らせてくれているんじゃないかな。
　ミステリ好きな私がファンになるくらいだから、津村さんは事件や犯罪が絡むお話もお書きになっているんですけど、そこにこの不思議な抽象化が働いて、生々しさを和らげてくれる。津村さんの作品の素晴らしいところです。とてもクレバーな、そして優しい作家だと思っていて、お仕事をたいへん尊敬しています。

青塚氏の話

北村　次は「青塚氏の話」。これはまた難しい。

宮部　きたぞきたぞ。

有栖川　私、谷崎好きなんです。どの時期の谷崎も好きですけど、悪魔主義とも言われた初期の作品は、かつて江戸《えど》川乱歩《がわらんぽ》や横溝正史《よこみぞせいし》も憧れたくらいで、ほぼすべて変格探偵小説ですよね。そのなかでも、この作品を偏愛している……というわけでもないのですが（笑）。谷崎の探偵小説というと「白昼鬼語」あたりが有名ですが、それだと教科書的すぎる。好きに選べるなら と、この機会に谷崎を知らないひとにもここまで変なんだと知ってもらうために選びました。谷崎は残酷な話も多いのですが、これはそうではなくて、不思議だな、いかがわしいな、と思わせながらどうなってしまうのかわからないサスペンスがある。そもそも青塚氏とは誰のことか、実は直接言及もないんですね。作中で映画監督に怪しい話をしている人物が青塚氏なのだろうけど、名前はでてこない。そういうところにも、わけのわからなさがある。

この怪しい人物が由良子という女優を我が物にするために、そっくりそのまま由良子を再現する。そのために彼女の出演している映画を観ている、彼女の身体のパーツを全部収集しているのだとなった時に、大抵は映画館で何度も観て頭に焼き付けるんだろうなと思うでしょう。そこで、映画のフィルムをもらうのだと話し始める。昔は都会の映画館で上映が終わると、フィルムが順々に地方に流れて、そうして巡っているうちにフィルムの何コマか切り取られていくことがあったそうで、だから同じ作品でも地方で観るとすこし短くなっている。ここで谷崎は小説として嘘をつけると思ったんでしょうね、そこがいかにも探偵小説らしい。いかがわしく不健全な感じだけじゃなくて、それが妙な理屈で組み立てられているところに、また惹き込まれますね。いま話したフィルムの収集も変にトリックっぽいところがあって好きです。

北村　本筋からすこし離れますが、私が教員だった時はまだビデオなど普及していなかったので、16ミリ技術者の資格を取らされました。その基本のひとつが、切れたフィルムを繋ぐ技術だったんです。昔のフィルムは気を付けて扱っていてもどこかで切れるので、切っては繋いで切っては繋いで……映画『ニュー・シネマ・パラダイス』も、まさにそうですよね。カットされたフィルムをコレクションしている。そうしてカットされたフィルムが袋に詰めて売られていたこともあって、この小説も、そこはリアルなところから着想したのだなと思いました。

有栖川　それを極端に、まるで秘密の取引みたいに書いているところが探偵小説的です。探偵趣味的な書きっぷりが全編に広がっていて、谷崎変格と言ったら、やっぱりこれはポイントになる作品かな、と思う。

北村　谷崎と乱歩の繋がりも改めて感じますね。乱歩の「パノラマ島奇談」がひとつの世界をつくろうとしたのに対して、谷崎の「青塚氏の話」はひとりの女性をつくろうとする。実際そのものではなくても、そこに構築されたものに読者も異様な魅力を感じて惹き込まれる。両者に通底するそういったところにも、ミステリ的な面白さを感じました。

有栖川　乱歩は谷崎からいっぱい輸入していますから。「パノラマ島奇談」だって、夢の世界を実際につくるというところでは、谷崎のユートピア小説「金色の死」の換骨奪胎でしょう。谷崎と乱歩の違いは、乱歩のほうが踏み込みません。実は嘘でしたとか、たまたま見てしまったのですとか、やり遂げる前に終わるとかが乱歩には多い。乱歩の踏み込まないところまで先に行って踏み込んでいるのが谷崎の世界だと思います。谷崎は遠慮容赦がない。それでは踏み込まなかった乱歩は後退しているのかと思うひともいるかもしれませんが、これが違う。踏み込まない、その加減が絶妙なんです。谷崎まで行くとついていけないひとも、乱歩だったらわくわくして読める。そういう意味では、乱歩は谷崎より健全ですよ。

宮部　私のイメージだと、谷崎潤一郎は文学のひとなんだろうけど、ちょっと夢幻との境界にいるというか、怪しいところに住んでいるような感じがあります。

有栖川　映画に関しても、乱歩は家族を8ミリで撮るくらいだけど、谷崎は本当に映画好きで、自分で映画のシナリオを書き、制作もしています。残酷描写ひとつとっても、エスカレートすると滑稽味が出ると理解して、乱歩は敢えてそういったものを書く。けれど、谷崎は元々そういうのが好きだから、書くにしてもやっぱり踏み込み方が違う。

宮部　もう微に入り細に入り、本当に細かく、ひとりの女性の身体をフィルムで組み立てていく。これ、逆回しの検死解剖ですよね。ひとりの人間をばらばらにしていく、その工程が逆回しされているように、読んでいて感じました。それと、本当に女好きなんだろうなって。

有栖川　女好きですよね。女好きにも二種類あると思うんです。女性との色恋にうつつを抜かすのが好きっていうタイプと、できれば女性に生まれたかったというタイプ。

宮部　おお、たしかに!

有栖川　谷崎の『細雪』の始めの方に、姉妹が着物を着ておでかけというので、着物の帯を結んだらキュウ、キュウと帯が鳴る描写がある。あの、帯のキュウ、キュウ鳴るというのも、自分が女だったらあんな風に帯を結ぶんだと思っていたのではないかな。

北村　この作品は映画を題材にしていながら、これはもう小説の極みで、映画を語りながら映像化できないものを書いている、非常に小説的であるというふうに思いました。

さようなら、ハーマン

北村　続きまして、ジョン・オハラ。宮部さんは、若い頃には実はわからなかった、今となればそれがわかる、とお書きになっている、その心は。

宮部　はじめて読んだ時は、何も起こらないみじかい話だなと思ってしまいました。奥さんは冷たいひとだな、感じ悪いな、とも。でも、歳を重ねてから読み返した時に思ったのは、いろんな……いろんな言い訳ができるなって。

　主人公の人生はこう、ハーマンの人生はこう、お兄さんの人生はこう、奥さんの人生はこう、だからこの気まずいひとときの再会と別れがあったって、すべてのひとの立場から言い訳ができるけど、その言い訳はむなしいというか。でも、この気まずい再会と別れは起きてしまったことで、人生とはそういうものなのだ。元に戻ってやり直すことはできない。離れ離れに生きているひとたちが、人生のある時期を共有する――特に主人公は、お父さんが贔屓《ひいき》にしていた理髪店のひととしてハーマンに少年時代を見守ってもらっていて、でも、主人公が大人になった頃にはその縁も切れていた。その途切れた時間を飛び越して何かを繋ぎ直すことは、すくなくともこの間の悪い再会ではできなかった。それは誰が悪いわけじゃない。誰の気が利かなかったから、誰に優しさがなかったからではなくて、人生というものは常に戻ることができない。四十を過ぎてからかな、読み直した時にそういうことを感じました。

北村　ジョン・オハラという作家は、取り返しのつかないこと、ある時ふと刺さった人生の苦しみを抱えて、それでも生きていかなければならない話が多いイメージです。

　私は大学時代ワセダミステリクラブに所属していまして、そこのフェニックスという機関誌には私が編集した号もあります。その巻頭に「夏の日」という作品が載っていて、これがジョン・オハラなんです。訳している淡路瑛一は、後に翻訳家になった汀《みぎわ》一弘《いっこう》くんという私の友達で。汀くんがジョン・オハラの作品を訳したのでほかにも読んでみると、取り返しのつかないような出来事を書いたものが実に多い。
「さようなら、ハーマン」の場合だと、はじめに父の死という喪失があって、それを契機に思い出の品がハーマンによって届けられる。しかし、それを受け取るのは弟である主人公で、兄ではない。

宮部　はっきり理由は言いませんけどね。でも、兄のヘンリーはああいうひとだから、という感じで、ハーマンは、お父さんの思い出の品を弟にあげたいと思っている。

北村　説明はされないながらも、嬉しい、楽しいばかりではない人生の、その日常のなかの一コマというふうな。苦い短編ですね。

フェニックス

有栖川　いや、もう沁みましたね。確かに、若い時に今日も一冊本を読むぞとか、いっぱい読むんだとか勢いこんで読むと、なんだこれ、オチがないじゃないかと素通りしてしまいかねなかったなと思います。この歳で読むと、さすがにはっとします。まったく奇抜なシチュエーションでもなく、似たようなことが誰の身にも起こりうる、ささやかな日常の風景ですが、北村さんから「取り返しのつかない」という言葉が出たのが、まさにそうだなと。宮部さんもお書きになっていた人生の不可逆性。それは自分の人生でも折にふれて思うことはあるけど、小説としてそれを結晶化させてくれたような作品でした。尾を引きますね。

宮部　ある程度年齢を重ねて読むと、またね。

北村　かつての日本のホームドラマ的な、旦那のことをよく理解してくれる奥さんみたいな感じではなくて、こういう奥さんね。ジェイムズ・サーバーの作品にもよく出てきますが、アメリカの短編には多いですよね。

宮部　今日はこれからどこどこへ行くのよ、もう予定より遅れているのよ、明日は誰々さんがいらっしゃるのよ、あなたに、私たち夫婦にそんなことに割いている時間はないのよ、という。若い時はそれが嫌な感じって思っていたけど、年を取ると奥さんのこともわかるんですよね。誰にでも身に覚えがある、人生のなかで起こる気まずい一場面を切り取って見せてくれている。そのあたりがとても上手で、勘所を心得た作家だなって。

有栖川　年を取ると、ひととの些細な出会いでも、もしかしたらこれが最後かもしれないって思うことがある。ここへ来るのも実はこれが最後だったのですと、人生を振り返ったらナレーションがはいるのかな。若くても同じような経験をしているひとはいるでしょうから、引っかかるひとには引っかかると思います。

北村　二十代のひとがこれを読んでもしわからなくても、たとえばこの本を本棚のうえのほうに置いておいて、何十年か経ったときに偶然それが落ちてくる。それで、たまたま読み返したら……。

宮部　滂沱《ぼうだ》の涙ですよ。

北村　自分にも、こんなことがあったなって。

宮部　このなかで唯一作為的なものがあるとしたら、ハーマンに息子がいて戦死しているところでしょうか。時代からして第二次世界大戦だと思いますが、そこに若干の物語性がある。「ハーマンさんには息子がいたんだよ」なんてセリフはなくても、この話は成立する。ハーマンが息子や孫に囲まれて幸せに暮らしていたって、こういうことは起こったと思いますし、じゅうぶん気まずいことになったはず。でも、そういう背景をいれるかいれないかが、短編の名手の勘所だろうなと思います。

北村　人生の厚みが出ますよね。

梅の家の笑子姐さん

北村　短編小説には、人生のある一瞬、あるいはひとりの人間像を切り取って描いていくところに面白さのひとつがあると思います。それで言うと「梅の家の笑子姐さん」は、これもまた柳家小三治さんの人生のある一瞬を切り取って、非常に忘れがたい作品です。

有栖川　「さようなら、ハーマン」と続いているところが、また味がある！

宮部　そうですよね。私、本当に好き放題に選んじゃったので申し訳ないなと思いつつ、ここだけは綺麗に繋がったなって。

有栖川　ハーマンより、すこしドラマが厚いですけどね。

宮部　悲しい話のはずなのに、どこか救いがあるというか。

北村　扉裏にも書いていますが、小三治さんには『もひとつ　ま・く・ら』という本があって、こちらには後日談も含めて長いものが収められている。「梅の家の笑子姐さん」を読んでそれを知ると、気になると思うんですよ。実は私は、本を読む喜びとはこういうところにあると思っています。ひとつのものを読んだところから、じゃああれも読んでみようかと広がっていくのが読書の喜びだと。だから、これを読んだひとが『もひとつ　ま・く・ら』に手を伸ばしてくだされればと思っています。

ここで「梅の家の笑子姐さん」のほうを採った理由はふたつあって、ひとつは文章であること。『もひとつ　ま・く・ら』は語り起こしなんですね。ここではせっかくなら文章のほうを採りたいというのと、それから……この読書会をお読みのみなさんは既に本編もお読みになっている前提で話しますが、もし未読の方はくれぐれもこの読書会よりも、そして『もひとつ　ま・く・ら』よりも先に「梅の家の笑子姐さん」を読んでもらいたい。なぜ先に読んでもらいたいかというと『もひとつ　ま・く・ら』のほうにある笑子姐さんの話、このタイトルは「笑子の墓」なんです。私としては「梅の家の笑子姐さん」から読み始めて、スラックスに白いブラウスの小ざっぱりした娘さんが小走りに寄ってきて「どうか、ちゃんと落語をやってください。お願いです」と言う姿を、読む前から「笑子の墓」というタイトルの先入観をもたないで読んでほしい。
宮部 これに関しては、墓が出てこないこちらのほうが、やっぱり完成形なんだと思います。
北村 「笑子の墓」では、実際に小三治さんが笑子の義理のお母さんに会いに行く話も出てきます。
ここでは詳しくは語りませんが、要するに「梅の家の笑子姐さん」を読んで、もしそういう気持ちがあったら『もひとつ ま・く・ら』を読んでほしい。あるいは、小三治というひとを知らなくてどんなひとなんだろうと気になったなら噺《はなし》を聴いてもらいたい。ひとつのことから次の何か、時に意外なものにも繋がっていくのが読書であり、あらゆるものを体験する喜びなんでね。
有栖川 北村さんは小説のかたちでもエッセイのかたちでも、ずっとそれを教えてくださっていますね。あの本からこの本へ、はたから見ているとそれが曲芸みたいで面白くて。自分だってもっと低いレベルで似たようなことが起きることがあるけど、本を読む達人はこんなふうに八艘（発想）跳びするんだと、いつも楽しませていただいています。
宮部 北村さんは詩歌でもそれをなさっていますね。あらゆる分野で、私たちは北村さんの紹介してくださるものを辿って、読書が繋がっていく体験をさせてもらっています。
さっき私は「救いがある」と言いましたが、柳家小三治さんには姐さんに対する思いがあるから「さようなら、ハーマン」よりも救われるなと思ったんです。「さようなら、ハーマン」

の主人公は、ハーマンとじゅうぶんに話せなかったことを残念に思ってはいるけれど、きっと一日、二日経ったら忘れてしまう。それは彼にも彼の人生があるからで、そういうふうに書かれている小説です。でも笑子姐さんは小三治さんにとって忘れられないひとだから、いい話なんだなって。たった数ページで、人生のいろいろな深みを読者に届けてくれるお話だと思いました。

はじめは駄馬のごとく

北村　さきほど「秘嶺女人綺談」の話から有栖川有栖論を述べましたが、今回のアンソロジーでは宮部さんの歴史に対する思いも、ひとかたならぬものを感じます。本当にお好きなんだな、と。

宮部　いやいや、私の好きな歴史は偏っているので(笑)。

今回、歴史読物をふたついれていますが、まずなにより、私はどうしても「檜山騒動」を紹介したかったんです。海音寺潮五郎の『列藩騒動録』という事件記録みたいなものすごい本があって、本当に面白い、名著ですよと紹介したくて。でも、私がいきなり海音寺潮五郎って言っても説得力ないなと思って、それならどうして宮部みゆきが海音寺潮五郎を読むに至ったのかというと、永井路子のファンだというところから繋げないと伏線がなさすぎる。それで、先に「はじめは駄馬のごとく」を置いたんです。永井さんだと『歴史をさわがせた女たち』など、もっと軽やかな歴史人物伝もたくさんありますが、ちょうど当時大河ドラマの『鎌倉殿の13人』が話題になっていたので、北条義時というひとは歴史作家に見出されるまでは燻っていたひとなんです、ということも申し上げたかった。

もちろん永井さんは小説も素晴らしくて、いろいろなひとがすごい仕事だと評価なさっている。だから、これからも紹介されたり論じられたりしていくと思うのですが、こういう歴史読物は意外と忘れられてしまいがちではないでしょうか。元本は、組織で生きる人間論としても、ぜひ読み直してもらいたい本です。

北村　ナンバー2って魅力的ですよね。私は大学時代にプロ野球の阪神タイガースのファンになりまして。それでテレビ中継を見ていると、三塁コーチボックスに巨人の牧野茂ヘッドコーチが映っててね、ブロックサインなんか出してる。こいつが悪いんだなって。褒め言葉ですよ（笑）。

宮部　このひとがいるから読売ジャイアンツが強いんだってことですよね。終生ナンバー2で居続けたひとって魅力的で、もう書き尽くされている信長とか秀吉とかではなく、大河ドラマの主人公ではないひとにも人間の生き方として見事なものがあります。これから歴史小説を書こうと志している若い作家の方、それから最近は歴史ミステリをお書きになる方もふえているので、そういった方々が題材を探す時に、こういう見方もあるんだという資料として参考になる本だと思うのです。

北村　昔〈ヒッチコック・マガジン〉という雑誌がありまして、そこに俳優を語るコラムが載っていました。戸浦六宏という俳優がいて、我々の時代だと『新選組始末記』というドラマで土方歳三を演じていたのですね。そのコラムで戸浦六宏について論じられた時、戸浦六宏の演じる土方歳三、こいつが近藤勇の隣にいると、何もしていなくても、あ、こいつが全部やっているんだと思わされると。ヤクザ映画でも戸浦が松葉杖をつきながら出てくると、こいつが全部やってるんだ、みたいなね。

有栖川　ナンバー2にはロマンがありますよね。惜しかったな、もしナンバー1になっていたらなと想像する楽しみがあるのと、北村さんも仰ったように、実は一番凄みがあるんじゃないか、実力を隠しているだけで本当は、という幻想を抱かせてくれるところも含めて魅力がある。今回『鎌倉殿の13人』の記憶が鮮やかだったので、読みながら義時が小栗旬で再現されて読みやすかった（笑）。なにより、すごく面白かったです。

宮部　よかった。

有栖川　宮部さんは、歴史小説を書こうと思っているひとはナンバー2を探すのも面白いですよと仰いましたけど、推理小説も同じですよね。推理小説を書こうと思っているひとは、その登場人物はなぜそのポジションにいるのかというところにも、こういう必然性があって、こういう企みがあって、と考えてみるのもよさそうです。たまたまそこにいたとは限らない、もしかしたらそれがきっかけになって、ドラマや謎のもっと深い部分が掘り出せるかもしれない。

北村　たとえば三島由紀夫《みしまゆきお》がクイーンの『Yの悲劇』を読んで、面白く読んだけど、読み終えてみれば無駄な登場人物が結構いるんじゃないかというようなことを書いていて。そんなことはないんですよ。小説としては一見無駄な人間に見えても、実は本格ミステリとしてはどうしても必要な人間がいる。本格ミステリが難しいのは、そういうところです。

宮部　おふたりの感想を伺って、これを選んでよかったです。こういう歴史人物伝や歴史の裏舞台の話は、今は大学の先生方が一般読者に向けて書いてくださることが増えましたよね。そのぶん、歴史小説家がこういう読物を書く機会が減っているような。積極的に書いてくださっているのは、門井慶喜《かどいよしのぶ》さんくらいじゃないでしょうか。小説家の文章で書かれた人物伝には、また違う面白さがあるので、もっと書いてほしいな。新しい大河ドラマの度にいろいろな歴史関連の本がでますが、こういう人物伝ももっと増えてほしいなって思います。たとえば秀吉と秀長の兄弟も、秀吉が道を踏み外して、おかしな方向に行き始めたのは秀長を失ってからと言われています。秀長のほうがひとかどの人物で、クレバーでビジネスマインドもあった。それほどのひとが、どうしてお兄さんを押しのけて自分が上にいこうとしなかったのかはひとつの謎ですが、やっぱり弟として兄を愛していたのだろうと。異父兄弟ではあるものの、秀吉には弟に慕われるような一種の愛嬌があったんじゃないか。だけど、すべての土台を支えていた秀長を失ってから、秀吉は迷走を始める。

北村　そういう意味では、信長も濃姫を失ってからおかしくなったと言われますね。

宮部　歴史は生身の人間がつくっていますからね。あの時このひとがいたらどうなっていただろう……そういうことはたくさんありますよね。

同じく兄弟で対照的だったのが足利尊氏と直義ですよね。このふたりは途中から衝突する。直義がナンバー2でいるのはもう嫌だ、このいい加減で行き当たりばったりな尊氏についていくのは堪えられないと決裂したことで悲劇が起こる。だから、終生ナンバー2として仕えて人生を全うしたひと――たとえば片倉小十郎とか、徳川第二代将軍の秀忠とかが成功例として書かれています。

北村　人物伝って非常に面白いんですけど、歴史は新しい資料が出てきて、それまでの定説がぜんぶひっくり返ってしまうこともありますよね。

宮部　そうですね。だから、もしかするとこの永井さんが書く義時像も、新しい資料から書き換えられる部分があるかもしれません。でも、ナンバー2であり続けられるひととあり続けられないひと、それからナンバー1の栄光と孤独――だって、あの時代のナンバー1はもう失墜するか殺されるかしかありませんからね――そこに人間の悲喜劇、旨味みたいなものがあるのは変わらない。それは普遍的な読み味だと思うので、ぜひぜひみなさん読んでみてください。

有栖川　ナンバー2に居続けることの困難と尊さというのはあまり考えたことがなかったので、そういう視点からも面白い作品でした。

閃くスパイク

北村　次の「閃くスパイク」はね、もう大好き。

宮部　きつい話でしたね。

北村　この作品が収録されている『12人の指名打者』というアンソロジーの話からすると、まず装幀が和田誠《わだまこと》さん。しかも、和田さんがお好きなベン・シャーンの絵が使われています。『装丁物語』（中公文庫）のなかで和田さんは「『12人の指名打者』（83・文春文庫）は野球をテーマにした短篇小説のアンソロジーです。ベン・シャーンが野球を描いたドローイングでとてもいいものがあることを思い出して、権利を取ってもらって使ってもらいました」とお書きになっている。『装丁物語』のなかでは、実際に和田さんがベン・シャーンと会う話もあります。

12人の指名打者

私じしん和田誠さんに関する敬愛の思いが非常にあります。和田さんは、私の世代では秋葉原の石丸電気というところでレコードを買うと黄色い袋にいれてくれるのですが、そこに和田さんの描いたクラシック音楽の、それからポピュラー音楽の音楽家たちの肖像が印刷されていて。これが写真よりもずっと似ているんですね。昔の見たこともない、あるいは写真も残っていないひとでも、こういうひとだったんだって。どうしてこんなことができちゃうのかな、天才だなと思って、その昔からもうずーっと和田先生の仕事を敬愛しています。
　和田誠さんと創元推理文庫の縁で言いますと、和田さんが同じ『装丁物語』で「初めて手掛けた文庫本のカヴァーはマッギヴァーンの『最後の審判』とハメットの『血の収穫』でした」と書いています。これが文庫本のカヴァーでのデビューなんですよ。「どちらも創元推理文庫で、一九六二、三年のことです。『血の収穫』を頼まれた時は嬉しかったですね。大好きな小説だったので。かなり昔の話だから依頼されたいきさつはよく憶えてないんですけど」。東京創元社の誰が依頼したのかわからない。「たぶんあの頃「マンハント」というハードボイルド専門の雑誌にときどき挿絵を描いていましたから、それが創元社の担当の人の目にとまったのかもしれません」。創元社、えらいぞ。「この二冊の絵は、ぼくとしてはごく初期のスタイルです。下手です。でも今見ると懐かしい」。

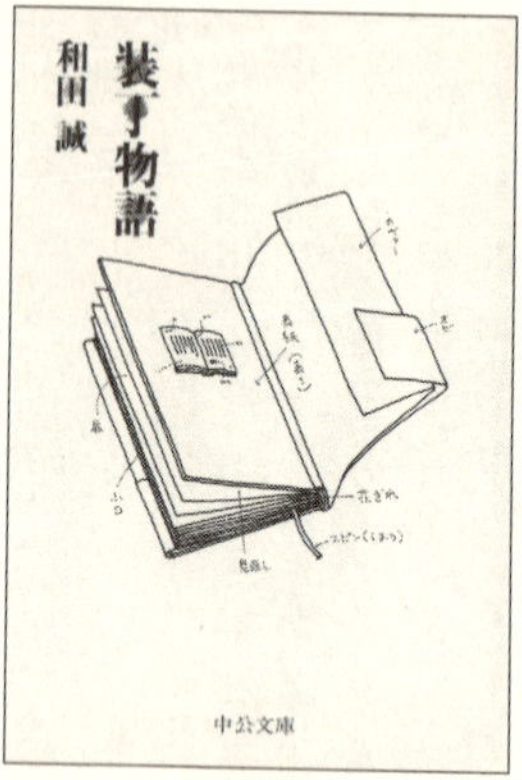

装丁物語

宮部　男の後ろ姿ですね。

北村　「『血の収穫』の時は、ぼくは題字そのほか、文字を下の方にレイアウトしてます。ちょっと気取ったデザインでね。で、文字が下にあるってことは、当時は文庫にオビがかかってなかったってことですね。主人公のオプらしき人物を大きく描いているんですが、身体の一部はカヴァーの裏に回っています。裏も自由に使えた、ということです。デザイナーに

血の収穫

とっては。あのころの方が自由ないい時代だったと思います」。

宮部　本当だ。ここの拳銃マークの、あまりにも誂えたように合うこと。

北村　ということで、このようなところから創元推理文庫の『血の収穫』は、帯がなくて、裏のバーコードもなくてと、本の変遷自体も窺える。何より、和田誠が初めて装画を手掛けた文庫本という、記念すべきものでもあります。

有栖川　北村さん、また跳びましたねえ。あっちからこっちへ、ここにはこんなものがあってと、妙味を見せていただいたような思いです。

宮部　この「閃くスパイク」という小説の話ですが、題材になっているブラックソックス事件は『フィールド・オブ・ドリームス』という映画の元にもなっていますし、私はエリオット・アジノフの『エイトメン・アウト』（文藝春秋）というノンフィクションを読んでどういう事件だったか知りました。当時のひとにとって、これがどれほどショックだったか……この小説のなかでも、憧れだった我らの野球を汚したとこれほど多くのひとが怒っているのは、それだけ傷ついているからなんですよね。その傷が、スパイクで付けられた遊撃手の足の傷と重なる。たくさんの野球ファンの心が傷ついて、その治ったあとも畝のようになっている心の傷痕が、たくさんのスパイクでつけられた傷で表されているんだろうなと読みました。

北村　それでも、このひとたちは野球を捨てられない。どさ回りをしながら、それでも野球を捨てられない。だから、こういうのを読むと、たとえば本格が好きで本格のチームをやっていたのだけど、そのチームが本格のルールを違反して本格界から追放された。そうしたら、田舎のどさ回りの本格としてやってきて……。

有栖川　どさ回りの本格って、どんなことをするんですか（笑）。

北村　田舎の選手が何かやろうとしても、すぐぱっと上を超す。こちちが三点いれると、あちらは四点いれる。あしらわれているんだけど、あしらわれているとわからないようにこなす、ものすごい連中なんですよね。それだけの腕を持っていながらも、かつて応援してくれていたファンからは憎まれて、同じ選手からもスパイクを当てられる。

ここにある愛、野球への愛ですね。それでも野球を捨てられないかれらの思いが、それでも本格を捨てられない、小説を捨てられないと重ね合わせて考えてしまう。

宮部　でも、どさ回りの本格って……ちょっとツボっちゃいました、私。

坊やって言われている主人公がいい子でよかったですよね。一緒になって彼を傷つける側じゃなくてよかった。それで最後、ちょっと見られる選手になってくれたことが本当によかった。野球を捨てられなくて、こういうどさ回りをしていた彼が報われた気がしますね。厳しく、また切ない小説ですが、そういう点で救いがあるというか。

有栖川　そうですね。この坊やには伝わるものがあったのは、やっぱり彼も野球が好きだったからなのでしょう。そういう意味では、野球讃歌になっています。

宮部　いろいろなことを抜きにして、その素晴らしいプレーを目の前で見たら素直に尊敬する、そのまっすぐな心がやっぱりいいですよね。北村さんの書く「人の世に住むもの、こころある者なら読め」という言葉は、このアンソロジーにもそうあってほしいです。

同じ夜空を見上げて

北村　それでは、第一巻の最後「同じ夜空を見上げて」です。

有栖川　『鼓笛隊の襲来』という短編集にはいっている作品です。分類マークでは夜空に星を見上げるからSFにさせてもらいました。ある日忽然と電車が消えてしまう。理由はわからないまま、ただ毎年同じ時間になると、同じ線路を光が走り抜けていく。ファンタジイのような、それでいてSF的ワンダーもはいっていますよね。鉄道事故なのか何かもわからない現象が起きていますが、関西に住む人間としては、どうしても二〇〇五年のJR福知山線脱線事故を思い出しながら読んでしまいました。

　三崎亜記さんの小説が好きなのですが、これはこういうことの寓話だねとか、あれに対する比喩ですねとか、そういう簡単な解釈をなかなか許さないのがいい。また、不思議な話、奇妙な話って普通三、四編くらい読んだらちょっと飽きると思うんですけど、三崎さんの書く短編は不思議と飽きさせない。こんなふうに小説が書けたら素敵だなと思う作家さんです。

　数ある三崎さんの作品のなかからこれを選んだのは個人的な理由によりますが、以前鉄道が出てくる怪談を集めた短編集をつくったことがありまして。鉄道も怪談も好きなので書いていて楽しいだろうと思って雑誌連載をして、本数が増えて発想もそろそろ尽きてきたというところで区切りをつけ、『赤い月、廃駅の上に』という短編集にまとめたんです。そのあとかな、この「同じ夜空を見上げて」を読んだのは。鉄道を使ってこんなことが書けるんだと思って、驚きもしたし関心もしたし、感動しました。

　不条理なことで愛する者が消えてしまうお話で、その理不尽さをどうやって自分のなかで処理するのかを問うていて、本来はSFとしても鉄道物としても読まなくてもいい、ジャンルがどうのこうのというものではないでしょう。そういう意味では、愛する者がいなくなった理由もなんでもいいんです。鉄道というのは完全に決まった時間に、それこそ分単位の正確さで、決まったところを通過する。バスとか飛行機とか、ほかの交通機関ではこんな形の物語は成立しません。まったく同じ時間にそこに行けば会える、すれ違える状況は鉄道ならではだと思うんです。一瞬でも会えているのか、それさえもわからない状態なんだけど、限りなく再会に近しいことができている。それが余計に切なくももどかしく思えて。だから鉄道が使われている必然性がある。

　作中で描かれているようなことが現実にはありえないとしても、理不尽なことで一瞬にして何かが失われてしまうことは誰の身にも起きうる。そこを掬い上げてくれていると思います。だから、これを私はどう読んだと言う気はなくて、みなさん読んでそれぞれ感想や心に思うことがあると思うので、ちょっと読んでみてくださいと差し出したい小説です。

　三崎さんの作品ならあれも好きです、これもいいですよ、とほかにもありますが、自分が鉄道怪談を連作で書いていて、もう書くべきことはなくなったなと思ったときに出会ったもので、余計印象に残っています。

北村　阪神淡路大震災があり東日本大震災があり、そのほかにも突如として私たちを脅かすような不幸が今も起きています。そのさなかで、現実を辛く苦しく受け止めている方もいらっしゃるとは思いますが、いろいろなものを失っても、それでも我々は生きている。

　作中に知恵の輪が出てきますが、それが解ける時があるのだろうか、そういうようなことを思います。解くためには生きていかなければいけない、我々の前にそれを差し出してくれたようなお話でした。

宮部　最初と最後に主人公がいま付き合っている彼氏が出てきますが、この書き出しが上手いですよね。五年が経った頃に現在の彼氏が知恵の輪を見つけて、それで彼女の気持ちを慮って、その日は夜を一緒に過ごさずに帰っていく。ものすごくナイーブで優しい書き出し。三崎さんのすごいところだと思うんですけど、このテーマを書きながら、まったくウェットではないですよね。不思議さと切なさと痛ましさ、そして現実に誰の身にも起こりうる怖さが絶妙のブレンドではいっている。最後にタイトルの意味がわかるところも、ミステリ的な組み立てが窺えます。

私は三崎さんが『となり町戦争』で小説すばる新人賞を受賞された回の選考委員だったので、はじめて三崎さんの小説を読んだ時ももちろん、すごいひとが出てきたなと思ったんです。当時は同じく選考委員をされていた井上ひさし先生や五木寛之《いつきひろゆき》先生も興奮なさっていました。どちらかというと私、三崎さんは短編のほうが好きで、なんと言うか、白い、ですよね。とっても白い。三崎さんの書く世界って、不思議だったり怖かったり不気味だったりしても、ウェットでないし、どろどろもしていない。この作品は、その白さが切ない白さですけど、心の白さとか、一瞬すれ違う電車の明かりの白さとか、いい白さ。それが、滅菌されたみたいな白さになってホラーに傾く短編もあるんですよ。やっぱりすごいなと改めて思いました。

（『選んで、語って、読書会2』に続く）

底本一覧

括弧の恋　『言語小説集』（新潮文庫／二〇一四年十二月刊）

秘嶺女人綺談　〈幻影城〉一九七七年五月号

私的探偵小説感　同

十二月の窓辺　『ポトスライムの舟』（講談社文庫／二〇一一年四月刊）

青塚氏の話　種村季弘編『美食倶楽部』（ちくま文庫／一九八九年七月刊）

さようなら、ハーマン　〈ミステリマガジン〉一九七一年九月号

梅の家の笑子姐さん　『落語家論』（ちくま文庫／二〇〇七年十二月刊）

北条義時――はじめは駄馬のごとく　『はじめは駄馬のごとく　ナンバー2の人間学』（文春文庫／二〇二三年八月刊）

閃くスパイク　ジェームズ・サーバー他『野球小説傑作選　12人の指名打者』（文春文庫／一九八三年五月刊）

同じ夜空を見上げて　『鼓笛隊の襲来』（集英社文庫／二〇一一年二月刊）

著訳者・編者紹介

井上ひさし（いのうえ・ひさし）一九三四－二〇一〇
山形県生まれ。『手鎖心中』『十二人の手紙』『吉里吉里人』『小林一茶』『國語元年』『父と暮せば』など著作多数。

高村信太郎（たかむら・しんたろう）一九三五－二〇〇九
東京生まれ。「暗黒魔界伝説」「精霊の神殿」（ともに〈幻影城〉掲載）のほか、高山洋治名義の著作もある。

津村記久子（つむら・きくこ）一九七八－
大阪府生まれ。『ワーカーズ・ダイジェスト』『この世にたやすい仕事はない』『浮遊霊ブラジル』『水車小屋のネネ』『うそコンシェルジュ』『やりなおし世界文学』など著作多数。

谷崎潤一郎（たにざき・じゅんいちろう）一八八六－一九六五
東京生まれ。『金色の死』『人魚の嘆き・魔術師』『春琴抄』『細雪』『陰翳礼讃』

『文章読本』など著作多数。

ジョン・オハラ（John O'Hara）　一九〇五－一九七〇
アメリカ合衆国ペンシルバニア生まれ。ニューヨーカー誌を中心に活躍した短編の名手として知られる。邦訳に『親友《パル》・ジョーイ』がある。

浅倉久志（あさくら・ひさし）　一九三〇－二〇一〇
大阪府生まれ。著書に『ぼくがカンガルーに出会ったころ』があるほか、アンダースン『タウ・ゼロ』、ヴォネガット『タイタンの妖女』、ディック『アンドロイドは電気羊の夢を見るか？』、ティプトリー・ジュニア『たったひとつの冴えたやりかた』など訳書多数。

柳家小三治（やなぎや・こさんじ）　一九三九－二〇二一
東京生まれ。著書に『ま・く・ら』『もひとつ　ま・く・ら』『バ・イ・ク』『どこからお話ししましょうか　柳家小三治自伝』などがある。

永井路子（ながい・みちこ）　一九二五－二〇二三
東京生まれ。『炎環』『北条政子』『山霧　毛利元就の妻』『歴史をさわがせた女たち』『悪霊列伝』『つわものの賦』等著作多数。

フランク・オルーク（Frank O'Rourke）一九一六－一九八九
アメリカ合衆国コロラド生まれ。ウェスタン小説、スポーツ小説の書き手として知られる。

稲葉明雄（いなば・あきお）一九三四－一九九九
大阪府生まれ。『チャンドラー短編全集』『ハメット短編全集』やアイリッシュ『暁の死線』、フリーマントル『消されかけた男』など訳書多数。

三崎亜記（みさき・あき）一九七〇－
福岡県生まれ。著書に『となり町戦争』『失われた町』『チェーン・ピープル』『30センチの冒険』『博多さっぱそうらん記』『みしらぬ国戦争』などがある。

＊　＊　＊

有栖川有栖（ありすがわ・ありす）一九五九－
大阪府生まれ。『月光ゲーム』『女王国の城』『江神二郎の洞察』『マレー鉄道の謎』『赤い月、廃駅の上に』『濱地健三郎の霊なる事件簿』『日本扇の謎』『有栖川有栖の密室大図鑑』など著作多数。

北村薫（きたむら・かおる）一九四九―

埼玉県生まれ。『空飛ぶ馬』『夜の蟬』『ニッポン硬貨の謎　エラリー・クイーン最後の事件』『鷺と雪』『いとま申して』『中野のお父さん』『水　本の小説』『詩歌の待ち伏せ』『ユーカリの木の蔭で』など著作多数。

宮部みゆき（みやべ・みゆき）一九六〇―

東京生まれ。『パーフェクト・ブルー』『心とろかすような　マサの事件簿』『本所深川ふしぎ草紙』『龍は眠る』『火車』『蒲生邸事件』『模倣犯』『名もなき毒』『猫の刻参り　三島屋変調百物語拾之続』など著作多数。

現在からすれば穏当を欠く表現については、執筆当時の時代背景を鑑みて、原文のまま収録した。

高村信太郎「秘嶺女人綺談」「私的探偵小説感」の二編は、令和七年二月二十五日に著作権法第六十七条の二第一項の規定に基づく申請を行い、同項の適用を受けて収録したものです。

選んで、語って、読書会1

2025年3月28日　初版

編　者　有《あり》栖《す》川《がわ》有《あり》栖《す》
北《きた》村《むら》薫《かおる》
宮《みや》部《べ》みゆき

発行所　(株)東京創元社
代表者　渋谷健太郎

162-0814 東京都新宿区新小川町1-5
電　話　03・3268・8231-営業部
03・3268・8201-代　表
URL　https://www.tsogen.co.jp
暁印刷・本間製本

乱丁・落丁本は、ご面倒ですが小社までご送付ください。送料小社負担にてお取替えいたします。

2025　Printed in Japan

ISBN978-4-488-40064-4　C0193

東京創元社が贈る文芸の宝箱！

紙魚の手帖

SHIMINO TECHO

国内外のミステリ、SF、ファンタジイ、ホラー、一般文芸と、
オールジャンルの注目作を随時掲載！
その他、書評やコラムなど充実した内容でお届けいたします。
詳細は東京創元社ホームページ
（https://www.tsogen.co.jp/）をご覧ください。

隔月刊／偶数月12日頃刊行

A5判並製（書籍扱い）